# 연꽃 속에서 나온 소녀

# 연꽃 속에서 나온 소녀

### 한국불교아동문학회 엮음

대양미디어

# 본생경은 동화문학의 원류입니다

회장 신 현 득

한국불교아동문학회에서 또 하나의 큰일을 이루었습니다. 다섯 번째 본생경 개작동화집 『연꽃 속에서 나온 소녀』를 내게 된 것입니다.

이 동화집은 어린이와 일반 독자에게 좋은 이야기책이 되고, 불교 배움책이 될 것이며, 부처님 향기가 나는 문학작품이 될 것입니다.

그리고 한국불교아동문학인의 글재주와 단합된 정신을 읽을 수도 있을 것입니다.

부처님 말씀 팔만법문이 동화의 바다라는 것은 잘 알려진 사실입니다. 부처님은 설법을 하실 때마다 이야기를 곁들이셨습니다. 그래서 불전에는 동화가 많습니다. 부처님 법문이 크고 많은 것도 그 속에 동화가 많기 때문입니다. 부처님은 바로 아동문학가이셨던 것입니다.

부처님이 들려주신 이야기에는 부처님의 전세상 이야기가 많았습니다.

"나는 이런 착한 일을 해서 부처가 되었으니 너희도 본받아 행하여라."

부처님의 이야기에는 이러한 뜻이 곁들여 있습니다.

부처님은 전생에 선인이나 인간의 왕으로 사람을 돕기도 했지만, 사슴의 왕, 비둘기의 왕, 원숭이의 왕, 물고기의 왕 등 수많은 동물의 왕으로 살면서 선행을 하셨습니다. 동물의 왕은 지혜를 다해서 무리를 보살피고 남을 돕고, 희생이 되고, 효도를 하면서 좋은 업을 쌓았던 것입니다.

이러한 부처님의 전생 이야기를 본생담이라 합니다. 보생담 547화를 하나의 경전으로 엮은 것이 본생경 즉 자아타카(Jātaka)입니다. 본생경의 짜임이 현 세상 이야기인 〈머리말〉과 전생 이야기인 〈본말〉로 짜여 있기 때문에 사실은 547화의 두 배인 1094화로 보아야 하는 것입니다.

세계아동문학사에는 기원전 4세기에 이루어진 자아타카가 세계 최초의 동화집이며 동화문학의 원류로 소개되고 있습니다.

「대머리 남자와 파리」·「황금 알을 낳는 거위」·「사자 가죽을 쓴 나귀」·「개와 그림자」 등 여러 편 이솝우화의 시작이 본생경이라는 것만 보아도 부처님 말씀이 세계 아동문학에 끼친 공이 크다는 것을 알 수 있습니다.

불교아동문학회에서는 부처님 경전을 개작한 동화집을 해마다 계속 출간할 예정입니다.

# 차 례

# 까마귀와 새 임금

김 상 희

　먼 바다 가운데 바닷새들만 사는 섬이 있었습니다. 섬은 육지에서 워낙 멀리 떨어져 있어 거기에 섬이 있다는 것은 아무도 몰랐습니다. 바닷새들은 양지바른 섬 기슭에 둥지를 틀고 어질고 지혜로운 새 임금을 중심으로 평화롭게 모여 살고 있었습니다.

　그 때 가시국에는 바다 건너 먼 나라를 돌아다니며 물건을 파는 장사꾼이 있었습니다. 장사꾼은 배에 물건을 가득 싣고 까마귀를 길안내자로 바닷길을 떠났습니다. 바다는 잔잔했습니다. 배는 며칠 밤낮을 쉬지 않고 달렸습니다. 먼 바다로 나오자 파도가 일었습니다. 육지가 멀어질수록 파도는 점점 높아져 갔습니다. 두 사람의 사공이 힘을 다해 노를 저었지만 배는 점점 파도에 밀려 방향을 잃고 갈팡질팡했습니다. 길안내를 맡은 까마귀도 어쩔 줄을 몰랐습니다. 사실 까마귀는 바닷길을 잘 모르면서 장사꾼에게 거짓말을 해서 길 안내자가 된 것입니다.

　"이 쪽이 아닌 것 같아. 뱃머리를 돌려야 되겠어."

　장사꾼은 사공들에게 뱃길을 바로잡으라고 닦달했지만 거센 파도는 당할 수가 없었습니다. 배는 사공의 손을 떠나서 파도에 따라 떠내려가고 있었습니다.

"아무래도 이쪽이 아닌 것 같다. 어서 방향을 돌려라."

장사꾼까지 힘을 합쳐 방향을 바꾸려했지만 배는 바람과 파도에 떠밀려 갈 뿐이었습니다.

배는 어디인지도 모를 먼 바다로 끝없이 흘러갔습니다. 어디나 눈에 보이는 것은 거친 파도뿐이었습니다. 파도는 계속 높이를 더해갔습니다. 바다 전체가 수만 마리의 괴물들이 한꺼번에 꿈틀거리며 몰려오는 것만 같았습니다. 장사꾼의 배는 그런 괴물들의 등에 붙은 한 장 나뭇잎이었습니다.

"모두들 배에서 떨어지지 않도록 꽉 붙잡아."

모두가 안간힘을 쓰며 뱃전을 잡고 엎드렸습니다. 그러나 소용이 없었습니다. 괴물 같은 검푸른 파도가 꿈틀거리며 꼬리를 휘두르자 배는 공중으로 붕 떴다가 바람에 날리듯 굴러 떨어졌습니다. 바다는 기다리고 있었다는 듯 배와 함께 장사꾼도 사공들도 단숨에 삼켜버렸습니다.

길안내자로 따라온 까마귀만 공중으로 날아올라 간신히 목숨을 구했습니다. 혼자 살아남은 까마귀는 쉴 곳을 찾아 죽을힘을 다해 날았습니다.

아래로는 용트림을 하는 바다, 위로는 무리무리 몰려드는 먹구름 떼, 그 사이를 채찍을 휘두르며 사납게 휘몰아쳐 오는 거센 바람 밖에는 아무것도 없었습니다.

까마귀는 그런 바다 위를 안간힘을 쓰며 날았습니다. 얼마나 날

있는지 모릅니다. 이제는 더 이상 몸을 지탱할 수 없을 만큼 지쳤을 때 멀리 섬이 보였습니다.

"그래. 하늘이 무너져도 살아날 구멍은 있다더니, 이제 살았구나!"

까마귀는 섬을 향해 마지막 힘을 다해 날아갔습니다. 기진맥진한 까마귀는 바람에 날려 온 넝마처럼 섬 기슭에 털썩 내려앉았습니다. 내려앉은 것이 아니라 툭 떨어진 것입니다. 정신이 가물가물해지면서 파도와 바람소리가 점점이 멀어져 가고 있었습니다.

"어! 이게 뭐야? 어디에서 이런 것이 날아왔지?"

"내가 보니, 날아온 게 아니라 공중에서 뚝 떨어지는 것 같던데……."

섬에 사는 바닷새들이 모여들었습니다.

"우리와 같은 새 아닌가, 이렇게 새까만 새도 있었나?"

바닷새들은 생전 처음 보는 까마귀에게 조심스럽게 다가왔습니다. 새들 소리에 까마귀는 정신이 들었습니다. 눈을 떠보니 많은 새들이 자기를 둘러싸고 있었습니다.

"이제 정신이 드셨군요. 당신은 어디에서 왔습니까?"

한 바닷새가 물었습니다. 본디 거짓말을 잘 하는 까마귀는 술술 거짓말을 했습니다.

"나는 아주 먼 나라에서 왔다. 여행 중에 여기가 좋다고 해서 왔지."

"여기는 바닷새 나라예요. 우리는 훌륭한 임금님을 모시고 평화롭게 살지요."

"내가 오기는 제대로 왔군. 나는 깨달음을 얻은 자비롭고 성스러운 새이니라."

"그럼 성스러운 당신이 사는 나라는 어떤 나라예요?"

"먹기 위해 힘든 일을 하거나 욕심 때문에 다투는 일이 없는 나라란다."

바닷새들은 까마귀의 말에 그가 정말로 성스러운 새라고 생각했습니다. 목소리가 굵직하고 태도가 의젓해보였기 때문이었습니다.

"먼 나라에서 오시느라고 배가 고플 것 같은데, 먹을 것을 갖다 드릴까요?"

까마귀는 배가 고팠지만 방금 먹기 위해 힘든 일을 하는 일이 없는 나라에서 왔다고 했기 때문에 먹을 것을 달라고 할 수가 없었습니다. 성스러운 새는 다르다는 것을 보여주어야 믿을 것 같았습니다.

"나는 너희들이 먹는 것과는 다른 것을 먹는다."

"그럼 무엇을 먹나요?"

"바람과 이슬을 먹지."

바닷새들은 눈이 휘둥그레졌습니다. 바람과 이슬을 먹고 산다는 말은 생전 처음 듣는 것이라 스스로 성스러운 새라고 하는 까마귀에 대한 존경심이 일었습니다.

"그럼 이쪽으로 와서 편히 쉬십시오."

바닷새들은 까마귀를 편안한 자리로 모셨습니다. 까마귀는 하루 밤을 그대로 지냈습니다.

아침이 되자, 까마귀는 바닷새들이 나오기 전에 잠을 깨어 마을 앞에서 입을 크게 벌리고 외발로 서있었습니다. 먹이를 구하려고 집을 나온 바닷새들이 물었습니다.

"두 발로 편하게 서시지 왜 힘들게 외발로 서있나요?"

"내가 두 발로 서면 땅이 너무 힘들어하기 때문이다."

두 발로 서면 땅이 힘들어하므로 외발로 선다는 말에 존경심이 더했습니다.

"그럼 입은 왜 또 그렇게 크게 벌리고 있나요?"

"어제 말하지 않았느냐? 나는 바람과 이슬을 먹고 산다고. 지금 아침을 먹고 있는 중이다."

새들은 모두 감탄을 했습니다. 자기들은 먹이를 구하기 위해 날만 새면 산과 바다로 바쁘게 돌아다녀야 하는데, 바람과 이슬만 먹고 사는 새라니 참으로 위대한 성자를 만났다고 생각했습니다.

"성자이시여, 저희들에게 가르침을 주십시오."

"그래, 잘 들어라. 이웃을 위하고 욕심 없이 살면 복을 받으리라."

바닷새들은 더욱 감격했습니다. 자기들은 바다의 물고기와 산에서 나는 열매를 먹는데, 까마귀는 그런 것은 남을 위해 놔두고 바람과 이슬만 먹는다니, 머리가 저절로 숙여졌습니다. 또 땅이 힘들어할까봐 발이 둘인데도 외발로 서니 이것은 자기보다 남을 더 생각하는 일이니, 까마귀야 말로 성자 중의 성자라고 생각했습니다.

"우리를 위해서 하늘이 당신을 보내셨군요. 저희들을 도와주십시오."

"도와달라니, 내가 도울 일이 무엇인가?"

"저희들은 종일 먹이를 구하러 다녀야 합니다. 그런데 집에는 알과 아기들을 두고 갑니다. 우리 아기들을 좀 지켜주시면 고맙겠습니다."

"그거야 어렵지 않지. 안심하고 나에게 맡기고 일이나 하게."

까마귀는 이렇게 말하며 빙그레 웃었습니다. 새들을 감쪽같이 속인 것이 기뻤습니다. 그러나 바닷새들에게는 까마귀의 웃는 모습까지도 믿음직하고 인자하게만 보였습니다.

바닷새들이 모두 먹이를 구하러 떠나자 까마귀는 마을로 들어가 바닷새들의 알과 새끼들을 마구 먹어치웠습니다. 어제부터 아무 것도 먹지 못해서 배가 고팠던 터라 많이 먹었습니다.

그리고는 바닷새들이 돌아올 때가 되자 제자리로 돌아와 태연하게 입을 쩍 벌리고 외발로 서 있었습니다.

"우리 아기들을 잘 보았습니까? 집과 마을에는 별일 없지요?"

까마귀는 태연하게 대답했습니다.

"그럼요. 제가 하루 종일 이렇게 서있었지만 마을에는 아무 일도 없었습니다."

그런데 집에 와보니, 알은 껍질만 남고 아기들은 자취도 없이 사라진 집이 많았습니다.

새들은 울부짖으며 까마귀에게 물었습니다.

"우리 아기가 보이지 않아요? 어디 갔는지 모르세요?"

"우리 집에는 알 껍질만 남아 있어요. 어떻게 된 일이예요?"

까마귀는 여전히 입을 크게 벌리고 꼿꼿하게 선채 말했습니다.

"글쎄요. 나는 여기에서 꼼짝도 하지 않았으니, 집안에서 벌어진 일은 모르지요."

바닷새들은 까마귀를 성자로 굳게 믿고 있기 때문에 까마귀를 의심하지 않았습니다. 마을 둘레와 바닷가를 살펴보았지만 아기들의 흔적은 어디에도 없었습니다.

다음 날도, 그 다음 날도 마을에는 똑 같은 일이 계속되었습니다. 새임금은 생각했습니다.

'지금까지 우리 섬은 평화로웠다. 저 까마귀가 온 뒤로 이런 일이 생겼다. 내가 알아봐야겠다.'

아침이 되자, 새임금은 까마귀에게 마을을 잘 봐달라고 이르고 새들과 함께 먹이를 구하러 떠났습니다. 새들을 바닷가로 보내고 새임금은 언덕에 숨어서 몰래 살폈습니다.

바닷새들이 마을을 떠나자 외발로 서있던 까마귀가 이집 저집으로 돌아다니며 알과 아기들을 마구 먹어치우고 있었습니다. 새임금은 바닷새들을 불러 모았습니다.

"여러분, 알과 아기가 없어진 것은 까마귀의 짓입니다. 그 놈은 성자가 아니라 마귀입니다."

새 임금은 바닷새들을 데리고 마을로 갔습니다. 까마귀는 눈치를 채고 제자리에 와서 입을 벌리고 아무 일도 없던 것처럼 외발로 서있었습니다.

"이놈, 그런다고 너의 거짓을 모를 줄 아느냐?"

"네 놈이 우리를 속이고 알과 아기들을 먹는 것을 똑똑히 보았다."

　바닷새들이 달려들자 까마귀는 거짓이 탄로 난 것을 알고 달아나면서도 자기는 아니라고 했습니다. 새 임금이 달아나는 까마귀를 덮쳤습니다. 뒤따라온 새들은 까마귀의 입을 벌리고 배를 눌렀습니다. 금방 먹은 알과 아기들이 튀어나왔습니다.

　"이놈은 말과 행동이 전혀 다른 놈이다. 새까만 마귀이다."

　새임금은 까마귀를 끌고 바닷가로 가서 바위에 묶어놓았습니다.

　"여기서는 외발로 서지 않아도 되고, 거짓말을 할 필요도 없을 것이다. 말과 행동이 다른 거짓이 얼마나 큰 죄인가를 깨달을 때까지 그대로 있어라."

　새 임금은 까마귀를 꾸짖은 뒤 바닷새들을 데리고 마을로 돌아왔습니다.

　　◐ 생각 키우기
　부처님이 기원정사에 계실 때 거짓말을 잘 하는 비구를 두고 한 이야기입니다. 이야기를 마친 부처님은 한 비구를 가리키며 "그 때의 까마귀는 저 비구의 전생이고, 새 임금은 바로 나였다." 라고 하셨습니다. 잔꾀로 거짓말을 하고 남을 속여서 이득을 보려고 하면 잠시는 될지 모르지만 결국은 잘못이 밝혀져 벌을 받게 된다는 것을 가르치고 있습니다.(본생경 제 384화 법당(法幢)의 전생 이야기)

1994년 제39회 아동문학평론 동화신인상과 제3회 동쪽나라 아동문학상 수상으로 문단에 나왔다. 1995년 동화집 《난 그냥 주먹코가 좋아》와 두산동아 학습서 《자연관찰》 등을 집필했다. 서울대학에서 이학박사 학위를 받고, 서울대학과 캐나다 맥길대학, 뉴욕 럭펠러대학 등에서 연구원을 지냈고 현재 한국해양연구원부설 극지연구소 선임연구원으로 있다.

# 개와 코끼리의 우정

손 수 자

옛날 바라나시 지방에 배가 아주 고픈 개 한 마리가 길을 가고 있었습니다.

초록 풀잎도 건드려보고 작은 웅덩이의 물도 홀짝 마셔보았지만 여전히 배는 고팠습니다.

눈에 초점도 흐려지고 다리가 후들후들 떨릴 때 저 멀리 코끼리들이 사는 집이 보였습니다.

"저기 가면 먹을 것이 있을 거야."

안간힘을 쓰고 코끼리집 근처로 갔을 때였습니다.

여기 저기 코끼리가 먹다 남은 음식들이 널려 있었습니다.

허겁지겁 음식을 주워 먹어도 여전히 배는 고팠습니다.

"배가 많이 고팠구나, 자 이것도 먹으렴."

코끼리는 밥덩이를 가져와 개 앞에 놓아주었습니다.

개는 고맙다는 인사도 잊은 채, 맛있게 다 먹었습니다.

먹는 것을 끝까지 보고 있던 코끼리가 말했습니다.

"엄청 배가 고팠구나. 먹을 것은 많으니 여기서 좀 쉬도록 해."

"아, 이제야 살 것 같다. 고마워!"

그 때야 개는 인사를 하며 웃었습니다.

그런 개가 좋아진 코끼리는 먹는 음식만 있으면 개와 함께 나누어 먹었습니다.

"야, 이 바나나 좀 봐, 달콤한 냄새가 나. 함께 먹자꾸나."

"아, 맛있다."

"이건 길상초<sup>1)</sup>라고 해, 먹어 봐."

어느덧 개는 코끼리와 친구가 되어 언제나 함께 먹고 자면서 생활하였습니다.

"코끼리 네 코에 올라 그네를 타면 너무 재미있을 것 같아."

"그래, 그럼 올라와 봐, 내가 태워줄게."

"야, 재미있다."

개는 즐거워하면서 코끼리 아저씨 노래를 부르며 손뼉을 쳤습니다.

그런 개를 바라보는 코끼리도 너무 즐겁고 행복했습니다.

"코끼리 아저씨는 코가 손이래. 과자를 주면은 코로 받지요."

"그래, 그래, 재미있는 노래야."

코끼리는 기다란 코로 물을 뿜어 분수를 만들어 보여주기도 하고, 바나나 한 손을 코에 걸고 와서 개 앞에 놓아두기도 했습니다.

그러던 어느 날이었습니다.

코끼리지기 아저씨한테 개장수가 찾아왔습니다.

"저 개를 나에게 팔지 않겠소."

아저씨는 순순히 말했습니다.

"네, 그러지요. 우린 코끼리만 있으면 되니까요."

그 후로 코끼리는 먹지도 않고 마시지도 않으며 그 좋아하던 물에도 들어가지 않고 시름시름 앓기 시작하였습니다.

아저씨는 여러 가지 약을 먹여보기도 하고 싱싱한 바나나 잎으로 좋은 침대도 만들어 주었지만 코끼리는 점점 힘이 없어지고 기운이 빠져 아무 것도 할 수 없게 되었습니다.

코끼리 이야기는 왕의 귀에 까지 들어가게 되었습니다.

그래서 왕은 보살에게 말했습니다.

"그 코끼리가 그렇게 된 이유가 무엇인지 알아보도록 하십시오."

보살이 코끼리 집에 가서 근심이 가득한 코끼리를 보고 여기 저기 아픈 곳을 찾아보았지만 아무런 병도 발견할 수 없었습니다.

"이 코끼리와 제일 친한 동물은 누구였습니까?"

보살은 코끼리지기에게 물었습니다.

"네, 우연히 여기에 온 개 한 마리와 친하게 지냈습니다."

"그 개는 어디로 갔습니까?"

"코끼리만 사는 곳이라 개는 팔아버렸습니다."

"그렇군요."

보살은 코끼리를 위해 노래를 불렀습니다.

한 덩이 밥도 먹지 못하고
주먹밥도 길상초도 먹지 못하며
목욕하며 몸도 가눌 수 없구나.

날마다, 날마다
떠나버린 개가 그리워
그리워 병이 되었구나.

왕에게 돌아온 보살은 말했습니다.

"코끼리에게는 아무런 병이 없었습니다. 다만 어떤 개와 무척 친하게 지내다가 그 개가 보이지 않자, 친구를 잃어버린 슬픈 마음에 그리움이 병이 된 것 같습니다."

"그럼, 어찌하면 좋겠습니까?"

"팔려간 개를 다시 코끼리 곁으로 돌려보내면 코끼리 병은 씻은 듯 나을 것입니다."

개장수도 그 이야기를 듣고, 코끼리 곁으로 개를 돌려보냈습니다.

다시 돌아온 개는 코끼리 앞에서 펄쩍펄쩍 뛰며 즐거워했습니다.

코끼리도 긴 코로 개를 정수리 위에다 올려놓고 빙빙 돌며 좋아했습니다. 울다가 웃다가 다시 보듬어주면서 맛있는 것을 개 앞에 갖다 놓고는 먹는 것을 바라보며 코끼리는 너무나 행복했습니다. 왕은 짐승의 마음까지 꿰뚫어보는 보살을 매우 칭찬해주었습니다.

◑ 생각 키우기

세상에서 소중한 것 중 하나로 친구와의 우정을 꼽을 수 있습니다. 친구와의 정은 내가 슬프거나 괴로울 때 가장 빛나는 것입니다. 이야기에 나오는 개와 코끼리처럼 언제나 함께 있음으로써 행복을 느낄 수 있는 그런 친구를 가진 사람은 행복한 사람입니다. 여러분의 친구는 어쩜 전생에서도 아주 친한 사이여서 지금도 여러분과 함께 생활하고 있는 것인지도 모릅니다. 싸우지 말고 친구와 친하게 지내세요(본생경 제 27화 상습(常習)의 전생 이야기)

 아호는 혜정(慧靜)이고 불명은 연화심이며 부산교육대학교 교육대학원 국어교육과를 졸업했다. 아동문학 평론에 동화「호박꽃이야기」로 등단(1988년)한 후 제1회 눈높이 아동문학상에 장편 동화 『가슴마다 사랑』당선(1993년)되고, 부산아동문학상, 해강아동문학상, 한국불교 아동문학상, 영남아동문학상, 이주홍 아동문학상 수상 등을 받았다. 현재, 부산문인협회 아동문학분과 위원장과 부산아동문학인협회 회장을 맡고 있다.

# 쥐와 맺은 우정

　석수장이가 살고 있는 가까운 곳에 귀신이 나온다는 이상한 곳
이 있었습니다. 그 곳은 예전에는 돈이 많은 부자가 살고 있었답
니다. 부자는 창고에 돈과 곡식을 가득 쌓아놓고 살았습니다. 욕
심 많고 쓸 줄은 모르던 부자의 아내는 죽어서 쥐로 태어났습니
다. 세월이 흘러서 부자가 죽자 이상하게 그의 가족들도 사라지기
시작했고 마을도 시나브로 사라졌습니다. 쥐로 환생한 부자의 아
내만 재물이 가득 쌓인 창고를 지키며 살고 있었습니다. 사람들이
사라지자 쥐가 먹을 것도 없어졌습니다. 금은보화가 아무리 많다
고 해도 그걸 먹을 수는 없었습니다. 쥐는 날마다 먹을 것을 구하
려고 사방팔방을 돌아다녔습니다. 그러나 사람이 살지 않는 곳에
먹을 것이 있을 턱이 없었습니다.

　근처에 돌부처를 다듬는 석수장이가 있었습니다. 쥐는 부스러
기일망정 먹을 수 있는 것을 구하기 위해 석수장이 곁을 맴돌았습
니다. 석수장이 역시 먹을 것이 넉넉할 리가 없습니다. 그 동안 어
머니가 모아 놓은 먹을거리로 버텨나가고 있었습니다. 그러니 자

24　연꽃 속에서 나온 소녀

기가 먹는 것을 소중하게 안 할 수 없었습니다. 조금만 낭비를 하면 먹을 것이 떨어져 돌부처를 못 만들 수 있을 테니까요. 하루에 한 끼만 먹으며 버텨나가고 있었습니다.

"카턱 카턱 투닥"
석수장이는 오늘도 망치와 정으로 열심히 돌을 쪼았습니다. 누가 시켜서 하는 일이 아닙니다. 자신이 자신과 한 약속이었기 때문입니다. 세상에서 가장 힘든 일이 자신과의 약속을 지키는 일이라고 어머니가 일러 주었습니다.

석수장이의 어머니는 삼 년 전에 돌아가셨습니다. 돌아가시기 전에 아들의 손을 잡고 말했습니다.

"애야, 너 장가가는 모습을 보지 못하고 죽는구나. 내 평생에 네가 지혜로운 아내와 아들딸 두고 잘 사는 것을 보고 싶었는데."

힘에 겨워 일어나지 못하는 어머니는 아들의 손을 잡고 약속했습니다.

"내 살 날이 얼마 남지 않았으니 지금 그 말은 너 자신과 약속한 것으로 해라. 자신과의 약속을 지키는 일이 그 무엇보다도 어렵고 힘든 일이란다."

그리고 조용히 숨을 거두었습니다. 석수장이는 어머니를 땅에 묻으며 다짐을 했습니다.

"어머니와 한 약속을 저 자신과 한 약속으로 여기겠습니다. 천일동안 돌부처를 만들겠습니다. 돌부처를 만들어 어머니의 극락왕생을 기원하겠습니다."

석수장이는 그날로 돌을 고르고 돌부처를 만들기 시작했습니다.

그러나 돌부처를 만드는 일은 쉽지 않았습니다. 잘 다듬었다가도 조금만 잘못하면 그 동안의 노력이 헛일이 되고 말 것입니다. 석수장이는 돌을 다듬는 일이 사람들의 마음을 다듬는 것과 같다고 생각했습니다. 하여 돌 깎는 일에만 온통 신경을 썼기 때문에 그의 모습은 눈 뜨고 볼 수 없을 정도로 야위었습니다.

그런데 며칠 전부터 밥을 먹으려고 하면 쥐가 빤히 자기를 바라보고 있는 것입니다. 처음에는 그러려니 하고 혼자 다 먹었습니다. 다음날도 밥을 먹으려는데 쥐가 보고 있었습니다. 괴이쩍어서 밥 한 알을 내밀었습니다. 배가 고프던 쥐는 앞발로 받아 맛있게 먹었습니다. 그 모습이 가여워 밥 다섯 알을 주었습니다. 쥐는 이번에도 합장하듯 밥을 받아 들고 먹었습니다.

"미물도 먹을 것을 저리 소중하게 하는구나."

석수장이는 중얼거렸습니다. 더 주고 싶지만 한 덩이의 밥은 어느새 다 먹고 없었습니다.

"내일 이 시간에 오너라 내가 먹을 것을 조금씩만 나누어 먹으면 되지."

다음 날도, 그 다음 날도.

석수장이와 쥐는 적은 밥을 나누어 먹었습니다. 혼자 먹기도 부족한 밥을 쥐와 나누어 먹으니 배가 고팠습니다. 이제 밥을 당연하게 나누어 먹는 것으로 알게 되었을 즈음, 쥐가 말했습니다.

"아저씨, 고기가 먹고 싶어요."

석수장이는 쥐의 말을 듣고 놀랐습니다. 먹을 쌀이 얼마 남지 않았는데 고기가 먹고 싶다니, '네 이 녀석, 밥 먹는 것만도 다행으로 알아라!' 하고 나무랄까 하다가 참았습니다. 돌부처를 다듬으면서 불평스러운 마음을 갖는다거나 원망 같은 것을 하면 안 될 것 같았기 때문입니다.

"그래 나도 먹고 싶은데 돈이 없어 사 줄 수가 없구나. 미안하다."

"그럼 내가 돈을 주면 고기를 사 줄 수는 있어요?"

"그거야 돈만 있으면 고기도 살 수 있고 쌀도 많이 살 수 있으니 배불리 먹을 수 있겠지."

"그럼 기다리세요."

쥐는 포르르 어디론가 갔습니다. 쥐가 사라지자 석수장이는 또 돌을 다듬었습니다.

"카톡 투덕 스릉"

세게, 느리게, 부드럽게,

얼마가 지났을까? 쥐가 나타났습니다.

"여기 있어요. 이걸로 쓰고 싶은 만큼 쓰시고 나에게는 살코기를 먹을 만큼만 사주세요."

석수장이는 금화를 받아들고 놀라지 않을 수 없었습니다.

"너 이거 어디서 가져왔어?"

"내 것이에요. 금화라면 얼마든지 있으니까 날마다 한 닢씩 드릴게요. 훔쳐온 것 아니니 걱정 마세요."

석수장이는 쥐가 시키는 대로 했습니다.

쥐는 다음 날도 금화를 한 닢 물고 왔습니다. 석수장이는 쥐가 시키는 대로 했습니다. 마음은 조마조마 했습니다. 누군가 나타나서 자기가 잃어버린 돈이라고 할까봐 조심스러웠습니다. 그러나 며칠을 그렇게 해도 금화를 잃어버렸다는 사람도 없고 잡으러 오지도 않았습니다.

어느 날, 살코기를 배불리 먹고 좋아서 늘어지게 자고 있던 쥐가 고양이에게 잡혔습니다.

"흐흐, 어디서 살코기 냄새가 나나 했더니 너였구나. 난 지금 배가 몹시 고프다 그러니 너를 잡아먹어야겠다."

고양이는 쥐를 붙들고 흉물스럽게 웃었습니다.

"고양이님 이러면 안 됩니다. 나를 죽이면 안 됩니다. 나를 살려 주세요."

"흥, 살려 달라? 너를 살려주면 내가 배가 고프단 말이다."

"제 말 좀 들어보세요. 고양이님은 이번만 배가 고픕니까? 매번 배가 고픕니까?"

"그거야 매번 고프지."

"그럼 날마다 고기를 먹고 싶지 않습니까?"

고양이는 배가 몹시 고팠기 때문에 어서 쥐를 먹어야 했습니다.

"시끄럽다 이놈아. 무슨 수작을 부리려고 하는 것이냐?"

"자자잠깐만. 나를 살려두면 날마다 고기를 먹을 수 있습니다. 내가 날마다 고기를 드실 수 있게 드리겠습니다."

"무어? 날마다!"

"지금 나를 놓아주면 날마다 고기를 드리겠습니다."

쥐의 말에 고양이는 귀가 솔깃했습니다. 그래서 놓아주었습니다. 쥐는 그날부터 석수장이가 주는 고기를 절반은 고양이를 주고 절반만 자기가 먹었습니다.

그런데 이번에는 다른 고양이에게 잡혔습니다. 쥐는 이번에도 처음 고양이에게 했던 것처럼 해서 살아났습니다. 이제 석수장이가 주는 고기를 세 등분하여 나누어 먹었습니다.

며칠 뒤 쥐는 또 다른 고양이에게 잡혔습니다. 이번에도 같은 조건으로 풀려났습니다. 이제는 고기를 네 등분하여 고양이들에게 나누어 주었습니다.

정말 쥐는 재수 없게도 또 다른 고양이에게 잡혔습니다. 이번에도 전과 같은 조건으로 풀려나서 이제는 다섯으로 나누어 먹었습니다. 고양이들은 갈수록 적어지는 고기의 양을 보고 불평을 했습니다.

"왜 양이 자꾸 적어지는 거야?"

"그, 그게 말입니다."

쥐는 설명을 하지 못했습니다. 자기를 잡아먹으려는 고양이들이 많아 그렇다는 말은 못하고 점점 야위어 갔습니다. 몸이 약해지니 금화를 물고 오기도 벅찼습니다.

쥐가 물어다 주는 금화로 석수장이는 먹을 것 걱정 없이 돌부처를 약속한 날에 마칠 수 있었습니다. 석수장이의 정성스러운 태어난 돌부처는 어머니를 닮았습니다. 어머니를 생각하며 돌부처를 바라보고 있는 석수장이 앞에 쥐가 금화를 물고 나타났습니다. 쥐는 금화를 석수장이 앞에 놓고는 풀썩 쓰러졌습니다.

"애야 왜 그러냐? 어디 아픈 거냐?"

석수장이는 두 손으로 쥐를 들어 올리며 물었습니다.

"그것이 아니라. 사실은 고양이들 때문에……."

쥐는 그 동안의 이야기를 석수장이에게 털어놨습니다.

"진작에 말을 하지 그랬느냐."

"돌부처 만드는 일을 방해하고 싶지 않았습니다."

"그래, 나 혼자 돌부처를 만든 것이 아니었구나. 이제 내가 너를 도와 줄 것이다. 내일은 금화를 가져오지 말고 그냥 오너라."

쥐를 돌려보낸 석수장이는 당장 수정을 다듬어 쥐가 들어갈 수 있도록 속을 팠습니다.

다음날, 쥐가 오기를 기다렸습니다. 쥐는 석수장이의 말대로 금화를 물지 않고 힘없이 다가왔습니다.

"너는 이 속에 들어가 누워있어라. 살코기를 기다리는 고양이가 오거든 이제는 고기를 줄 수 없다고 버티며 고양이의 화를 돋우어라. 고기를 내 놓으라고 위협을 하거든 그냥 약을 올리며 웃기만 하여라."

쥐는 석수장이가 시키는 대로 수정 속에 들어가 느긋하게 낮잠을 즐겼습니다.

조금 있자 기다리다 못한 고양이가 다가오더니 으르렁거렸습니다.

"이 못된 놈 약속을 어기다니. 가만 두지 않을 것이다."

수정 속에 들어 있는 쥐를 잡기 위해 고양이는 수정 주위를 빙빙 돌았습니다. 쥐는 수정 속에 누워서 약을 올립니다.

"그러게요. 약속을 어긴 것이 분하고 억울하면 나를 잡아드시지요. 메롱"

고양이는 약이 오를 대로 올랐습니다. 잡히지 않아 속이 상한데 약까지 올리니 화가 안 날 수 없었지요.

"이걸 그냥, 잡으려면 못 잡을 줄 알아."

고양이는 쥐를 잡으려고 뒤로 몇 발짝 물렀다가 뛰어와 확 쥐를 덮쳤습니다.

수정 속에 쥐가 있다는 것을 모른 고양이는 수정에 부딪쳐서 심장이 터져 죽고 말았습니다.

살코기를 기다리던 다음 고양이도, 그 다음 고양이도 와서 수정 속의 쥐를 잡으려다가 수정에 부딪쳐서 가슴이 찢어져 죽고, 머리가 깨져 죽고 허리가 부러져 죽었습니다.

쥐를 괴롭히던 네 마리의 고양이들이 다 죽고 나자 석수장이가 수정 속에서 쥐를 꺼내 주었습니다.

"정말 고맙습니다. 이 은혜를 어찌 갚아야 할지요?"

쥐는 석수장이에게 몇 번이고 인사를 했습니다.

"이 모든 것이 부처님의 보살핌 덕분이란다. 내가 여기서 돌부처를 다듬지 않았다면 너를 만날 수 없었을 것이고 네가 금화를 물어다주지 않았다면 나는 배가 고파 천일 만에 불상을 다 만들지 못했을 거야. 그러니 어찌 나만 잘했다고 할 수 있겠느냐. 세상에는 어느 한 쪽만의 잘못도 없는 법이고 한 쪽만의 승리도 없는 법이란다. 비록 자기의 잘못을 모르고 화를 이겨내지 못해 죽기는 했지만 저 고양이들의 영혼이 좋은 곳에 태어날 수 있도록 기도를 해주자꾸나."

석수장이는 고양이들의 시체를 한 곳에 모아 불에 태웠습니다. 육신을 불에 태움으로써 영혼이 가볍게 날아가 좋은 곳에 태어난다는 인연설을 믿고 실천한 것이지요.

쥐는 석수장이의 말과 행동을 보며 편안함과 포근함을 느꼈습니다.


"아저씨, 저를 따라 가시지요."

고양이들을 화장해 준 것을 보고 있던 쥐는 석수장이를 데리고 전생에 자신의 재물이 묻혀 있는 곳으로 갔습니다.

쥐가 도착한 곳에는 작은 구멍이 있었습니다.

"이 작은 구멍을 중심으로 한 길만 파 들어가면 큰 집이 나올 것입니다. 그 집 광 안에는 갖가지 금은보화가 있습니다. 나는 그 집의 안주인이었습니다. 죽을 때 재물을 못 잊어 쥐로 환생했지요. 나는 오늘 고양이를 불살라 주는 일에서 부처님을 보았습니다. 당신이 부처님입니다."

"무슨 말을 하느냐. 난 평생 돌을 쪼는 석수장이야."

"그렇지요. 이승에서 하는 일이야 돌을 쪼는 일이지만 마음은 부처님이지요. 여기 묻힌 재물로 집을 크게 짓고 사노라면 소원이 이루어질 것입니다."

"그럼 너는 어디로 가느냐?"

"저는 걱정하지 마십시오. 아침이면 예전처럼 살코기 한 점만 시렁에 놓아 주십시오."

석수장이는 쥐의 말대로 한 길을 파고 들어가 재물을 파내 집을 짓고 쥐와 함께 살았습니다.

며칠 뒤,

"계세요. 아무도 안 계세요? 도와주세요? 길을 잃었습니다."

석수장이가 나가서 보니 지칠 대로 지친 여인이 풀썩 쓰러지는 것이었습니다.

"아니 어쩌다가."

여인은 정신을 차리지 못했습니다. 석수장이는 여인을 안고 들어가 눕히고 보살폈습니다.

삼 일만에 여인은 눈을 떴습니다.

"여기가 어디입니까? 제가 사는 나라에 전쟁이 일어나 목숨을 구하기 위해 도망을 치다가 여기까지 오게 되었습니다. 저는 그 나라의 공주였습니다. 저를 살려주신 은혜 고맙습니다. 여기서 살 수 있도록 해 주십시오"

여인은 석수장이에게 간청을 했습니다. 쥐는 시렁 위에서 이 모습을 보고 있었습니다. 석수장이는 무심결에 시렁 위를 쳐다보았습니다. 쥐도 고개를 끄덕였습니다.

석수장이와 여인과 쥐는 그렇게 한집에서 살게 되었습니다.

얼마 후 아이가 태어났습니다. 고양이 눈처럼 동글고 예쁜 여자 아이였습니다. 첫 번째 아이가 돌이 지나고 조금 있자 두 번째 아이가 태어났습니다. 사내아이였습니다. 일 년쯤 지나 세 번째 아이가 태어났습니다. 부부는 행복했습니다. 또 일 년쯤 지나자 네 번째 아이가 태어났습니다. 아이들은 모두 건강하게 자랐습니다.

아이들이 자라면서 시렁 위에 쥐가 살고 있다는 것을 알았습니다.

"아버지, 저 위에 쥐가 있어요. 쥐를 잡아야 해요. 저 쥐는 나쁜 쥐예요. 쥐를 쫓아내야 해요."

저마다 한마디씩 하였습니다. 그러자 석수장이가 조용히 아이들을 타일렀습니다.

"저 쥐는 나에게 은혜를 베풀어준 쥐란다. 지금 우리가 이렇게 잘살 수 있는 것은 저 쥐의 덕분이다. 그러니 너희들도 저 쥐에게 잘 해야 한다."

"아무리 그런다고 해도 쥐잖아요. 쥐는 잡아 죽여야 한다고요."

첫째가 말을 하자 세 동생들도 이구동성으로 첫 째의 말이 옳다고 하였습니다. 그러자 석수장이가 그 동안의 이야기를 해 주었습니다.

그리고 그날부터 우리를 살게 한 신이니 쥐가 먹고 남은 것을 우리가 먹자고 하였습니다. 처음에는 울며 안 먹던 아이들도 배가 고프니 차츰 먹게 되었습니다.

석수장이가 죽고 나서도 아이들은 아버지의 명을 따라 쥐를 신으로 생각했답니다.

* 인도 서쪽 라자스탄주의 데쉬노크란 마을에는 까르니마따 사원이 있습니다. 실제로 이 사원에서는 쥐들에게 음식을 바치고 쥐가 먹고 남은 음식을 먹으면 신의 축복을 받는다고 여기는 민족이 살고 있답니다.

◑ 생각 키우기

여기에는 두 가지의 교훈이 담겨 있습니다. 하나는 먹을 것을 두고 장난치지 말라는 것입니다. 미물에게도 생명을 유지해야 하는 먹을 것이 필요합니다. 대가없이 남의 것을 빼앗아 먹는다던지 나누어주면서 대가를 바라는 것은 벌을 받는다는 것입니다. 또 하나는 자신과의 약속이 중요하다는 것입니다. 남과의 약속은 잘 지키면서도 자신과의 약속을 지키는 사람은 많지 않습니다. 석수장이처럼 자신과의 약속을 잘 지켜내야만 미래가 보장된다는 것입니다.(본생경 제 137화 고양이의 전생이야기)

1955년 광주 외가에서 태어나 돌아다니며 자랐다. 2008년, 문학박사학위를 받으며 오래 묵혀두었던 꿈을 이루었고, 1993년 아동문학평론에 동화『반짝이』와 2002년 〈조선일보〉 신춘문예에 동시『춥니?』가 당선되면서 아동문학작가로 활동을 시작했다. 제 10회 화순문학상, 제 21회 광주문학상을 수상했으며 대산창작기금을 받기도 했다. 현재, 어린이 인터넷 신문 [송알송알] 공동대표를 맡고 있으며 초등학교, 문화원, 도서관 등에서 글쓰기와 독서 논술 등을 지도하고 있다.

# 은빛수탉

김 옥 애

어떤 숲에 닭들이 살고 있는 닭장이 있었어요.

나무와 나무 사이에 그물로 울타리를 만들어 놓은 그 닭장엔 수십 마리의 닭들이 평화롭게 살았습니다. 모이를 쪼아 먹은 어미닭은 알을 품었어요. 그 알에서는 병아리가 나오고 그 병아리들은 다시 어른 닭으로 자라나곤 했지요.

그런데 그 많은 닭들 중에 깃털이 은빛인 수탉 한 마리가 태어났어요. 그 은빛수탉은 예쁜 깃털만큼이나 영리하고 똑똑했답니다.

어느 날이었어요.

닭장 안을 한 바퀴 둘러 본 은빛수탉은 깜짝 놀랐습니다. 닭장 안에 살고 있는 가족들의 수가 차츰 줄어들고 있었기 때문이지요. 은빛수탉은 슬퍼서 꼬끼오, 꼬끼오 울었습니다. 하지만 다른 닭들은 은빛수탉이 왜 우는지 그 이유를 몰랐습니다.

은빛수탉은 가족들의 수가 줄어드는 원인을 알고 싶었어요. 아파서 죽어 나갔을까? 주인에게 잡혀 갔을까? 아니면 혼자 닭장 밖으로 나가 버렸을까?

은빛수탉은 날마다 닭장을 지키면서 가족들이 어디로 사라져 갔는지가 궁금했어요. 그러다 햇볕이 따뜻하게 내리 쪼인 횃대 위에서 은빛수탉은 잠깐 졸았어요. 그 때 평화롭던 숲 속 닭장 안이 갑자기 술렁거렸습니다.

"뭐야? 무슨 일이 생긴 거야?"

은빛수탉은 횃대에서 눈을 크게 뜨고 닭장 안을 살폈어요.

세상에! 몸이 늘씬한 암코양이 한 마리가 닭장 앞에 쪼그리고 앉아 있었던 거예요. 닭들은 저마다 고양이를 반기며 알은체 했습니다.

"어머나 고양이님이 오셨네요."

"어디? 어디?"

"고양이님은 참 멋있어요."

암탉보다 수탉들이 고양이의 눈에 들기 위해 아양을 더 떨었습니다.

암코양이도 떨리는 목소리로 수탉들을 향해 야옹, 야옹 노래를 불렀어요.


오, 아름다운 날개를 가지고 있는 그대들이여.
나는 당신들의 그 목에 입맞춤을 하고 싶어요,
어서 내 곁으로 다가 와요. 누구라도 좋아요.
날 당신의 아내로 맞아 줘요.


그런 광경을 본 은빛수탉은 소름이 끼쳤습니다. 영리한 은빛수

닭은 첫눈에 어떤 암코양이인지를 알아냈거든요. 은빛수탉은 다른 닭들을 밀치고 암코양이 앞으로 다가 갔습니다.

"오! 은빛 깃털이 눈부신 그대는 왜 이제야 모습을 드러내나요?"

암코양이는 은빛수탉을 보자 목소리까지 변하며 아양을 떨었습니다.

깃털이 은빛으로 빛난 그대여.
날 당신의 아내로 맞아 주오.
이 닭장 안에 그대 같은 수탉이 있다는 걸 나는 몰랐다오.

암코양이는 부드럽고 간드러진 목소리로 은빛수탉을 꼬드겼습니다. 은빛수탉은 깃털을 털면서 암코양이를 달랬습니다.

너는 목소리도 가냘프고 털도 아름답지만
어찌 할거나. 너는 네 발이고 나는 두 발인데.
발 개수가 틀리니 새와 짐승은 결혼을 할 수 없겠구나.
그러니 어서 다른 곳으로 가서 네 남편을 구하여라.

그 말을 들은 암코양이는 화들짝 놀랐어요.
'이상하다. 저 닭은 분명 보통 닭이 아니야. 아주 영리해.'
암코양이는 숲 속 닭장 안에 그렇게 똑똑한 닭이 있다는 것이 믿어지질 않았습니다.

마침내 암코양이는 다른 닭을 잡아먹기 전에 지혜가 넘친 은빛 수탉부터 먼저 해치워야겠다고 생각했어요. 암코양이는 갖은 아양과 애교를 떨며 은빛수탉 가까이 다가갔습니다.

영리한 은빛수탉님이여
나는 꼭 당신의 아내가 꼭 되고 싶어요.
언제나 오순도순 정답게 살고 싶어요.
당신의 몸을 싸고 있는 은빛 깃털처럼
깨끗하고 은은한 사랑으로 나를 맞아줘요.
맘껏 이 숲 속에서 나를 자랑해 줘요.

암코양이는 끈질기게 은빛수탉 곁에서 떠나지 않았어요. 마침내 은빛수탉은 결심했습니다.

'안 되겠어, 저런 요망스런 것은 당장 이 닭장 부근에 얼씬하지 못하게 쫓아버려야지.'

마침내 은빛수탉은 큰 소리로 호통을 쳤어요.

"바로 너였지?"

"뭘 말인지요?"

암코양이는 시치미를 떼면서 물었습니다.

"그동안 내 가족들을 한 마리씩 잡아먹은 범인은 바로 너였어."

"아니, 그걸 어떻게?"

"난 보통 닭들과는 다르다. 내 은빛 깃털을 너도 보았겠지?"

은빛수탉은 암코양이를 쫓기 위해 마침내 게송으로 답을 했습니다.

　　그동안 너는
　　우리 닭들을 잡아먹기 위해
　　무수히 많은 닭들을 꼬드겼다.
　　앞에선 아양을 떨고 뒤로는 물고 가고.
　　넌 우리 닭들을 무참히 죽였다.
　　나를 남편으로 삼겠다고 하지만
　　그 아양과 달콤한 말 뒤에는
　　무서운 악마가 숨어 있다는 걸 다 알고 있다.

　은빛수탉이 말을 멈추자 깃털에서 뿜어져 나오는 빛에 눈이 부셔서 암코양이는 앞을 볼 수가 없었어요. 암코양이는 겁을 먹고 어느 새 슬금슬금 뒷걸음질을 치기 시작했습니다.
　'어이구야, 여기 더 얼씬 거리다간 저 은빛수탉에게 내가 당하겠어.'
　그 후 암코양이는 은빛수탉이 두려워 닭장 앞에 다시는 얼씬거리지 않았습니다.

　　◐ 생각 키우기
　마음이 간사스런 사람들은 착한 중생들을 보면 속임수를 써서 등을 쳐 먹으려 합니다. 암코양이가 유혹하는 닭들은 중생들을 뜻합니다. 깨달음이 부족한 중생들은 늘 그렇게 당하며 살아갑니다. 어떤 유혹을 받을 때 우리는 진짜인지 가짜인지 상대방 마음을 빨리 헤아릴 줄 아는 지혜가 필요합니다. 후회는 아무리 빨라도 늦는 법이지요. 닭장 안의 은빛 깃털의 수탉은 바로 부처님이고, 오직 부처님만이 완전한 지혜를 갖추고

있답니다.(본생경 제 383화, 닭의 전생 이야기)

전남 강진에서 태어나 1975년 전남일보(현 광주일보) 신춘문예동화와
1979년 서울신문 신춘문예동화 〈너는 어디로 갔니?〉가 당선되었다. 장
편동화 〈들고양이 노이〉로 12회 한국아동문학상, 단편동화 〈늦둥이〉
로 5회 광주일보문학상, 장편동화 〈그래도 넌 보물이야〉로 2010년 아
르코 문학창작기금 수상 및 28회 한국불교아동문학상을 받았다.

# 버림받은 사제의 아들

이 영 호

궁중에서 범여왕을 모시는 젊은 사제가 있었습니다. 젊지만 브라만교의 경전인 베다에 능통하고 학술이 뛰어나 왕과 신하들의 존경을 한 몸에 받고 있는 사제였습니다.

날씨가 화창한 어느 날, 젊은 사제는 혼자 궁중에서 멀지 않은 공원으로 놀러 나갔습니다. 답답한 궁중을 벗어나니 마음이 한결 가벼워졌습니다. 그 때 어디선가 들려오는 아름다운 노래 소리에 젊은 사제는 자기도 모르게 홀린 듯 그쪽으로 걸음을 옮겨놓았습니다. 이윽고 가까운 울다라가 나무 그늘에 서서 노래를 부르고 있는 젊고 아름다운 여자를 발견하였습니다. 흡사 금방 하늘에서 내려온 천사처럼 예쁜 여자였습니다. 사제는 홀린 듯 여자를 바라보며 노래를 듣고 있었습니다.

"꾀꼬리보다도 더 예쁜 목소리구려. 한 곡 더 들려줄 수 없겠소?"

노래가 끝나자 사제가 가까이 다가서며 말을 걸었습니다. 깜짝 놀란 여자가 얼굴을 붉히며 어쩔 줄을 몰라 했습니다. 그런 여자

의 모습이 너무도 아름다워 젊은 사제는 여자보다 더 얼굴이 붉어
졌습니다.

그 일로 두 사람은 한 순간에 사랑에 빠져들었습니다. 사제는
아무도 모르게 그 여자와 뜨거운 사랑을 나누었습니다. 그렇게 몇
달 달콤한 사랑에 빠져있던 어느 날 여자가 말했습니다.

"사제님, 이 일을 어쩌지요? 제가 아기를 배었어요."

그 말에 젊은 사제는 깜짝 놀라 정신이 번쩍 들었습니다. 여자
는 자기와 결혼할 수 없는 평민 계급인 바이샤 출신 평민이었습니
다. 그런 여자와 몰래 사랑을 나누고 아이를 갖게 되었다는 것이
몹시 부끄럽고 난감해졌습니다.

"아기가 태어나면 당연히 사제님의 성을 따라야하고, 브라만으
로 살겠지요?"

"그, 그건 안 되오! 아버지와 어머니가 브라만 출신이 아니면 절
대로 자식은 브라만의 성을 가질 수가 없는 법이오. 사제인 내가
나라 법을 어길 수는 없소!"

젊은 사제는 단호하게 잘라 말했습니다.

"그러면 이 일을 어쩌지요?"

여자는 슬픈 얼굴로 울먹이며 말했습니다.

"당신과 내가 처음 만난 곳이 울다라가 나무 밑이니 아이가 태
어나면 이름을 울다라가로 하구려. 여자 아이가 태어나면 이 반지
를 팔아 양육하고, 사내아이면 스무 살이 되거든 이 반지를 끼고
나에게로 보내시오."

젊은 사제는 끼고 있던 큰 도장 같은 보석이 박혀있는 황금 반

지를 여자의 손에 쥐어주고는 도망치듯 궁궐로 돌아가 버렸습니다. 사랑을 잃은 여자는 몸부림치며 울었지만 수백 년 이어져온 신분의 벽은 어쩔 수가 없었습니다.

그로부터 열 달 후에 여자는 아기를 낳았습니다. 건강하고 잘생긴 사내아이였습니다. 아기는 무럭무럭 잘 자랐습니다. 브라만의 피를 받은 소년답게 재주 있고 영특했습니다.

"엄마, 나는 왜 아빠가 없어요? 내 아빠는 누구예요?"

어느 날, 아비 없는 자식이란 놀림을 받고 울면서 들어온 소년이 엄마에게 대들듯 물었답니다.

"울다라가야, 너는 아버지가 없는 게 아니란다. 아버지는 아주 훌륭한 분이시란다."

"훌륭한 분이라구요? 가족을 돌보지 않는 분이 훌륭해요? 그게 누군데 그래요?"

"그건 이 어미 때문이란다. 아버지는 평민 출신인 이 어미와 결혼할 수 없는 브라만 출신이신 임금님의 사제시거든. 그렇지만 너는 브라만의 피를 받았으니 더 자라면 궁중으로 가서 아버지를 만날 수 있게 될 거다."

"그게 언젠데요?"

"네가 스무 살이 되면 보내라고 하셨어. 그러니 지금부터 공부를 열심히 해야 한단다."

"스무 살이라구요? 말도 안 돼! 그 때는 내 힘으로 살 수 있는데 내가 왜 그런 아버지를 찾아가요? 엄마와 나를 버린 그 사람은 아버지도 아니예요!"

"애야, 그런 말 하면 안돼. 넌 아버지의 피를 받아 아주 영리하고 똑똑한 사람이야. 너는 이 어미처럼 평민으로 살 사람이 아니란다. 브라만이 되면 많은 사람의 우러러보는 훌륭한 사람이 될 거다. 그러니 지금부터라도 학문을 닦고, 브라만교의 경전인 베다를 공부해야 해야 해."

"좋아요, 엄마! 학문도 닦고 베다도 공부하겠어요. 그런 다음 아버지를 만나 엄마와 나를 버린 아버지에게 복수할 거예요."

울다라가는 주먹을 불끈 쥔 손목으로 쓱쓱 눈물을 닦으며 말했습니다.

그런 일이 있은 얼마 후, 소년은 어머니가 마련해 준 스승에게 바칠 예물과 아버지가 남긴 징표인 반지를 소중히 지니고 득차시라로 떠났습니다. 득차시라에는 베다는 물론 학술을 가르치는 유명한 스승들이 살고 있었습니다. 예물을 바치고 간단한 면접을 거친 후 소년은 유명한 스승의 제자가 되었습니다.

하나를 가르치면 열을 아는 울다라가의 타고난 재주에 스승은 놀라고 감탄하곤 했습니다.

"너는 참으로 놀라운 재능을 타고 난 아이로다. 부지런히 배우고 익히면 훌륭한 사제가 될 것이야."

스승은 울다라가의 재주에 감탄하며 칭찬했습니다. 불과 몇 년 만에 울다라가는 스승의 보조 교사가 되어 다른 제자들을 가르치게 됐습니다. 스승의 학술을 모두 익히고, 베다의 내용에도 통달했습니다.

"나는 이제 너를 더 가르칠 게 아무것도 없구나. 더 큰 스승을 찾아 이곳을 떠나도록 하여라. 설산에서 고행을 하는 사람들 중에는 깨달음을 얻은 큰 스승이 있을 지도 모르니 그곳으로 가보아라."

어느 날 스승이 말했습니다. 울다라가도 그런 생각을 하고 있었습니다. 그래서 아버지를 만날 수 있는 스무 살이 될 때까지 설산에서 고행을 하며 학술을 더 배우기로 하고 길을 떠났습니다.

설산에 도착한 울다라가는 숲속의 토굴에서 수련하고 있는 오백여 명이나 되는 고행자를 만날 수 있었습니다.

"수도자 여러분, 여러분이 깨달은 학술을 저에게 가르쳐 주십시오. 뭐든 가르쳐 주시는 분은 모두 저의 스승으로 모시겠습니다."

오백여 명의 고행자들은 울다라가의 재주를 알아보고 고행을 통해 자신들이 깨달은 것을 무엇이나 가르쳐 주려고 했습니다. 그렇게 토굴에서 고행자들과 같이 생활하며 열심히 배운 끝에 그는 오백 명이나 되는 고행자들 중에서 가장 뛰어난 사람이 되었습니다. 누구도 울다라가의 학술과 베다에 대한 지식, 그리고 깨달음을 뛰어넘을 사람이 없었습니다. 그래서 고행자들이 모여서 회의를 한 끝에 울다라가를 그들의 스승으로 모시기로 결정했습니다.

"비록 우리보다 나이는 어리지만 그대는 학술과 베다에 통달한 데다 우리들 중 그 누구보다 큰 깨달음을 얻은 사람이오. 그러니 부디 우리 모두의 스승이 되어 주시오. 오늘부터 우리는 그대를 존자님으로 부르며 따르기로 했소이다."

그 동안 무리의 우두머리로 스승 노릇을 했던 사람이 울다라가에게 말했습니다. 울다라가가 스무 살이 된 해의 일이었습니다.

울다라가는 드디어 왕의 사제인 아버지에게 복수를 할 때가 되었다고 생각했습니다. 버린 자식이 수백 명 고행자를 이끄는 존자가 되어 아버지 앞에 나타나 아버지를 부끄럽게 만드는 것이 그가 생각한 복수였습니다. 그리고는 아버지를 왕의 사제 자리에서 밀어내고 자기가 그 자리를 차지하겠다는 생각이었습니다.

"고맙지만 나는 여러분의 뜻을 받아들일 수 없습니다. 나는 이제 이곳을 떠나 백성들 속으로 들어가 행걸을 하며 내가 깨달은 것을 그들에게 설법할 결심을 했기 때문입니다. 그것이 풀뿌리와 나무열매로 배를 채우며 토굴 속에서 고행으로 깨달은 사람의 도리이니까요. 나는 임금님의 동산으로 가서 임금님도 만나 설법을 하고, 임금님의 사제와도 토론을 할 생각입니다. 여러분이 만약 나와 같이 행걸 수행을 하며, 나와 행동을 같이하겠다면 여러분의 뜻을 받아들이겠습니다."

울다라가의 말에 고행자들은 깜짝 놀랐지만 그의 말이 참으로 옳다고 생각하는 사람도 많았습니다. 그들 중에는 행걸을 하며 시주를 받아본 수행자도 많이 있었습니다. 그런데 세상 사람들이 쥐꼬리만큼 보시를 하고는 고맙다는 인사를 하도록 하고, 설법을 시키고는 까다로운 질문을 해서 창피를 주는 사람이 많아 그들은 그런 수행을 두려워하고 있었던 사람입니다. 그런데 울다라가 존자와 함께 다닌다면 그런 걱정은 하지 않아도 될 것입니다. 그래서 절반이 넘는 고생자들이 그를 따르겠다고 나섰습니다.

이백 명이 넘는 수행자 일행도 놀랍지만 울다라가라는 존자의 설법에 감동한 사람들이 보시할 물건과 음식을 가지고 구름처럼 몰려왔습니다. 울다가라는 그들에게 감사하고 축복하면서 그들의 질문에 속 시원한 대답을 내놓았습니다.

드디어 울다라가 존자가 이끄는 왕궁이 있는 바라나시 시에 도착하였습니다. 울다라가 존자와 그 일행에 대한 바라나시 백성들의 관심은 엄청났습니다. 시민들은 현자의 무리, 덕이 높은 고행자들이 왔다고 들끓었습니다.

일행은 드디어 왕의 동산에 도착하여 자리를 잡았습니다.

"우리 이야기를 들었으면 임금님이 내일 쯤 행차하게 될 것이오. 그러니 임금님의 마음을 끌 수 있는 준비를 해야 하오."

왕의 동산에 도착한 울다라가 존자가 따르는 무리들에게 말했습니다.

"어떤 준비를 해야 합니까, 존자님?"

"우리는 수행자들이오. 명예나, 돈, 직위 같은 것을 티끌처럼 생각한다는 것을 임금님에게 보여 주어야 하오. 그러기 위해 어떤 사람은 박쥐 행자가 되고, 어떤 이는 나무에 걸터앉아 수행하고, 어떤 이는 평상에 벌렁 누워서 경을 외고, 어떤 이는 이리저리 거닐면서 진언을 외고, 어떤 이는 열병에 든 수행자의 행세를 하고… 아무튼 임금님에게 우리가 아무 욕심이 없는 사람들임을 보여주어야 하오. 그래야만 우리가 이 임금님의 동산을 차지하고 백성들을 만날 수 있고, 많은 보시도 받을 수 있소. 내가 말한 대로 각기 나뉘어 자기가 맡은 행동을 하도록 해 보시오."

그리고는 열 사람의 현명한 토론가를 뽑아 특별히 마련한 의자 주위에 세웠습니다. 토론가들 주위에 많은 제자들을 둘러싸게 했습니다. 그런 다음 울다라가 존자는 바라나시 귀족이 선물한 멋진 의자에 앉아 책을 펼쳐들었습니다.

"히히, 재미있군. 존자님은 참 대단한 분이야!"

"암, 대단하고 말고! 우리가 설산에서 풀뿌리와 나무 열매로 고행한다고 사제가 될 처지도 아닌데 정말 잘 했지."

고행자들은 신이 나서 떠들었습니다.

그렇게 소란스러운 시간에 느닷없이 왕의 사제가 임금님의 동산에 나타났습니다. 임금님의 동산에 백성들의 환호를 받는 젊은 존자가 이백 명이 넘는 고행자 무리를 이끌고 도착했다는 신하의 보고를 받은 임금님이 사제에게 가서 살펴보고 임금님이 직접 동산에 와서 설법을 듣겠다는 뜻을 전하라는 분부를 받고 달려온 것입니다.

사제는 난장판이 된 듯한 동산의 고행자들의 행동을 보고 눈살을 찌푸렸습니다.

"나는 임금님의 사제일세. 그런데 설산을 나온 수행자라면서 임금님의 동산에서 어찌 이리 난장판처럼 소란스러운 건가? 그대들의 스승은 어디 있는가?"

사제는 나무뿌리에 반쯤 누워서 베다를 중얼거리고 있는 고행자를 보고 큰소리로 물었습니다. 그 말에 깜짝 놀란 고행자가 벌떡 일어나 동산 안쪽을 손가락으로 가리켰습니다. 그곳에는 새파랗게 젊은 청년 한 사람이 제자들에 둘러싸여 의자에 앉아 책을 펴들고 뭔가를 지시하고 있었습니다. 그러는 젊은이의 손가락에 낀 황금빛 보석반지가 유난히 크게 사제의 눈을 찔렀습니다.

사제는 울다라가 쪽으로 가지 않고 바로 발길을 돌렸습니다. 왕궁으로 돌아오면서 사제는 생각했습니다.

'내가 누려온 임금님의 사제 자리를 아들에게 물려줄 때가 되었구나. 아들이 그렇게 많은 제자를 거느리고 백성들의 신뢰를 받는 존자가 되었다니 이보다 기쁠 수가 없지. 녀석이 임금님 앞에서 나를 창피하게 만들려는 모양이지만, 그건 어쩔 수 없는 인과응보이지.'

"그래, 수행자들은 어떤 모습이었소? 그 유명한 젊은 존자도 만나 보셨소?"

궁중으로 돌아온 사제에게 임금님이 물었습니다.

"돌아보기만 하고 그냥 돌아왔습니다. 내일 임금님께서 직접 젊은 존자의 설법을 들어보시고 마땅한 인물이라 생각되시면 그를 임금님의 사제로 삼으소서! 소신은 이미 늙어서 이 자리를 더는 감당할 수 없기에 오늘로 사제의 자리에서 물러나 설산 수행을 떠날 결심을 하였기로 하직 인사를 올립니다."

"아, 아니, 그게 무슨 말씀이오? 사제의 자리에서 물러나다니! 대체 그게 무슨 말이오?"

"그것이 신의 뜻이오니 더는 묻지 마시옵소서!"

말을 마친 사제는 임금님의 만류에도 아랑곳없이 왕궁을 떠났습니다. 설산으로 수행을 떠나는 그의 걸음걸이는 어느 때보다도 가뿐하고 힘이 넘쳐 보였습니다.

◑ 생각 키우기

인도의 계급 제도인 카스트는 1947년에 법으로 폐지했지만 지금도 존재하고 있습니다. 네 개의 계급 아래에 불가촉 천민이라는 짐승보다 못한 대접을 받는 파리아라는 계급도 있답니다. 엄격한 이 계급 때문에 왕의 사제인 아버지로부터 버림 받았던 아들이 이를 악물고 학문과 브라만교의 근본 경전인 베다를 닦아 통달한 후 아버지에 대한 원한을 복수하려고 하지만 아버지는 기꺼이 그 자리를 아들에게 내주고 설산 수행을 떠납니다. 인간 사회에 있어서는 안되는 계급 제도의 비극을 잘 보여주고 있으면서 아들에 대한 지극한 사랑을 보여주는 아버지의 모습을 이야기한다고 할 수 있지요.(본생경 제487화 : 울다라가 고행자의 전생 이야기)

1961년 경남신문 신춘문예 소설로 당선작 없는 가작, 1966년 경향신문 신춘문에 동화 당선, 현대문학 소설 추천으로 문단에 나왔다. 단편 동화집 〈배냇소 누렁이〉 외 30여 권, 장편소년소설 〈거인과 추장〉등 20여 권, 인물소설 〈세계를 누비며〉 등 30여권을 출간했고, 세종아동문학상, 대한민국문학상, 한국문학상, 방정환문학상, 대한민국5.5문화상 등을 받았다. 한국아동문학가협회 회장, 한국불교아동문학회 회장을 지냈고, 현재 사단법인 어린이문화진흥회 회장 이사장을 맡고 있다.

# 가락지의 인연

이 성 자

바라나시의 부라후마닷타왕이 행렬을 이끌고 동산으로 향했습니다. 시원한 바람이 왕의 머릿결을 간지럽게 했고, 나무와 꽃들은 이파리를 나부끼며 반겨주었습니다. 동산 위에 다다른 왕은 모처럼 골치 아픈 나랏일을 다 잊어버릴 수 있었습니다.

"라라라라라 라라라."

그때, 어디선가 청아한 노랫소리가 들려왔습니다.

왕은 노랫소리를 따라 발길을 옮겼습니다.

어여쁜 여인이 숲 속에서 나무를 하며 부르고 있었습니다. 왕은 자신도 모르게 그 여인에게 다가섰습니다.

"그대의 노랫소리가 아름답군요."

여인은 고개를 들지 못했습니다.

왕은 더욱 더 그 여인이 아름답게 느껴졌습니다.

꽃향기가 동산 가득 퍼지고, 날아가던 새들도 노래를 불렀습니다. 분위기에 흠뻑 취해 있던 왕은 여인과 사랑을 나누며 동산에 머물렀습니다.

"왕이시여, 제가 임신을 했습니다."

여인이 왕에게 아뢰었습니다. 왕은 끼고 있던 가락지를 뽑아 여인의 손에 놓아주었습니다.

"계집아이가 태어나면 이 가락지를 팔아 그 돈으로 아이를 기르고, 만일 사내아이가 태어나면 이 가락지를 가지고 아이와 함께 나를 찾아 오너라."

이 말을 남기고, 왕은 여인 곁을 떠났습니다. 여인은 사내아이를 낳았습니다. 아이는 무럭무럭 잘 자랐습니다.

어느 날, 아이가 밖에서 놀다가 그만 친구와 싸우게 되었습니다. 친구는 날름 자기 어머니를 데리고 와서 따지고 들었습니다.

"나는 애비 없는 저 자식에게 맞았어요!"

친구의 손가락질에 아이는 깜짝 놀랐습니다.

"내가 애비 없는 자식이라고?"

지금껏 단 한 번도 생각지 않았던 말을 듣고, 아이는 그만 가슴이 먹먹했습니다. 당장 집으로 달려왔습니다.

"어머니, 내 아버지는 누굽니까?"

아이가 눈물을 흘리며 물었습니다.

"너는 바라나시 왕의 아들이다."

여인은 그동안 가슴에 묻어두었던 말을 조심스레 꺼냈습니다.

적당한 때를 기다리며 참고 또 참았던 여인은 아이의 눈물 앞에 더 이상 버틸 수가 없었습니다.

놀란 아이가 어머니 곁으로 바짝 다가앉았습니다.

"사실입니까? 어떤 증거가 있습니까?"

"그럼, 있고말고!"

여인은 장롱 깊숙이 넣어두었던 왕의 가락지를 꺼내 보여주었습니다.

"아가, 왕은 이 가락지를 주면서 너와 함께 찾아오라고 하셨다."

"어머니, 그렇다면 왜 나를 당장 아버지에게로 데려가지 않았습니까?"

아이가 눈물을 그렁거리며 말하자, 여인은 아이의 손을 꼭 잡았습니다.

"네가 좀 더 자라면 가려고 때를 기다리고 있었단다."

드디어 때가 되었음을 안 여인은 아이의 손을 잡고 궁궐로 향했습니다.

"왕을 만나러 왔습니다."

궁월 문 앞에서 연락을 취하고 기다리고 있었습니다.

문이 열리자 여인은 아이와 함께 왕 앞으로 갔습니다. 왕은 여러 대신들과 함께 술잔을 돌리며 놀이를 즐기고 있던 중이었습니다.

"대왕님, 이 아이가 바로 당신의 아들입니다."

여인은 가락지를 보이며 아이를 왕 가까이 데리고 갔습니다.

왕은 아이와 가락지를 번갈아 바라보았습니다. 잠시 생각에 젖어있던 왕의 얼굴에 부끄러운 기색이 나타났습니다.

"그것은 내 가락지가 아니다."

왕은 한마디로 딱 잘라 말했습니다.

"아니라니요?"

당황한 여인은 그만 할 말을 잃고 말았습니다.

여인은 아무리 생각해도 왕이 준 가락지 외에는 증거를 댈만한 것이 없다는 게 너무도 원통했습니다. 깊은 숨을 몇 번 들이키던 여인이 갑자기 아이의 두 다리를 움켜잡았습니다.

"대왕님, 이 가락지 외에 여기서는 아무도 내 증인이 되어줄 이가 없습니다. 제가 아이를 하늘로 던지겠습니다. 만일 이 아이가 대왕님의 아들이라면 허공에 설 것이요. 그렇지 않다면 땅에 떨어져 죽을 것입니다."

말릴 틈도 없이 여인은 아이를 휙, 허공으로 던졌습니다.

"저런, 저런!"

보고 있던 사람들이 놀라서 손에 땀을 쥐었습니다. 안타까운 모습을 쳐다보지 않으려고 아예 눈을 감아버리는 사람도 있었습니다.

그런데 아이가 땅바닥으로 떨어지기는커녕 허공에서 가부좌로 앉아있는 것이었습니다.

"세상에, 이런 일이!"

왕은 물론 함께 있던 사람들의 입이 딱 벌어졌습니다. 모두가 숨도 크게 쉬지 못하고 아이만 쳐다보고 있었습니다.

"대왕이여, 나는 당신의 아들입니다. 사람의 주인이여, 당신은 나를 길러야 합니다. 왕은 남까지도 길러야 하거늘 하물며 자기 아들을 버리려하십니까."

이가 감로와 같은 음성으로 설법을 하는 것입니다. 설법을 듣던 사람들이 두 손을 합장했습니다. 왕은 부끄러운 생각에 잠시 아들이 아니라고 부인했던 게 크게 잘못되었다는 것을 깨달았습니다.

"자, 이리 오너라. 내가 기르리라."

왕이 양 팔을 내밀며 말했습니다.

그런데 어찌된 일일까요? 천개의 팔이 한꺼번에 아이를 향해 내밀어졌습니다. 수천의 팔은 누구의 팔인지 도대체 구별하기가 힘들었습니다.

그런데도 아이는 왕의 손을 잘도 찾아 내려오더니, 왕의 무릎위에 살포시 앉는 것이었습니다.

"와, 저 많은 손 중에서도 아비의 손을 찾는 것 보시오!"

그 광경을 바라보고 있던 사람들은 모두가 감탄하며 고개를 끄덕였습니다.

왕은 곧바로 여인과 아이를 거두었습니다. 그러고는 아이에게 왕의 지위를 주고 여인은 정비로 삼았습니다.

세월이 흘러 왕이 죽은 뒤, 아이는 아버지의 뒤를 이어 나무를 운반한다는 이름의 캇타바하나라는 왕이 되어 정의로서 나라를 다스리며 행복하게 살았답니다.

◗ 생각 키우기
　이 이야기에서는 부모와 자식 사이에 마땅히 지켜야할 도리가 있다는 것을 알려주고 있어요. 천륜의 소중함을 일깨워주었던 아이의 어머니는 마야부인이고, 그의 아버지는 정반왕이며 가락지의 인연을 증명한 캇타바하나왕은 바로 부처님이셨습니다.(본생경 제 465화 나무하는 여자의 전생이야기)

전남 영광에서 났으며, 아동문학평론(1992) 및 동아일보신춘문예당선 (1996)에 당선했다.
《너도 알 거야》,《키다리가 되었다가 난쟁이가 되었다가》,《입안이 근질근질》,《손가락 체온계》,《내 친구 용환이삼촌》많은 동화·동시집을 펴냈고, 한국불교아동문학상, 방정환문학상 등을 받았다. 현재, 광주교육대학교와 대학원에서 아동문학을 강의하고 있다.

# 한 끼 값이 황금 천 냥

김 영 순

"할머니, 학교에 다녀왔습니다."

남일이는 할머니가 계신 방문을 반쯤 열고는 볼 멘 소리로 인사를 합니다.

"남일아, 한 끼니 밥값이 황금 천 냥이라는 말을 못 들어 봤느냐?"

불경을 읽고 있던 할머니는 돋보기안경을 벗어놓고, 떨떠름한 남일이의 표정을 살펴봅니다.

할머니는 다른 날 같으면, 남일이가 학교에서 오늘처럼 늦게 집으로 돌아오면, '에미야, 남일이 시장하겠다. 주전부리 할 것 좀 내 오너라' 하고, 엄마에게 홍시나 찐 고구마를 내오도록 했을 것입니다. 그런데 할머니는 오늘따라 '한 끼니의 밥값이 황금 천 냥'이라는 알아듣지 못할 말을 하고 있습니다.

"할머니, 황금 천 냥이 다 뭐야?"

남일이는 방안으로 한 발 들어서며 묻습니다.

"이 할미가 좀 전에 나리엄마한테서 다 들었다. 나리가 좀 잘못을 했기로서니 식판의 음식을 먹지도 않고……"

"김나리나 그 엄마나 입이 가볍기는 알아줘야 한다니까. 오늘 학교에서 있었던 일을 그새 또 할머니께 고자질을 했구나? 나리엄마는 우리 동네 나팔이라니까."

오늘 학교에서 있었던 일입니다.

전교어린이회 회장과 부회장인 남일이와 김나리는 학교 도서실에서 이달의 전교생 독서 열람대장을 정리하고 있었습니다. 학교에서는 다달이 독서 열람대장을 조사해서 독서를 많이 한 학생을 뽑아, '이달의 독서 왕'이란 상을 주고 있습니다.

남일이네 학교는 전교생이 150명밖에 안되는 시골의 작은 학교입니다. 그래서 두 사람이 30분 정도만 독서 열람대장을 조사하면 이달의 독서 왕을 뽑아낼 수 있습니다.

"나리야, 벌써 12시 40분이다. 급식시간이 10분이나 지났다."

남일이는 하던 일손을 멈추고 자리에서 일어났습니다.

남일이네 학교는 급식실이 좁아, 점심때면 두 팀으로 나누어 급식을 합니다. 12시 정각부터 12시 30분까지는 1, 2, 3학년 동생들이 급식을 하고, 12시 30분부터 50분까지는 4, 5, 6학년들의 급식시간입니다. 그래서 남일이는 시간에 쫓겨서 서둘렀습니다.

그런데 남일이의 뒤를 따라오던 나리는 급한 걸음으로 화장실 쪽으로 갑니다. 남일이는 급식실에서 식판을 뽑아들고 배식대 앞으로 갔습니다.

"남일아, 오늘은 늦었구나. 그런데 우리 나리는 왜 안 오니?"

김나리 엄마가 밥을 퍼주며 묻습니다.

학교급식은 영양사님을 도와서 어머니들 여섯 분이 1주일씩 봉사활동을 합니다. 이번 주간은 나리 엄마가 급식봉사를 하는 당번입니다.

"아줌마, 잘 먹겠습니다. 나리도 곧 올 거예요."

남일이는 국까지 받아들고 식탁 쪽으로 가고 있습니다. 그때 누군가 뒤쪽에서 남일이의 팔꿈치를 쳐서 식판이 마루바닥에 떨어졌습니다.

"남일아, 미안, 미안하다."

나리가 허둥거리고 있습니다.

"나리야, 조심하지 않고. 얘, 그래도 음식들이 마루바닥에 쏟아지지는 않아서 다행이다."

나리엄마는 별일도 아니라는 듯 태평한 얼굴입니다. 식판의 반찬들이 서로 뒤섞이고 국물이 밥으로 쏟아졌는데도, 그는 태평하게 웃고 있습니다. 남일이는 화가 나서 음식물 쓰레기통에 식판을 뒤집어엎었습니다. 그리고 도서실로 갔습니다.

'보살할머니, 오늘 글쎄 학교에서 남일이가 급식시간에……'

나리엄마는 보나마나 쪼르르 할머니를 찾아와서, 오늘 급식실에서 있었던 일들을 낱낱이 일러바쳤을 것이 빤한 일입니다. 남일이 할머니는 마을에서나 절에서나 모두 '보살할머니'로 부르고 있습니다.

"남일아, 너는 절에 갔을 때 스님들이 공양하시는 것을 여러 번 보았었지? 스님들은 공양을 하실 때 밥알 한 톨도 남기지 않고, 또 바루를 씻은 물은 물론, 김치 쪽 하나까지 모두 드시는 것을 너는 보았지?"

"……"

"스님들은 한 끼니 밥값이 황금 천 냥이라는 인연공덕을 알고 있기 때문에 공양 음식이바지를 그렇게……"

"할머니, 인연공덕은 또 뭐야?"

"남일아, 이리로 와서 할머니 곁에 앉아 봐라. 이 보살할머니가 그 인연공덕의 이야기를 들려주마."

할머니는 남일이를 자기 곁에 앉히고는 옛 월광왕의 전생 이야기를 들려주었습니다.


옛날 범여왕이 바라나시에서 나라를 다스리고 있을 때, 그의 왕자 월광동자는 득차시라에서 공부를 하고 있었습니다.

월광 동자는 그날도 스승에게 가르침을 받고, 늦은 시간에 그 집을 나와 어둠 속에서 빠르게 달려가고 있었습니다. 그 때 어떤 바라문이 걸식을 하고 자기 집으로 돌아가고 있었습니다.

월광 동자는 바라문을 보지 못하고 팔로 그를 쳐서 음식이 든 그의 바루를 깨버리게 되었습니다.

"이거 미안하게 되었소. 어두워서 그랬으니 용서하구려."

월광 동자는 바라문이 가엾어서 그의 손을 잡아 일으켰습니다.

"당신 때문에 구걸을 하는 공양도구까지 깨뜨렸소. 그러니 나에게 그 음식값을 주시오."

바라문은 슬픈 목소리로 말을 합니다.

"바라문, 나는 지금 그 음식 값을 줄만한 재물이 없소. 그러나 나는 가시국의 왕자요. 이 월광이 뒷날 왕위에 오르거든 내게 와서 그 음식 값을 청구하시오. 그러면 그 때 넉넉하게 보상하겠소."

그 뒤 몇 년의 세월이 흘러갔습니다. 월광 동자는 득차시라에서 학업을 마치고 바라나시로 돌아갔습니다.

"아바마마, 소자 월광은 학업을 마치고 무사히 돌아왔습니다."

월광 왕자는 부왕에게 그동안 배운 학문을 보여주었습니다.

"나는 이제 늙었다. 학문이 높은 내 아들 월광에게 왕위를 물려주겠노라."

부왕은 월광왕자의 높은 학문과 훌륭한 인품을 보고, 기쁜 마음으로 왕자에게 왕위를 물려주었습니다. 그리하여 그는 왕이 되었습니다. 월광왕은 슬기로운 지혜와 정의로운 정치로 나라를 잘 다스려 나갔습니다.

바라문은 이 소식을 듣고, 옛날에 약속한 그 음식 값을 받기 위해 바라나시로 갔습니다.

월광왕은 그날도 백성들을 보살피기 위해 순찰을 하고 있었습니다. 그걸 보고 바라문은 손을 높게 들고 만세를 불렀습니다. 그러나 왕은 그것을 보지 못하고 그대로 지나갔습니다.

바라문은 월광왕이 자기를 보지 못한 것을 알고, 왕의 앞으로 가깝게 다가가서 변론을 시작하기 위해, 목소리를 가다듬고 다음 게송을 외웠습니다.

　　백성들의 주인이여, 내 말을 들어다오.
　　월광 왕이여, 나는 어떤 인연으로 목적이 있어 여기 왔노라.
　　두 발의 어른이여, 길 가는 바라문이 섰을 때,
　　그대는 그대로 지나지 않으리라, 말하였다.

　월광왕은 금강 막대기로 코끼리를 세우고 다음 게송을 읊었습니다.

　　나는 여기에 멈춰 서서 들으리니 바라문아, 말하여라.
　　어떤 인연, 어떤 목적이 있어 여기에 왔는가?
　　바라문아, 너는 내게서 무엇을 구하려고
　　여기에 왔는가? 그것을 말하여라.

　　나에게 훌륭한 다섯 개의 마을을 다오.
　　종 백 사람과 700마리 소와
　　천 냥의 황금과 그리고 두 사람의
　　나와 종족이 같은 아내를 다오.

　　바라문아, 내게는 무섭고 어려운 일이 있느냐?

혹은 네게는 야차 귀신이라도 있느냐?
혹은 내게 이로운 일, 너는 알고 있느냐?

내게는 고행도 없고 주문도 없다.
내게는 야차귀신도 없다.
나는 너의 이로운 일도 알지 못한다.
그러나 나는 일찍이 그대(월광)를 만난 일이 있다.

나는 너를 만난 것이 오늘이 처음이라 생각한다.
나는 너를 이전에 안 일이 없다.
나는 그대에게 묻노니 그 사실을 내게 말하여라.
언제 어디서 우리는 만난 일이 있는가?

왕이시여, 간다라왕의 아름다운 서울에서,
왕은 그때 득차시라에 살고 있었다.
그날 거기서 어두운 밤에
우리 둘은 어깨와 어깨가 맞부딪친 일이 있었다.
백성의 주인이여, 우리는 거기 서서
정다운 이야기를 나누었었다.
그것만이 우리들의 만남이었으니
그 뒤로는 아무 때도 만난 일이 없다.

바라문이여, 사람은 그 누구나
착한 사람과는 어느 때 만나더라도
지혜로운 자는 한 번 만나 오랫동안 사귄 벗으로서
일찍 있던 은혜와 의리는 없어지지 않는다.
어리석은 자는 한 번 만나면 벗인 체하나
일찍 있던 은혜와 의리를 없애버린다.
어리석은 자는 이같이 많고 많은 은혜도 허무한 것이니
어리석은 자는 은혜와 의리를 잊기 때문이다.
그러나 지혜로운 자는 한 번 만나 오래 사귄 벗으로서
일찍 있던 은혜와 의리를 버리지 않는다.
지혜로운 자는 은혜와 의리를 알기 때문이다.
나는 네게 다섯 개의 훌륭한 마을을 주겠노라.
백 사람의 종과 700마리의 소와
천 냥의 황금과 그리고 두 사람의
너와 같은 종족의 아내를 주겠노라.


월광 왕 폐하,
착하고 어진 사람과의 만남은 이와 같은 것.
수많은 별 속에서 빛나는 달과 같은 것.
가시국의 월광 왕이시여,
나도 또한 그와 같으니
나는 오늘 당신을 만났기 때문이오.

이것은 우리 둘 사이의
인연공덕으로 이루어진 것이라오.


"남일아, 옛 월광왕은 이와 같은 한 끼니의 공양 때문에, 바라문에게 값진 보물과 명예를 주었다. 이 모두가 부처님을 정성스럽게 섬긴 인연공덕으로 이루어진 것이란다."

할머니는 인연공덕이란 '좋은 인연을 만나 착한 일을 많이 해서 공덕을 쌓고, 또 불공을 열심히 닦은 덕'이라 말합니다.

"그러니까 남을 위해 좋은 일을 많이 하는 것이 인연공덕인가요?"

"그렇다. 그런데 우리가 좋은 일을 많이 하려면 밥알 한 개라도 금 쪽 같이 소중하게 생각해야 한단다."

할머니는 남일이의 손을 꼭 잡아줍니다.

"할머니, 오늘은 학교에서 제가 잘못했어요."

남일이의 눈에 눈물이 글썽 고였습니다.

"남일아, 월광왕은 그 때의 인연공덕으로 뒷날 석가모니 부처님이 되셨단다. 그리고 바라문은 석가모니를 평생토록 정성스럽게 섬기는 시자, 아난다로 태어났단다. 인연공덕이란 과거뿐만 아니라, 현재와 미래까지도 계속 이어지는 것이란다."

"할머니, 점심을 굶었더니 배가 고픈데, 이것도 인연공덕인가?"

남일이는 멋쩍게 웃습니다.

"암만, 그것은 나쁜 인연공덕이지. 나쁜 인연으로 맺은 사과열매는, 알이 작으며 맛도 없고, 좋은 인연공덕으로 맺은 사과는, 열매가 굵고 사과즙이 달디 달단다."

◐ 생각 키우기

월광동자는 바라문의 공양그릇을 깨뜨렸으나, 지혜로운 왕이 된 월광왕은 바라문에게 많은 재물을 주어 은혜를 갚았어요. 그런 전생의 인연공덕으로 월광은 현생에서 석가모니로 태어났고, 바라문은 그의 제자가 됩니다. 그리고 그들은 후생까지 좋은 인연으로 3생을 이어가고 있습니다. 사과나무의 열매도 3생을 사과로 이어가지만, 그 인연공덕에 따라 사과의 열매가 클 수도 있고, 작을 수도 있습니다. 슬기롭고 지혜로운 사람은 좋은 인연공덕을 쌓습니다.(본생경 제 456화 월광왕(月光王)의 전생이야기)

1934년 충남 서천군 한산면 원산리에서 태어났고, 1962년 한국일보신춘문예에 동화로 당선했다. 동화집 《늦동이》, 《고구려의 왕자》, 《배달나라 발해》, 《우차꾼의 아들》, 《열두 시조 동화》, 《황진이와 홍랑》 등 장편 동화를 썼다. 제1회 민족동화문학상, 제12회 방정환문학상을 받았으며, 한국문인협회, 한국아동문학인 협회, 한국불교아동문학회 회원으로 활동하고 있다.

# 마음의 빛깔

조 평 규

인도의 바라나시에 욕심 많은 까마귀가 있었습니다.

검정 치마저고리를 입은 것처럼 시커먼 깃털로 몸치장을 하고 있는 그 까마귀는, 아침부터 한낮이 될 때까지 죽은 코끼리의 살을 쪼아 먹었습니다. 배가 불룩해져도 먹고 또 먹었습니다.

'실컷 먹어둬야 해. 다른 새가 날아오기 전에.'

목구멍까지 코끼리의 살이 가득 찬 까마귀는, 그제야 죽은 코끼리 곁에서 날아올랐습니다.

'역시 공짜는 좋아. 죽은 코끼리를 쪼아 먹는 일은 힘도 지도 않고. 까옥까옥.'

까마귀는 노래도 불렀습니다. 죽은 코끼리가 불쌍하다는 생각은 조금도 하지 않았습니다. 나뭇가지에 내려앉아 꾸벅꾸벅 졸기도 하고, 넓은 풀밭의 아름다운 꽃을 구경하기도 하였습니다.

'치, 나처럼 시커먼 꽃은 한 송이도 없네.'

까마귀는 산 너머 다른 풀밭에도 가 보았습니다. 그곳에도 까마귀처럼 시커먼 꽃은 없었습니다.

'바보들 같으니라고! 검은 꽃도 못 피우는 것이 무슨 놈의 꽃이야!'

까마귀는 꽃구경을 그만두었습니다.

'이젠 물고기나 먹으러 갈까? 산을 넘어 왔더니, 날개에 힘도 빠졌어.'

까마귀는 다시 훨훨 날갯짓을 하였습니다. 마치 임금님 곁에서 시녀가 큰 부채로 바람을 일으키는 것 같았습니다.

'물고기를 잡으려면 얼마나 힘 드는데. 헤엄도 잘 치고, 돌 밑으로 재빨리 숨기도 하는 물고기를 내 재주로는 잡을 수 없어. 그렇다고 내가 누군데, 한번 마음먹은 일을 그만 둬? 꿩 대신 닭이라고, 살아 있는 물고기 대신 죽은 물고기를 먹으면 되지.'

까마귀는 강물이 너무 더러워 죽은 물고기가, 흰 배를 드러내고 둥둥 떠내려 오는 강으로 갔습니다. 그리고는 입에 비린내가 배도록 물고기를 먹었습니다. 어린 새들이 졸졸 따라다녀도, 물고기의 비늘 하나도 남겨 주지 않았습니다.

'세상이 모두 내 것이야!'

까마귀는 강 주변에서 며칠 동안 먹고 놀았습니다.

'이젠 과일도 좀 먹어볼까? 골고루 먹어야 건강에도 좋겠지.'

까마귀는 과수원을 찾아 나섰습니다. 하늘 높이 날아올라 사방을 내려다보았습니다. 이름 모를 과일이 주렁주렁 달린 나뭇가지 밑에 버팀목을 받쳐 놓은 과수원이 보였습니다. 과일 향기가 피어오르는 것 같았습니다.

과수원에 내려앉은 까마귀는, 나무 밑에 떨어져 있는 과일은 거들떠보지도 않았습니다.

'이왕이면 흙 묻지 않은 깨끗한 걸 먹어야지. 그것도 골고루.'

까마귀는 과일 하나를 통째로 먹지 않았습니다. 이 과일 조금 저 과일 조금, 과수원 주인이 시장에 내어다 팔 수 없을 만큼씩 쪼아 먹었습니다. 과수원 주위를 맴돌며 여러 날을 보낸 까마귀는 과일에 싫증을 느꼈습니다.

'과일을 너무 많이 먹으면, 내 몸이 식초가 될지 몰라. 어떤 나라에는 사과식초도 있고, 감식초도 있다던데.'

까마귀는 과수원 주인에게 미안하다는 말 한마디 없이 훌쩍 날아올랐습니다.

'먹잇감으로는 살아 있는 물고기가 최고지. 지느러미 살래살래 흔드는 물고기!'

까마귀는 과수원 아래쪽에 있는 연못으로 날아갔습니다. 연못가 수양버들에 내려앉은 까마귀는, 어떻게 하면 살아 있는 물고기를 잡을 수 있을까 생각하고 있었습니다. 고개를 이리저리 돌려 보기도 하고, 꽁지깃을 까딱까딱 움직여 보기도 하였습니다. 한참 동안 그러고 있어도 좋은 생각이 떠오르지 않았습니다.

그때 연못 한쪽에 원앙새 한 쌍이 나타났습니다.

'아니, 저건 무슨 새야? 무지개를 몸에 두른 듯한 저 아름다운 새 두 마리.'

까마귀는 물고기 생각을 잊고, 예쁜 새 두 마리를 바라보았습니다.

"얘, 너희들 이름이 뭐니?"

"……."

"왜 대답이 없지? 옳아, 내 이름을 말하지 않았군. 내 이름은 까마귀야, 까마귀. 네 이름을 말해 줘."

"……."

"가르쳐 주기 싫으면 그만 둬."

까마귀는 샐쭉해졌습니다. 그때 다른 나뭇가지에 앉아 있던 앵무새가 말하였습니다.

"네 이름이 까마귀라고? 난 앵무새야. 나는 남의 말을 듣고 할 수도 있지만, 저 원앙새는 그럴 수 없어. 서운하더라도 이해해 주렴."

앵무새는 까마귀 곁으로 날아왔습니다. 앵무새는 날개에서 좋은 냄새가 나는 것 같았습니다.

"어쩜, 너도 그렇게 예쁜 깃털을 가졌니? 나도 아름다운 깃털을 갖고 싶어. 원앙새나 너 앵무새처럼 말이야. 무엇을 먹으면 그렇게 예쁜 깃털을 가질 수 있니? 제발 가르쳐 줘. 그 은혜, 이 연못물이 한 방울도 남지 않고 마를 때 까지 잊지 않을게."

까마귀는 얘기를 주고받을 수 있는 앵무새에게 바짝 다가갔습니다.

"까마귀야, 나는 말도 잘 하지만, 냄새도 잘 맡아. 네 몸에서는 불쌍하게 죽은 코끼리 냄새, 더러운 강물에서 숨을 거둔 물고기 냄새, 과수원 주인 몰래 쪼아 먹은 과일 냄새. 그런 것들은 네 마음을 검게 했고 나중에는 네 깃털마저 더 검게 했어. 아주 시커멓게,"

"……."

까마귀는 자신의 몸을 이리저리 둘러보았습니다.

'내가 봐도 싫어. 이 시커먼 깃털!'

앵무새는 시무룩해진 까마귀에게 다정한 목소리로 말하였습니다.

"몸의 빛깔은 좋은 음식, 기름진 고기로 얻어지는 게 아니야. 비록 풀잎에 맺힌 이슬을 받아먹고 벌레를 잡아먹더라도, 마음씨가 고와야 몸의 빛깔이 좋아진단다. 너는 먹고 싶은 것이 있으면 언제, 어느 곳이든 마음대로 날아가서 먹었지?"

"……."

까마귀는 아무 말도 할 수 없었습니다.

"유리병 속에 빨간 물을 넣으면, 유리병이 빨갛게 보이고, 노란 물을 넣으면 노랗게 보이듯이, 네 몸 속에 착한 마음, 고운 마음씨가 있으면 네 몸의 깃털도 아름다워질 수 있어."

앵무새는 예쁜 부리로 까마귀의 깃털을 쓰다듬어 주었습니다.

'나도 욕심을 버리고 원앙새, 앵무새처럼 예쁜 새가 되어야지.'

까마귀는 마음속에 있는 욕심을 버리려고, 연못 위로 날아올랐습니다.

'이 연못에 버릴까? 그러면 연못물이 더러워져서 물고기, 물풀이……. 저 아름다운 원앙새가 맛있는 세바라 물풀을 먹을 수 없게 되고. 아니야, 이 연못에 버려서는 안 돼.'

까마귀는 욕심 버릴 곳을 찾아 까옥까옥 소리를 지르며 어디론가 날아갔습니다.

'복장(가슴속)이 검다' 는 말이 있습니다. 마음씨가 곱지 않고, 남을 해코지 하거나 욕심이 많은 사람을 일컫는 말입니다. 고운 마음씨를 가진 사람은 행동도 바르고 말씨도 부드럽고, 나보다는 남을 먼저 생각합니다. 까마귀의 깃털 색깔처럼 검은 마음씨가 아닌 밝고 맑은 마음이 우리들 가슴에서 샘물처럼 솟아올라 온 세상이 아름답게 되기를 바랍니다. (본생경 제 434화 원앙새의 전생 이야기)

진주교육대학교를 졸업한 후 군복무 시절에 월남(베트남)전에 16개월 간 참전했다. 동화집《서서 자는 말》과 불교동시집《아름다운 세상》을 펴냈으며 경상남도 문화상(문학) 받았다.

# 벼이삭을 묶어서

이 연 수

옛날 마가다왕이 왕사성에서 나라를 다스리고 있을 때입니다. 그 곳 수도의 동북방에 사린디야라는 바라문 촌이 있었습니다. 바라문 코샤곳타는 거기에 천 카리사의 밭을 가지고 농사를 지었습니다.

바라문은 벼가 영글자 여러 하인들에게 나눠서 지키게 하였습니다. 그 중 오백 카리사는 한 가난한 농부에게 품삯을 주어 관리를 하게 했습니다. 농부는 바로 근처에 초막을 짓고 머물렀습니다.

사란디야에서 가까운 곳에 높은 산이 있는데 그 숲에는 수백 마리의 앵무새가 살았습니다. 그 때 보살은 앵무새 무리의 왕자로 태어났습니다. 왕자가 자라자 모습은 아름답고 힘이 세며 몸은 수레바퀴처럼 컸습니다.

앵무새들의 왕인 늙은 아버지는 왕자에게 지배권을 주었습니다.

"왕자야, 나는 기운이 없어서 날 수가 없다. 이제부터 이 무리를 이끌도록 하라!"

"네, 알겠습니다."

그 이튿 날부터 앵무새왕자인 보살은 무리를 이끌고 나가 야생에서 자라는 벼를 찾아 한껏 먹고 돌아왔습니다. 다른 앵무새들은 제 배만 불렸지만 보살은 부모님께 드릴 벼를 가지고 와서 봉양을 하였습니다.

어느 날 앵무새들이 말했습니다.

"이맘때면 마가다의 온 밭에 벼가 영글었을 텐데 어떻게 할까요?"

"알아보고 오라."

보살은 두 마리의 앵무새를 보냈습니다. 앵무새들이 날아간 곳은 마침 농부가 지키고 있는 밭이었습니다.

"벼가 이렇게 잘 익었습니다."

숲으로 돌아온 두 마리 앵무새는 가지고 온 벼 이삭을 떨어트렸습니다. 곧바로 보살은 앵무새 무리를 이끌고 농부의 밭으로 날아갔습니다.

"배불리 먹도록 해라!"

보살의 말에 앵무새들은 벼를 먹기 시작했습니다. 다음 날도, 또 다음 날도 매일같이 날아갔습니다. 앵무새들은 실컷 쪼아 먹고 배가 부르면 숲으로 훌훌 날아갔습니다.

하지만 보살은 많은 벼이삭을 묶어 가지고 돌아가 부모를 먹였습니다. 망을 보고 있던 농부는 근심에 쌓였습니다.

"저 앵무새 무리를 쫓을 수가 없구나. 잘못하다간 바라문에게 내가 볏값을 물어줘야 하겠어!"

농부는 잘 여문 벼이삭을 가지고 바라문을 찾아갔습니다.

"바라문이시여, 벼가 이렇게 잘 여물었습니다."

"수고했구나!"

바라문이 흡족하여 칭찬을 하자 농부는 그간의 일들을 소상히 얘기하며 하소연을 했습니다.

"아무리 해도 앵무새 무리를 쫓을 수가 없습니다. 더군다나 무리를 이끄는 앵무새는 돌아갈 때 많은 벼이삭을 묶어서 가지고 갑니다."

"흠……이 모든 일은 그대의 책임이 아니다."

"고맙습니다."

농부는 볏값을 물어내지 않아도 될 것이란 생각에 기분이 좋아 머리를 조아렸습니다. 그러자 바라문이 명령했습니다.

"대신 덫을 놓아 벼이삭을 묶어서 물어간다는 그 앵무새를 잡아와라!"

"네, 분부대로 하겠습니다."

밭으로 돌아온 농부는 앵무새들이 늘 내려앉던 곳에 아주 튼튼한 덫을 놓았습니다. 그리고 초막에 숨어서 지켜보기로 했습니다.

다음 날 변함없이 앵무새 무리들이 날아왔습니다. 욕심 많은 앵무새들은 다른 밭으로 날아가 벼이삭을 쪼았습니다. 하지만 보살은 늘 내려앉던 곳으로 날아갔습니다.

'내가 적게 먹고 저들을 실컷 먹게 하자.'

그 순간, 자신이 덫에 걸렸다는 사실을 깨달았습니다.

'내가 소리치면 앵무새들이 놀라 벼를 먹지 못할 것이다. 배불리 먹게 한 후 사실을 알려야지.'

잠시 후, 보살이 소리쳐 알렸습니다.

"내가 덫에 걸렸다!"

앵무새들은 놀라 일제히 하늘로 날아올랐습니다. 그런데 보살을 구하려는 앵무새는 한 마리도 없었습니다.

"아무도 나를 생각해 주지 않는 구나."

그 때 농부가 달려왔습니다.

"내가 원하던 그 앵무새가 잡혔다니 정말 잘 되었어."

농부는 보살을 잡아 두 다리를 꽁꽁 묶어서 바라문에게 갖다 바쳤습니다. 바라문은 두 손으로 보살을 자신의 무릎에 놓고 신기한 듯 바라봤습니다.

"앵무새야, 너의 배는 다른 새들보다 다섯 배는 더 크구나. 그 배를 다 채우고 돌아갈 때는 벼이삭을 묶어서 부리로 물고 간다니 참으로 궁금하다. 혹시 내게 원한이 있느냐? 아니면 어떤 창고를 채우느냐? 도대체 어디다 그 벼를 쌓아두는 거냐?"

바라문의 인자한 태도에 보살은 사람의 달콤한 목소리로 말했습니다.

"나는 당신에게 원한이 없고 내게는 곡식창고도 없다. 내가 살고 있는 저 숲속으로 날아가면 그곳에 주어야할 빚 갚아야할 빚이 있기 때문이다."

"오! 새가 사람처럼 말을 하다니, 마치 하늘에서 들리는 아름다운 음악 같구나. 그런데 그대가 주어야할 빚 갚아야할 빚이 도대체 무엇인가?"

보살이 대답했습니다.

"저 숲에는 나의 어린자식들이 있다. 아직 날개가 자라지 못했으니 내가 벼이삭을 날라다 먹여 살리는 것이지. 이다음 그들이 또 이렇게 나를 부양할 것이니, 그들에게 빚을 주는 거다. 또 내게는 늙은 부모도 있다. 이제 나이가 많아 기운이 없으니, 벼이삭을 물어서 날라 전에 진 빚을 갚는 것이다."

바라문은 몹시 감동하여 눈물을 떨어트렸습니다. 그러자 보살이 자애롭게 말했습니다.

"숲에는 다른 새들도 있는데 날개가 닳아 몹시 약하고 또 어떤 새는 앓고 있는데 그들까지 먹여 살려야 한다네. 현자는 그 공덕이 보물을 쌓는 일이라고 말하니 코샤곳타여, 그리 알라."

바라문은 보살의 법어를 듣고 생각했습니다.

'이 새는 참으로 기특하고 덕이 높구나. 사람들 가운데서도 덕이 높은 이가 많지 않은데……'

깨달은 바라문이 공손히 말했습니다.

"그대는 얼마든지 이 벼를 먹어라. 그대의 권속과 함께 우리 언제고 또 만나자. 그대를 만나 나는 참으로 기쁘다."

바라문은 보살의 두 다리를 묶고 있는 끈을 풀어 상처 난 자리에 100번이나 끓인 기름을 발라주었습니다. 그리고 가장 좋은 행운의 자리에 앉힌 후 황금그릇에 꿀과 섞은 볶은 쌀을 먹이고 꿀물을 먹였습니다.

보살이 바라문의 공덕을 칭찬하고 또 훈계하였습니다.

"나는 귀하게 대접받고 훌륭한 음식을 배불리 먹고 마셨다. 당신 집에서 유쾌하였네. 부디 나에게 한 것처럼 당신 집을 찾은 이에게 보시하고 늙은 부모를 잘 봉양하라."

바라문은 감동하여 말했습니다.

"오늘 행복이 내게 왔네. 세상에서 가장 뛰어난 앵무새의 아름다운 말을 들었으니 이제부터 많은 공덕 쌓으리라."

깊이 깨우친 바라문이 보살에게 천 카리사의 농토를 주었으나 보살은 한사코 거절하고 아주 작은 한 귀퉁이만을 받았습니다. 바라문은 보살에게 고개를 숙여 합장하였습니다.

"고귀하고도 훌륭한 앵무새여, 어서 가서 슬픔에 빠져있는 부모를 위로하시오."

보살은 기쁜 마음으로 두 날개를 활짝 펴 숲을 향해 날아갔습니다.

◑ 생각 키우기

세상에 태어나서 부모님을 봉양하는 것은 사람의 도리입니다. 또한 효도는 부처님께 공덕을 쌓는 것이랍니다. 우리 어린이들은 부모님께 늘 감사하며 항상 효도하는 마음을 으뜸으로 가져야 함을 명심해야 하겠습니다.(본생경 제 484화 벼밭의 전생 이야기)

서울에서 나서 동국대학교교육대학원 유아교육을 전공했다. 아동문학평론에 동화로 등단(2007년)했고, 한국아동문학회, (사)한국문인협회, 한국녹색문인회 회원이며, 동화구연가로 국립서울맹학교, 국립서울농학교 등에서 동화구연강사로 활동하고 있다.

# 코끼리의 눈 먼 어머니

도 희 주

온몸이 새하얀 코끼리가 있었어요. 멀리서 봐도 한 눈에 들어왔어요. 게다가 8만 마리의 코끼리를 거느리고 살았어요.

그런데 코끼리의 어머니는 안타깝게도 앞을 볼 수가 없었지 뭐예요. 그래서 코끼리는 숲을 지나다가 과일이나 열매를 보면 늘 어머니 생각을 했어요.

코끼리는 며칠을 벼르다 여러 가지 맛있는 과일을 챙겨 부하 편으로 어머니께 보냈지요. 그런데 부하들이 가는 길에 저희들끼리 다 먹어버렸다는 사실을 뒤늦게 알게 되었답니다.

'내 어머니는 내가 모셔야 해. 8만 마리의 코끼리가 무슨 필요야!'

코끼리는 8만 마리 코끼리 무리를 떠났어요. 그리고 어느 산기슭 연못가 굴속으로 어머니를 모시고 가서 정성껏 보살폈어요.

어느 날이었어요.

지방 관리가 출장을 나왔다가 길을 잃었어요. 한참을 헤매다가 그 연못가에 이르렀지요.

"아무래도 길을 잘못 들었어. 도대체 어느 쪽으로 가야 되는 걸까!"

당황하여 울먹였어요. 그 소리를 들은 코끼리는 굴속에서 나와 울먹이는 소리가 나는 쪽으로 갔어요. 눈이 부시도록 하얀 코끼리의 모습을 본 관리는 깜짝 놀랐어요. 숨도 제대로 못 쉴 정도가 되어 슬슬 뒷걸음질을 했지요.

"조금도 두려워 마세요."

코끼리는 다정하게 말했어요. 관리는 벌벌 떨며 그 자리에 털썩 주저앉았어요.

"길을 잃었는데 오늘이 벌써 이레째라오."

"그렇군요. 그럼 제가 마을로 데려다 드리지요."

코끼리는 긴 코로 관리의 허리를 감아 등에 업고는 숲 속을 빠져나갔어요.

그런데 그 관리는 욕심 많고 심술궂기로 소문이 자자했어요.

'오, 잘 됐다. 이런 코끼리라면 임금님께 선물로 드리면 큰 상도 받을 수 있겠지.'

관리는 코끼리가 숲을 빠져나가는 동안 등에서 나뭇가지를 꺾어 길표시를 해 두었어요. 다음에 찾아오려고요.

마침 그 무렵, 임금님이 타고 다니시던 코끼리가 죽고 말았어요.

"누구라도 임금님이 타시기에 알맞는 코끼리를 본 사람은 신고 하라!"

코끼리를 타고 편하게 집에 도착한 관리는 길가에 나붙은 방을 보았어요. 임금님의 부하들이 북을 치며 코끼리를 구하러 다녔어요.

관리가 그것을 보고 곧바로 임금님께로 달려갔어요.

"소인이 임금님께서 타시기에 알맞은 코끼리를 보았사옵니다."

"그게 정말이냐?"

"예, 어느 안전이라고 거짓을 아뢰겠사옵니까. 그 코끼리는 온몸이 하얀데다 유순하여 임금님 마음에 꼭 들것이옵니다. 코끼리를 돌보는 상사와 군사들을 보내주시면 그 코끼리를 잡아 오겠사옵니다."

임금님의 명령을 받들어 관리는 상사와 군사들을 데리고 곧바로 나뭇가지를 꺾어 표시를 해둔 길을 따라 갔어요. 길에 표시를 해두었기 때문에 코끼리를 찾아가는 데는 자신이 있었어요.

며칠을 달려 코끼리가 있는 곳에 도착했을 때, 하얀 코끼리는 연못의 물을 뿜어 무지개를 만들고 있었어요. 코끼리를 잡으려고 관리가 데리고 간 사람들은 그것을 보자 입을 다물지 못했어요. 물을 뿜던 코끼리와 관리의 눈이 마주쳤어요. 그러자 코끼리가 관리에게 다가갔어요.

"나를 잡으러 왔구나. 하지만 난 천 마리의 코끼리와 싸워도 이길 수 있다. 내가 화가 나면 모든 짐승들이 다 달려들어도 단번에 무찌를 수 있다! 하지만, 내가 화를 낸다는 것은 나의 덕을 손상시키는 것이다. 그러므로 화살에 맞고 칼에 찔려 죽는 한이 있더라도 결코 그러지는 않을 것이다!"

코끼리는 몸가짐을 한 치도 흐트러지지 않고 이렇게 말했어요.

그러자 관리와 같이 온 코끼리를 돌보는 상사가 코끼리에게 다가갔어요. 상사는 천천히 코끼리의 얼굴을 올려다보며 아들을 대하듯 말했어요.

"이리 오너라. 착한 코끼리야."

상사가 은빗줄 같은 코끼리의 코를 붙잡지요. 코끼리는 잠시 머뭇거리다 마치 어머니를 대하는 듯한 눈빛으로 상사를 보았어요. 상사는 코끼리를 데리고 임금님이 계시는 바라나시성으로 갔어요.

눈 먼 어머니 코끼리는 며칠 동안 아들이 돌아오지 않자 걱정이 되고 두렵기도 했어요.

"내 아들은 왕의 상사에게 붙들려 간 게 틀림없어. 그렇지만 우리 아들 등에 탄 왕이나 왕자는 어떤 것도 두려워하지 않고 적을 쳐부술게야. 암, 그렇구말구."

그러면서도 아들 코끼리 걱정으로 밤잠을 이루지 못 했어요.

궁중으로 온 상사는 코끼리를 목욕시켜 몸에 향을 뿌리고 훌륭하게 장식된 천을 등에 둘러서 임금님께 바쳤어요. 임금님은 매우 기뻐하며 코끼리에게 맛있는 음식을 주었지요.

"내 특별히 너를 위해 준비한 음식이란다. 예까지 오느라 배가 고팠을 텐데 맛있게 먹으렴."

"아니옵니다. 저는 지금 이 음식들을 먹을 수 없습니다."

코끼리가 슬픈 음성으로 이렇게 말하자 임금님은 간절한 마음을 담아 말했어요.

"코끼리야, 그러지 말고 먹어라. 너는 나와 더불어 많을 일을 해야 되는데 네가 이러면 어떡하겠니?"

"임금님, 저에게는 가엾게도 앞을 못 보는 여자가 있습니다. 제가 없으면 챙겨주는 이도 없이 산기슭에서 슬퍼하며 나무그루터기만 발길로 차고 있을 거예요."

"코끼리야, 그게 무슨 말이냐? 앞도 못보고 돌봐주는 이도 없다는 그 여자는 도대체 누구란 말이냐?"

"임금님, 그 여자는 바로 저의 어머니입니다. 제가 없어 하루하루 슬픔에 젖어있을 것입니다."

임금님은 잠시 생각에 잠기더니 고개를 끄덕였어요. 그리곤 부하들에게 말했어요.

"여봐라, 당장 이 코끼리를 놓아 주어라!"

"아니, 임금님! 어쩌자고요?"

"지금 당장 이 코끼리에게 어머니, 그리고 모든 친척들을 다 만날 수 있도록 하여라!"

코끼리는 임금님에게 정중히 인사를 하고는 어머니가 있는 산기슭으로 돌아갔어요. 그리고 도착하자마자 연못에 들어가 코로 물을 한껏 빨아들여 어머니 몸에 시원하게 뿌려주었지요.

그런데 그 어머니는 비가 내리는 줄 알았나 봐요.

"시원하기는 하지만 때도 아닌데 비를 내리는 하늘의 신은 누구세요? 나를 정성껏 돌보던 내 아들은 떠나고 없는데……."

그러는 어머니의 모습을 잠자코 보고 있던 코끼리는 눈물을 머금고 말했어요.

"어머니, 일어나셔요. 왜 누워계시는 거예요?. 저예요, 어머니 아들이 돌아왔어요."

"그게 정말이냐. 아이구, 임금님 참으로 감사합니다!"

어머니는 몇 번이나 고개를 숙이며 눈물이 그렁그렁했어요.

임금님은 코끼리의 지극한 효성에 크게 기뻐하셨어요. 그리곤 연못에서 멀지 않은 곳에 마을을 만들었어요. 그곳에서 코끼리와 코끼리 어머니가 오랫동안 편안히 살 수 있도록 땅도 주었어요.

그로부터 얼마 후 코끼리 어머니가 죽었어요. 장례를 치른 뒤 코끼리는 카란다카라라는 지방으로 갔지요. 그곳에는 설산에서 내려온 500명의 선인이 살고 있었는데 그들에게 임금님에게서 받은 땅을 나누어 주었어요.

훗날 이 이것을 알게 된 임금님은 돌로 코끼리 상을 만들어 세우라고 명했어요. 코끼리지만 사람보다 훌륭한 마음 씀씀이를 존경했어요. 수많은 사람들이 해마다 그 코끼리 상 앞에 모여 코끼리의 제전을 열었답니다.

◑ 생각 키우기

부처님이 기원정사에 계실 때, 어머니를 봉양하는 비구에 대해 들려주신 이야기입니다. 옛날 범어왕이 바라나시에서 나라를 다스릴 때 코끼리로 태어난 사람이 있었는데 그 때의 코끼리는 지금의 부처님이고 임금은 지금의 아난다이며, 어머니 코끼리는 왕비인 마하마야라고 하셨어요. 임금님을 모시고 호의호식할 수 있는 기회도 마다한 코끼리의 효성에 임금님도 크게 감동 했지요. 어머님의 은혜는 하늘보다 높고 바다보다 깊다지만 우리는 어머니를 얼마나 생각하고 있을까요? 어머니를 위해 무엇을 하

고 있는지 생각해 보는 기회가 되었으면 좋겠어요.(본생경 제 455화 양모상(養母象)의 전생 이야기)

1967년 경남 창원에서 태어났고 부산문예대학에서 수학하며 2006년 〈아동문예〉에 동화가 당선되었다. 동화부문 남제문학 작가상을 받았으며 창원문인협회 회원, 경남아동문학회 회원, 경남문협 회원으로 활동하고 있다.

# 변장한 원숭이

윤 이 현

"쿠쿠쿠 히힝—"

어미 원숭이는 콧소리를 내면서 아기 원숭이를 끌어당깁니다.

어미 원숭이는 아기 원숭이를 무릎에 눕혀 놓습니다. 그리고선 아랫배의 희뿌연 털을 이리저리 젖혀가며, 고개를 숙여서 무엇인가를 찾습니다. 앞발의 엄지발가락과 검지발가락으로 까만 진드기를 잡아냅니다. 어미 원숭이의 새끼사랑은 사람이나 같습니다.

한참 후에 아기 원숭이는 뛰어나갑니다.

"히히힝 히히히히—"

나뭇가지를 잡고 그네타기를 합니다. 다른 원숭이들과 어울려서 신바람이 납니다. 또 여름철에는 이 나무에서 저 나무로 건너다니면서 바나나 같은 열매를 따 먹습니다.

그런데 겨울이 되면 고생스러워집니다. 먹잇감을 구하기도 어렵고, 눈 속에서 나무에 오르내리기도 쉽지 않습니다.

그러니까 옛날, 인도 북부 갠지스 강 연안에는 바라나시라는 성스러운 땅이 있었습니다. 이 바라나시에는 범여왕이 다스리는 가시국이라는 나라가 있었습니다.

바로 이 가시국의 어느 마을에 보살 한 분이 태어났습니다. 보살의 아버지는 마을에서 이름 난 스님이셨답니다. 스님 집에서 태어난 보살은 건강하게 잘 자랐습니다. 믿음직스런 청년이 된 보살은 좋은 아가씨를 만나서 결혼을 하였습니다. 그리고 다시 몇 년이 지난 뒤에 예쁜 사내아이를 낳았답니다.

세 식구는 알콩달콩 재미나게 살았습니다. 그런데 그만 이 보살의 집안에 뜻하지 않은 일이 벌어졌습니다. 그러니까 그 사내아이가 폴짝폴짝 뛰어다니며, 한참 재롱을 피울 때였습니다.

어느 날 부터인가 보살의 부인이 시름시름 앓기 시작했습니다. 그러더니 그만 세상을 떠나고 말았던 것입니다. 참으로 청천벽력이었습니다. 보살의 슬픔은 말로 다 표현 할 수가 없었습니다. 그러나 철없는 사내아이는 영문도 모르고 그냥 뛰어 놀기만 했습니다. 보살은 슬픔을 안고 부인의 장례를 치루었습니다. 장례를 치루고 난 보살은 그 집에서 살고 싶지가 않았습니다. 그래서 그 아들을 데리고 출가(세속의 집을 떠나 佛門에 들어감)를 하기로 마음을 정했습니다. 눈물을 흘리면서 친척들과 친구들이랑 이별을 하였습니다.

보살은 아들과 단 둘이 눈 덮인 깊은 산 속으로 들어갔습니다. 산 속에서 나무뿌리를 캐고, 나무 열매를 찾아서 따 먹으면서 살았습니다. 그렇게 몇 해가 흘러갔습니다.

어느 여름에 그만 장마를 만났습니다. 주룩주룩 비가 내리는 날 오후였습니다.

보살은 섶나무에 불을 피웠습니다. 그리고 그 불에 몸을 쪼이다가 평상에 누워 있었습니다. 보살의 어린 아들은 아버지 곁으로 왔습니다. 아버지의 두 발을 주물러 드리고 있었습니다.

그때, 숲에 사는 원숭이 한 마리가 저만큼서 모락모락 타고 있는 불을 보았습니다. 비를 맞으며, 추워서 벌벌 떨고 있던 원숭이는 불이 무척이나 반가웠습니다. 얼른 달려가서 불을 쬐고 싶었으나, 원숭이는 잠깐 생각을 했습니다.

'아니야, 내가 이대로 가서는 안 되지. 어디서 온 원숭이냐며 그냥 쫓겨날 테니까. 그러니 내가 변장술을 부려야 되겠다. 거짓 도사로 꾸미고 들어가야겠어.'

이렇게 생각한 원숭이는 마치 도사(불도를 깨달은 사람)처럼 나무껍질로 옷을 만들어 입었습니다. 그리고선 바구니를 옆에 끼고, 지팡이를 짚으며 어슬렁어슬렁 걸어갔습니다.

초막(절 가까이에 있는 중의 집) 어구에 있는 다라나무(야자과의 상록교목) 밑까지 갔습니다. 몹시 추운 듯 몸을 움츠리고 벌벌 떨며, 서있었습니다.

그 때, 보살의 아들이 거짓도사를 발견했습니다. 원숭이인줄을 알아차리지 못하고, '아이구, 얼마나 추울까? 아버지께 말씀드려서 초막으로 들어오게 해야겠다.' 이렇게 생각하고 아버지인 보살한테 갔습니다.

"아버지, 저기 어떤 도사가 다라나무에 서있는데요. 몹시 추운 모양이에요. 우리 집으로 들어와서 불을 쪼이게 했으면 좋겠어요."

아들의 말을 들은 보살은 벌떡 일어나 앉았습니다. 초막 어구의 도사를 찬찬히 살펴보았습니다. 그리고선 보살은 다라나무 밑에 서있는 도사가 거짓도사임을 알아차렸습니다.

"아들아, 사람으로선 저런 얼굴을 할 수가 없단다. 저것은 틀림없는 원숭이다. 우리 집으로 들어오게 해서는 안 된다."

하면서 다음과 같은 게송(부처의 공덕이나 가르침을 찬탄하는 노래)을 읊었습니다.


저 거짓도사를 여기에 불러들이지 말라
저 거짓도사는 우리 집을 더럽히리라
덕이 있는 바라문(높은 지위의 승려)은
저런 얼굴을 가지고 다니지 않느니라.


그리고선 보살은 횃불을 들고 초막 어구로 나갔습니다.

"너 이놈, 거기서 얼쩡거리지 말고 어서 산으로 돌아가거라."

하고선, 횃불을 던지면서 거짓도사를 호되게 나무랐습니다. 아니나 다를까 원숭이는 나무껍질 옷을 벗어 던졌습니다.

"히히히힝, 쇄쇄쇄―"

알아듣지도 못할 소리를 내지르며, 커다란 나무위로 뛰어 올랐습니다. 다시 건너나무로 뛰어가더니, 또 다른 나무로 건너뛰어서 멀리멀리 숲 속으로 사라져 버렸습니다.

그 후, 보살은 온 정성을 다하여 범주를 수행하다가 죽어서는 범천세계(부처의 세계)에 다시 태어났답니다.

**◐ 생각 키우기**

원숭이가 자기를 감추기 위하여, 나무껍질로 옷을 만들어 입고 도사처럼 보이려고 했습니다. 그리하여 잠깐 동안 어린아이의 눈은 속였으나 결코 보살의 눈은 속일 수가 없었습니다. 이 세상 어디에서도 거짓은 통할 수 없으며, 결국 밝혀짐을 알 수 있습니다.

이야기 속의 원숭이는 거짓부리 비구요, 보살의 아들은 라후라이며, 보살은 바로 부처님의 전신이었답니다.(본생경 제 173화 원숭이의 전생 이야기)

전북 남원시에서 자라고, 현재는 완주군 상관면에 살고 있다. 전주사범학교, 전주대학교, 원광대학교교육대학원졸업으며, 초등학교 교장으로 정년퇴임을 했다. 동시집《야옹이는 신 났다》외 8권, 동화집《다람쥐 동산》외 4권을 펴냈다. 한국아동문학작가상, 한국동시문학상, 전북문학상, 한국불교아동문학상을 받았으며, 현재 한국문인협회 자문위원, 한국아동문학회 지도위원, 국제펜한국본부 회원이다.

# 불행은 욕심에서 온다

오 해 균

코끼리 한 마리가 강가에 죽어있었습니다. 승냥이가 파먹으려고 죽은 코끼리 항문을 통해 뱃속에 들어갔다가 그 속에 갇히고 말았습니다. 승냥이가 컴컴한 코끼리 뱃속에서 여러 날을 보냈습니다. 그 동안에 강가에는 뜨거운 햇볕과 거센 바람이 불어와 육중했던 코끼리의 몸도 서서히 말라서 쪼그라들기 시작했습니다.

승냥이가 굴처럼 파고 들어갔던 항문으로 약간 비추던 햇빛도 안보이고 한치 앞을 분간 못하며 점점 숨이 차오르기 시작했습니다.

코끼리 몸은 이제는 피도 마르고 살도 말라 먹을 것도 없으니 어찌해야 할지를 몰라서 쩔쩔맸습니다. 먹는데 욕심을 내고 코끼리뱃속으로 들어온 것을 후회하기 시작했습니다.

최후의 발악을 하며 뱃속에서 날뛰기 시작한 승냥이는 코끼리의 커다란 갈비뼈에 부딪쳐 온몸에 상처가 나고 누가 꺼내주기를 바라며 울부짖었습니다. 그러면서 점점 의식을 잃어가기 시작했답니다.

얼마나 많은 시간이 흘렀을까. 마르기만 했던 강가에 아주 큰비가 내렸습니다.

바싹 말라버린 코끼리의 죽은 몸통도 비를 맞고 팽팽해져 본래의 모양으로 돌아오고 항문을 통해 희미한 빛이 들어왔습니다.

꿈인지 생시인지 가물가물 정신이 몽롱한 상태에서 승냥이는 온힘을 다해 빛이 보이는 쪽으로 기어나갔습니다.

들어 올 때 보다는 훨씬 좁아진 구멍에다가 내장의 벽들이 오툴도툴 해져서 빠져 나오는 동안에 승냥이는 털이 다 빠져 버리고 말았습니다. 간신히 꼬리를 제치고 나오니 하늘엔 별이 보였습니다.

자신을 괴롭히던 코끼리의 시체가 더는 보고 싶지 않은 승냥이는 밤하늘 별빛 아래에서 한참을 달리다가 숨을 고르며 자신을 둘러보니, 참으로 한심하기 짝이 없는 몰골이었습니다.

온몸은 껍질이 벗겨져 말라비틀어진 나무처럼 되었고 얼굴과 네 다리는 파랗게 멍이 들어 그 예쁘던 승냥이의 매끈한 자태는 온데간데없이 사라져 버렸습니다.

문득 승냥이는 깨닫게 되었습니다. 헛된 욕심으로 먹을 것을 탐내다가 얼마나 많은 고초를 겪었나를 생각해 보니 두 번 다시 먹는 것에는 욕심을 내고 싶지가 않았습니다.

"내가 생각이 짧았어! 내가 당한 고통은 바로 내 욕심 때문에 생긴 일이니 두 번 다시 욕심을 안낼 거야."

이렇게 마음속으로 다짐을 하고 보니, 머릿속이 맑아지고 무언가 알 수 없는 기쁨이 마음속에서 샘물처럼 솟아올라 오는 것을 느꼈습니다.

그 후로 승냥이는 코끼리의 시체는 보려고도 하지 않았으며 좋은 물건이 있어도 욕심을 내지 않게 되었답니다.

● 생각 키우기

승냥이는 배가 고픈 나머지 너무 욕심을 부려서 결국은 자신의 털까지도 잃는 수모를 당하게 됩니다.

부드러운 부위를 한 점만 먹고 욕심을 안 부렸다면 어땠을까? 우리는 여기서 욕심이 과하면 반드시 인과가 따른다는 가르침을 얻고 동시에 깨달음을 얻는 과정도 많은 고통이 따른다는 것을 보여주고 있습니다. 부처님은 마음자세가 흐트러진 500비구에게 자신의 전생담을 들려줌으로서 그들에게 깨달음을 맛보게 하고 아라한의 지위를 얻게 하였습니다.(본생경 제 148화화 승냥이 전생 이야기)

1955년 충북 청원에서 나서 불교문학과 불교음악에 전념하고 있다. 세광음반 대표로 작사·작곡 및 음반제작자로 수많은 기성가수를 배출했으며, 전국의 산사음악회는 거의 독점하고 있다. 대한민국환경대상, 용호연예대상, 대한민국찬불가요대상 등 많은 상을 받았고, 현재 가릉빈가소리 봉사단 단장으로 일하며, 장편 불교소설을 쓰고 있다.

# 왕자의 약속

백 두 현

아주 옛날 바라나시라는 마을에 어떤 왕자가 살고 있었습니다.

왕자는 어려서부터 착하고 부지런했습니다. 그리고 무척 영리해서 많은 칭찬을 받으며 자랐습니다.

그뿐만이 아닙니다. 언제나 주위를 살피고 약한 사람들을 배려하는 마음이 깊었습니다.

그래서 왕자는 점점 자랄수록 많은 사람의 존경을 받았습니다.

아버지인 왕도 그런 왕자가 사랑스럽고 기뻤습니다. 자신이 죽으면 든든한 아들이 왕위를 물려받을 것이기 때문입니다. 왕자는 틀림없이 훌륭한 왕이 될 것이라 믿었습니다. 더불어 모든 백성이 행복하게 살아가는 나라가 될 것으로 생각했습니다.

그런데 왕자에게는 남모르는 한 가지 고민이 있었습니다.

왕자는 백성들이 신에게 제사를 지내는 것을 볼 때마다 한숨을 쉬었습니다. 그 이유는 양과 닭, 돼지 같은 짐승들을 마구 잡아 제사상에 올렸기 때문입니다.

살아있는 짐승들이 자꾸 죽어 가는 것이 안타까웠습니다. 그것은 오래 전부터 내려오는 전통이었지만 생각할수록 마음이 아팠습니다.

짐승들도 사람들과 같이 평화롭게 살면 좋겠다고 생각했습니다.

왕자는 그런 생각이 깊어질수록 좋은 방법이 없을까, 늘 고민하며 살았습니다.

그러던 어느 날이었습니다.

왕자가 성문 밖 마을을 지날 때 몹시 구슬프게 울고 있는 송아지 한 마리를 보았습니다.

사람들이 제사상에 올릴 고기로 엄마소를 죽인 것입니다.

왕자는 송아지의 머리를 쓰다듬으며 말했습니다.

"송아지야! 미안하구나."

"음메에에!"

"이 다음에 내가 왕이 되면 더는 짐승들이 억울하게 죽지 않도록 할 거야."

왕자는 아기 송아지에게 약속을 했습니다. 지금은 말로만 약속해 줄 뿐, 도리가 없다는 게 슬펐습니다. 왕자는 속으로 굳게 결심을 했습니다.

언젠가 왕이 되면 반드시 제사를 지내기 위해 산 짐승들을 죽이는 일은 없애리라고 마음먹었습니다.

그날 이후 왕자는 어디를 가나 짐승들을 살리는 방법을 찾기 위해 골똘했습니다.

무엇인가 깊은 생각에 빠진 채 걸어가던 왕자가 갑자기 걸음을 멈추었습니다.

"그래, 이거로구나!"

왕자는 백성들이 모여 제사를 지내는 모습을 바라보며 크게 기뻐했습니다.

왕자는 죽은 짐승들이 바쳐지는 제사상 앞으로 나아갔습니다.

백성들은 죽은 양이나 쇠고기 앞에서 절을 하느라 정신이 없었습니다. 절을 하면서 각자 가족의 건강이나 부자가 되기를 빌고 있었습니다.

왕자는 평소 같으면 마음이 아파 멀리 피했던 제사였는데 무슨 결심을 했는지 제사상 앞에 가서 절을 했습니다. 기꺼이 제사에 참여한 것입니다.

그러나 왕자는 고기 대신 향과 꽃을 제사상에 올렸습니다. 그리고 알아듣지 못하는 소리로 무엇인가 열심히 빌고 또 빌었습니다.

사람들이 이상하게 생각했지만, 왕자의 속마음은 알 수가 없었습니다.

왕자는 그 때부터 성 밖 보리수나무 앞에서 지내는 제사에는 빠짐없이 참석했습니다.

제사상 앞에 나아가 절을 하고 꽃과 향을 바치며 무엇인가를 빌었습니다. 사람들은 무엇을 그토록 비는지 알 수 없었지만, 왕자는 말하지 않았습니다.

막연히 자신들처럼 아버지인 왕의 건강을 빈다고 생각할 뿐이었습니다.

세월이 흘러 왕이 죽었습니다.

왕자는 아버지의 왕위를 이어받아 왕이 되었습니다. 왕이 되자마자 신하들을 불러 모으고 이렇게 말했습니다.

"경들은 내가 성 밖 보리수나무 아래에서 열심히 기도하는 것을 보았소?"

"예, 폐하! 저희는 폐하께서 열심히 기도하시는 모습을 보았습니다."

"그렇다면 내가 무엇을 그토록 열심히 기도했는지도 아시오?"

"무엇을 위해 기도하셨는지는 잘 모르겠습니다."

"나는 항상 어서 빨리 왕이 되게 해달라고 기도를 하였소."

"……."

신하들은 의아했습니다. 착한 왕자께서 빨리 왕이 죽고 자신이 왕이 되게 해달라고 빌었을 리 없기 때문입니다. 그러나 왕이 된 왕자는 태연하게 말했습니다.

"그런데 문제가 생겼소."

"그것이 무엇입니까?"

"왕이 되게 해달라고 기도할 때 왕이 되게 해주는 대가로 신에게 바치기로 한 약속이 있어서요."

"약속을 지키시면 되지 않습니까?"

"나는 신에게 기도하면서 산짐승 대신 더 좋은 고기를 바치겠다고 약속했는데 지키기 어려운 약속이오."

"폐하, 그것이 무엇인지요?"

"짐승들 고기 대신 짐승을 죽이는 사람들의 고기를 바치겠다고 했소."

"짐승 대신 사람을 죽이신다는 말씀입니까?"

"그렇소, 안타깝지만 어쩔 수가 없소. 나는 약속을 지켜야만
하오."

"내가 왕이 되었으니 약속을 지키지 않는다면 신께서 노할 것
이오."

"아!"

신하들은 그제야 왕의 말뜻을 알아들었습니다.

왕은 죽어가는 짐승들을 구하고자 한 것이었습니다.


왕의 마음을 알게 된 신하들이 바쁘게 움직였습니다.

서둘러 전국 방방곡곡에 방을 붙였습니다.

방에는 왕께서 그동안 기도하신 내용을 커다랗게 적어서 붙였
습니다.

「임금님께서 산짐승을 죽이는 사람을 잡아서 그 고기를 제사상
에 바칠 것을 신에게 약속하셨기 때문에 지금부터 신에게 한 약속
을 지키겠다고 하십니다.」

이런 방이 전국 방방곡곡에 붙게 되자 누구도 제사상에 산 짐승
의 고기를 바치려 하지 않았습니다. 아무리 제사가 중요해도 자기
가 죽을 일을 할 사람은 없었습니다.

"제사상에 짐승들의 고기를 올리지 않으면 신이 화를 낼 텐데
어쩌지요?"

"그렇다고 죽음을 무릅쓰고 짐승을 죽일 수는 없지 않소."

사람들은 처음에는 놀랐지만 결국 왕의 마음을 알게 되었습니다. 그래서 제사상에 올리기 위해 짐승을 함부로 죽이는 일이 없어졌습니다. 다시는 제사상에 고기로 바쳐지지 않아도 되었습니다. 모든 짐승들은 안심하고 평화롭게 살 수 있게 되었습니다.

닭들은 마음 놓고 알을 낳고 양들은 안심하고 뛰놀며 털을 만들어냈습니다.

사람들은 제사를 위해 손에 피를 묻히지 않아도 되니 온 나라가 평화로운 세상이 되었습니다.

성 밖 보리수나무 아래의 제사상에는 언제나 고기 대신 꽃과 향이 가득하여졌고, 오래전 엄마를 잃고 울고 있던 송아지는 어미 소가 되어 들에서 열심히 밭을 갈고 있었습니다.

● 생각 키우기

이 이야기는 부처님이 기원정사에 계실 때 세상을 이롭게 한 행위에 대한 말씀입니다. 슬기롭고 어진 왕자를 통하여 사람은 물론 사람과 함께 사는 동물들까지 생명의 소중함을 일깨워 주어 살생을 하지 않고 평화로운 세상이 만들어지는 불교의 근본이념을 설명하고 있습니다.(본생경 제 50화 무지(無智)의 전생이야기)

충북 청원에서 태어났으며, 2009년 계간 자유문학과 선수필을 통해 등단하여 동시와 수필을 쓰고 있다. 불교아동문학작가상과 중봉조헌문학상, 여성가족부장관상을 수상한 바 있다.

# 가슴속에 묻은 코끼리

반 인 자

가시국에는 많은 부자가 살았습니다.

그중에 제일 재산이 많은 바라문이 있었습니다. 바라문은 비단 옷을 입고, 기름진 음식을 먹으며 많은 것을 누리고 살았지만 늘 허전했습니다. 많은 재산과 높은 지위는 물론, 세상의 영화라는 것이 차츰 싫어졌습니다. 세상일을 가만히 들여다보니 더러운 때가 덕지덕지 끼어 있었습니다. 산다는 것이 참으로 하찮은 것이었습니다.

가진 것 보다 더 탐하면 가난하고,
가진 것 보다 덜 탐하면 부자겠지.

어느 날, 부자 바라문은 아내와 자식을 두고 길을 떠났습니다. 깊은 골짜기 절을 찾아갔습니다. 법당 가까이 조그만 초막을 짓고 마음공부인 선인의 도를 닦기로 했습니다.

먹을 것도 별로 없었습니다. 논밭에 떨어진 이삭을 주워 오고,

칡뿌리도 캐먹었습니다. 풀씨와 나무 열매로도 끼니를 이으며 마음공부를 열심히 했습니다. 날이 갈수록 옷이 해졌지만 새옷을 구할 수 없어 누덕누덕 기워 입었습니다. 넝마처럼 낡은 옷을 입고 보잘 것 없는 거친 음식을 먹었지만, 마음만은 편안하고 넉넉했습니다.

마음공부를 하다가 밖으로 나와 양손을 깍지 끼고 베개로 하여 풀밭에 누워 파란 하늘을 쳐다봅니다. 흘러가는 구름도 실바람도 풀 향기도 다 내 것이 됩니다. 그것은 마음껏 누릴 수 있는 참으로 큰 행복이었습니다. 기분이 한없이 넉넉하고 상쾌했습니다.

어느 날, 그는 나무 열매를 구하러 숲으로 들어갔습니다. 여기저기 떨어진 밤을 줍고 가래열매도 땄습니다. 그 때, 가까운 숲속에서 도토리를 주워 먹고 있는 아기 코끼리가 있었습니다. 그 모습이 참 귀여웠습니다. 둘레를 살펴봐도 어미가 없었습니다.

'아기만 남겨두고 엄마는 어디 갔지?'

바라문은 한참을 지켜보았지만 어미 코끼리는 나타나지 않았습니다. 아기 코끼리도 도토리를 줍는 데만 열심이었지 어미를 찾지도 않았습니다. 한참을 지켜보던 바라문은 아기 코끼리에게로 다가갔습니다.

아기 코끼리는 가느다란 눈으로 바라문을 쳐다보았습니다. 그 눈이 웃는 것만 같았습니다.

"아기를 이런데 혼자 둘 수는 없지. 나하고 같이 가자."

이렇게 말하자 아기 코끼리는 말을 알아들은 듯 순순히 따라왔습니다. 바라문은 아기 코끼리를 데리고 풀로 엮은 초막으로 왔습니다.

　밤이 되자 바라문은 좁은 초막에서 코끼리와 같이 잤습니다.

　아침이 밝자 코끼리는 바라문과 함께 잠이 깨었습니다. 바라문이 밖으로 나가니 아기 코끼리도 따라 나왔습니다. 아기 코끼리는 잠시도 바라문의 곁을 떠나지 않고 긴 코를 흔들며 졸랑졸랑 따라다녔습니다. 그 모습이 참으로 귀여워 금방 정이 들었습니다. 바라문은 아기 코끼리 이름을 소마달다라고 지어 주었습니다. 바라문에게 소마달다는 아들이고 가족이었습니다. 먹고 자는 것을 언제나 똑같이 하였습니다. 먹는 것이 부족할 때도 소마달다에게는 배불리 먹였습니다. 진흙에 목욕도 자주 시키고 깨끗한 물로 몸을 씻겨 주었습니다. 몸을 박박 문질러 주면서 좋아, 좋아하면 저도 '좋아' 하는 말도 할 줄 압니다. 이렇듯 마음을 주고받으며 정을 새록새록 키웠습니다. 아기 코끼리는 겅중겅중 재롱도 부리며 잘 자라주었습니다.

　바라문은 코끼리를 타고 숲속을 산책하기도 했습니다. 그러면 아기 코끼리도 기분이 좋은지 꼬리를 자꾸 흔들고 넓적한 귀로 부채질도 했습니다.

　어느 날, 바라문은 마을에 내려갈 일이 생겼습니다.

　"내가 마을을 다녀올 때까지 초막에 있어라."

　아기 코끼리 소마달다는 눈을 가늘게 뜨고 바라문을 쳐다보았습니다. 그렇게 하겠다는 표정이었습니다. 그러나 소마달다는 바라문이 없으니 심심했습니다. 숲속으로 들어갔습니다.

　"먹고 싶지? 마음대로 실컷 먹어 봐."

부드러운 나뭇잎이며 잘 익은 나무 열매들이 유혹을 했습니다. 소마달다는 나뭇잎과 나무 열매를 열심히 따먹었습니다. 너무 많이 먹었나 봅니다. 배가 자꾸만 쿡쿡 아파왔습니다. 배탈이 난 것입니다. 배는 점점 더 아파오더니 견딜 수 없어 마구 뒹굴었습니다. 그러다가 소마달다는 그만 죽고 말았습니다.

마을에 갔던 바라문은 소마달다가 걱정되어 급히 초막으로 돌아왔습니다. 그런데 소마달다가 보이지 않았습니다. 바라문이 잠시만 어디 갔다가 와도 헐레벌떡 뛰어서 마중을 나오던 소마달다가 보이지 않았습니다. 걱정이 되어 초막 둘레를 살피며 게송을 읊었습니다.

"먼 숲 저쪽에 있다가도 나를 반겨
헐레벌떡 마중을 나오곤 했는데
오늘은 네 모습이 보이지 않으니
소마달다여! 너는 어디에 있는가?"

초막 둘레에도 서마달다가 없으니 몹시 걱정이 되었습니다. 바라문은 불안한 마음으로 숲쪽을 살폈습니다. 도를 닦는 경행단 앞에 아기 코끼리 소마달다가 쓰러져 있었습니다. 얼른 달려가 목을 껴안았습니다. 그런데 숨도 쉬지 않고 몸도 싸늘히 식어 있었습니다.

"죽었구나, 내 아기 코끼리. 소마달다야."

하나뿐인 자식이고 가족이었던 소마달다를 잃자 바라문은 너무 슬펐습니다. 소마달다를 꼭 껴안고 꺼이꺼이 울면서 자리를 뜨지 못했습니다. 눈물이 하염없이 흘러내렸습니다.

그 때, 제석천은 하늘에서 내려와 세계를 두루 살펴보았습니다.

아기 코끼리를 껴안고 슬피 울고 있는 바라문을 보았습니다.

"그렇게 슬퍼하지 마라. 출가한 사람에게는 어울리지 않는다. 부모님이 돌아가셔도 배고프면 밥을 먹고, 잠이 오면 자야 하느니라."

제석천이 이렇게 말하자 바라문이 눈물을 흘리며 물었습니다.

"제석천이여! 사람이나 짐승이나 같이 살게 되면 애착은 가슴 속에 타오르거니, 어찌 슬프지 않겠습니까?"

"슬프긴 하지만 생명이 있는 건, 죽음도 늘 곁에 있단다. 조금 일찍 죽고 늦게 죽는 것일 뿐 죽음은 누구도 피할 수 없는 것이다."

"코끼리는 사람보다 오래 사는데 어찌 이렇게 일찍 데려가셨어요? 가족을 떠나왔기에 더 애정을 가지고 자식처럼 키웠는데……."

"네가 여러 집을 다녀 봐라. 그래서 사람이나 짐승이 죽지 않는 집이 있는지 알아봐라."

바라문은 즉시 마을로 내려가 이집 저집 다니며 물어보았습니다.

"혹시, 이 집은 영원히 살고 죽지 않은 사람이 있습니까?"

"아니요. 석 달 전에 아버님이 돌아가셨어요, 강아지가 시름시름 하더니 아침에 죽었답니다."

바라문이 온 마을을 돌아다니며 알아보아도 아무도 죽지 않았다는 집안은 하나도 없었습니다. 바라문은 어깨를 축 늘어뜨리고 제석천 앞으로 왔습니다.

"죽지 않는 집은 어디에도 없었습니다."

"봐라. 슬피 운다고 죽은 이가 살아난다면, 우리 모두 슬퍼하며 울겠지. 멀고 가까운 모든 이를 위해!"

바라문은 제석천의 말을 듣고는 가슴을 토닥거렸습니다. 숨도 크게 여러 번 쉬었습니다. 그리고는 눈물을 닦았습니다. 내 삶은 지금부터 시작이라 여기며 살아가자며 게송을 읊었습니다.

가슴에 박힌 슬픔의 못을 뽑아 버리고
눈물의 창도 깊은 바다에 던져 버리자.

못을 뽑아 버린 자리에 위로를 채우고
창을 던져버린 자리에 소망을 채우리라.

그날부터 바라문은 '지금 이 시간을 어떻게 잡을 것인가' 를 고민하며 영원한 현재인 오늘에 몰입하려 했습니다. 자신을 있는 그대로 바라보며 마음공부인 수행에 들어갔습니다.

지나간 어제도 지우고, 다가올 내일도 걱정하지 않았습니다.

내 남은 인생의 마지막 날이 오늘이라 여기며
이제는 죽음을 한탄하거나 슬퍼하지 않으렵니다.
자식같이 사랑스럽고 귀여웠던 소마달다 코끼리.

아름답던 그리움만 소중히 간직하기로 했습니다.

이런 게송을 읊으며 오늘에 푹 빠져 주어진 일만 열심히 하는
마음수련을 했습니다.

◑ 생각 키우기
　재물이 많고 지위도 높지만 마음이 늘 가난했던 바라문이 출가를 했습니다. 산속
에서 만난 아기 코끼리를 데려다가 자식처럼 키웠습니다. 코끼리는 귀엽게 잘 자라줍
니다. 소마달다 라는 이름까지 지어줬습니다. 바라문이 마을로 내려간 날, 소마달다
는 나뭇잎을 너무 많이 먹어 배탈이 나서 죽습니다. 바라문이 슬피 우는 것을 본 제석
천이 말합니다.
　"생명이 있는 건, 언제나 죽음도 있단다."
　죽음을 슬퍼하되, 오늘을 열심히 살아야 된다는 이야기입니다.
　(본생경 제 409화 소마달다 코끼리 전생 이야기)

월간문학 동시 신인상과 평화신문 신춘문예 및 대전일보 신춘문예에
동화가 당선되었으며, 부산시교육위원회 청소년상담실 상담원을 지냈
고, 현재 색동회 동화구연가, 재능시낭송가로 활동하고 있다. 한국아
동문학 창작상을 받았고 작품집으로는 《아침 무지개》(수필집), 《상처
입은 토끼의 꿈》(동화집) 등이 있다.

# 바가 범천의 전생이야기

곽 영 석

기원정사에 바가 범천이라는 스님이 공부를 하고 있었어요. 이 스님은 어떻게 하면 근심과 걱정을 벗어나 열반에 들 수 있을까 고민을 하고 있었습니다. 열반이란 이 세상을 떠나 하늘세계에 태어나는 것을 말합니다.

'진리는 강철처럼 변함이 없는 것이어야 한다. 그래서 변하거나 변하지 않는 법으로서 존재하여야 한다. 이것은 내가 깨달은 최고의 진리이다.'

그는 스스로 자신의 이런 생각을 모두가 인정하기를 바랐습니다.

'여러 스님들, 제 생각이 틀렸나요? 부처가 되려면 우선 마음부터 해방되어야 해요. 마음속에 온갖 잡생각을 가지고 있으면 자유스러울 수가 없어요. 온갖 잡생각은 수행을 방해할 뿐 건강도 해칠 수가 있어요.'

바가 범천 스님은 부처님이 가르쳐 주신 사성제 팔정도의 말씀에도 의심을 품고 함께 공부하는 스님들에게 '마음속에 번뇌를 가지고 있으면 진실로 열반에 들었다고 말할 수 없다' 며 떠들고 다녔어요. 나고 늙고 병들어 죽는 공포와 걱정을 지금까지 떨쳐버린 사람도 없거니와 그 이치를 알고도 열반의 기쁨을 안다는 것은 거짓이라고도 했습니다.

기원정사에서 함께 공부하는 스님들은 바가 범천 스님이 마치 부처님처럼 진리를 깨친 사람처럼 행동하는 것을 보고 걱정을 했어요.

'깨우치지 않은 자가 어떻게 해탈한 사람처럼 말할 수 있는가? 바가 범천은 어리석은 견해를 가지고 있다. 교단의 질서를 해칠 사람이다.'

'부처님의 가르침을 부정하는 삿된 생각을 하는 사람이다.'

함께 수행하는 스님들은 바가 범천 스님을 기원정사에서 쫓아낼 생각을 했어요. 마침 부처님이 이 말을 듣고 바가 범천을 찾아와 말했어요.

"바가 범천 비구여, 너는 세상에 존재하는 모든 것이 강철처럼 단단하여 변하지 않을 것이라고 하였느냐? 또 변하거나 없어지는 일도 없을 것이라고 하였느냐?"

"예 부처님, 저는 그리 생각하였습니다. 진리란 단단하고 금강석처럼 견고하여 스러지는 일이 없다고 하였습니다. 그리고 그 외에는 번뇌에서 벗어난 열반이 없다고 말하였습니다."

부처님은 바가 범천 스님의 신념에 찬 주장을 들으시고는 그가 이렇게 말하는 것은 오랜 과거 세상에서도 있었다는 이야기를 하시며 '옳다, 그르다' 고 구별하는 생각을 경계하라고 가르치셨습니다. 그리고 과거세상에서 바가 범천을 가르친 이야기를 들려주셨습니다.

본래 바가 범천 스님은 바르게 수행하고 착한 일을 많이 하여 그동안 하늘세상에만 태어나 부처님의 가르침을 배우며 살았습니다. 하늘의 보살님들이 다스리는 '광과천' 세상에 태어나기도 하고, '변정천' 세상에 태어나기도 하고, '광음천' 세상에 태어나 살기도 했습니다. 하늘세상에서만 572겁을 살았습니다.

바가 범천이 하늘세상에 있을 때, 부처님은 인간이 나고 늙고 병들어 죽는 것처럼 우주도 그대로 영원히 그 모습이 변함없이 유지되는 것이 아니라 생겨났다가는 무너지고 사라져 텅 비는 '성주괴공'의 과정을 거친다고 가르쳤습니다. 그리고 이때의 시간 단위를 바로 겁이라고 한다는 것을 알려주셨습니다.

"비구들아, 바로 알아라. 세상은 이렇게 다시 만들어지고 파괴될 때 생명이 있는 중생들이 태어나는 세상이 바로 광음천이다. 이곳에 태어난 존재들은 마음으로 이루어져 있고, 기쁨으로 음식을 삼으며, 스스로 빛을 내며 허공을 날아다니고 오랜 세상을 머무르게 된다. 그러다가 세상이 다시 만들어질 때가 오는데 그때까지 광음천 세상은 아무것도 존재하지 않는 텅 비어있는 상태가 된다."

부처님이 광음천세상을 설명하시는 동안 많은 비구스님들이 의문을 가졌습니다. '마음으로 그 세상에 살게 된다면 외롭지 않을까' 하는 생각이었습니다. 아무리 아름다운 궁전에 살더라도 혼자라면 무슨 행복을 느끼겠느냐는 것이었습니다.

"그렇다. 광음천에 태어난 생명체는 외롭고 슬프다고 푸념을 하게 되지. 그러면 그런 생각을 하는 동안 앞서 광음천에 지내던 존재들이 하늘궁전에 오게 되는데 이들이 모여 살면서 먼저 와 있던 생명체는 나는 지배자요 조물주요 창조주라고 주장을 하게 된다. 알겠느냐? 왜냐하면 이 모든 존재들은 내가 원한 덕분에 태어났기 때문이라고 생각한다."

바가 범천 스님은 범천세계에서 이 두 가지의 잘못을 저지르고도 기억하지 못하여 어리석은 주장을 하는 것이라고 부처님은 일러주셨습니다.

바가 범천 스님이 부처님의 말씀을 듣고 일어나서 합장하며 자신의 의심을 말했습니다.

"부처님, 부처님도 하늘 세상에 태어나 보시지 않았습니까? 광음천에 머무는 그 시간은 절대로 변하거나 파괴되지 않는 법으로서 나지도 죽지도, 없어지지도 않고 다시 지어지지도 않는 것도 아닙니다. 이 이외에는 최상의 해탈이 없는 것 아닙니까?"

"수행자여, 광음천세상에서 마음으로 머물러 사는 것이 최상의 세상이 아니다. 아무것도 존재하지 않은 마음의 세상에서 항상 있다하고 이 외에는 최상의 열반이 있는데 그것이 없다고 하는 것과 무엇이 다르겠느냐?"

부처님은 게송을 지어 바가 범천의 어리석음을 일깨워 주셨습니다. 그러나 바가 범천은 게송을 이해하지 못하고 교만하여 부처님께 외치듯 말했습니다.

"부처님이시여, 저와 72선인은 선행을 닦아 언제나 하늘세계에 태어나는 복을 누려왔습니다. 이것이 나고 죽는 윤회를 벗어난 해탈이 아닙니까? 이것이야말로 최고의 지혜요 선이 아닙니까?"

"바가 범천이여, 네가 길다고 생각하는 수명은 짧다. 네가 생각하는 하늘세계 광음천도 끝이 있어 네가 바로 이 세상에 다시 난 것이 아니냐?"

"부처님이시여, 저는 하늘세상을 보는 능력을 가졌습니다. 나고 죽는 고뇌도 초월하였습니다. 과거세상에서 제가 지키고 닦은 덕행을 비추어 제가 이 세상에서 알아야 할 일을 가르쳐 주십시오."

부처님은 그제야 바가 범천이 살아온 과거세상에서의 선행을 게송으로 일러주었습니다.

무더운 여름 날 더위에 지친 사람들에게 물을 나눠주고, 억울하게 누명을 쓰고 잡혀가는 사람을 구해 주었으며, 넓은 바다에서 배에 타고 있는 사람들을 잡아먹으려는 용을 물리쳐 많은 사람을 구해주었다는 과거 세상의 일이었습니다.

바가 범천은 그제야 자신이 잊고 있던 과거세상을 기억하고 부처님이 과거세상에서 자신의 제자 '겁파'라는 수행자로 함께 살았다는 사실도 알게 되었습니다. 그는 부처님께 절을 하며 자신의 어리석음을 뉘우쳤습니다.

"거룩하신 부처님이시여, 이제 저는 부처님의 신통력으로 과거세상의 삶을 바르게 알았습니다. 부처님이야말로 지혜와 복덕을 갖추신 완벽한 성인이십니다. 부처님의 자비가 하늘의 범천세계를 비추고 있습니다." 하고 찬탄하였습니다.

　이 동화는 부처님이 말씀하신 팔만대장경 본연부(본생경) 제 3권의 제 405화 바가
범천의 전생이야기를 고쳐 쓴 것입니다. 이 동화의 주제는 어리석은 배움은 자칫 그
릇된 생각으로 많은 사람을 잘못 되게 할 수 있음을 지적하고, 오직 바른 수행과 계율
을 잘 지키는 선행만이 범천세계에 나는 길임을 알려주고 있습니다. 지혜와 능력이
있음에도 바르게 배우지 않고 교만한 마음을 갖는 것을 경계하고 있습니다.(본생경
제 405화 바가 범천의 전생이야기)

1953년 충북 청주에서 나서 1973년 한국일보신춘문예로 문단에 나왔
다. 극본과 동시와 동화 등 여러 장르에 걸쳐 활동하고 있으며, 동극집
《노랑나비의 노래》외 140여권의 저서가 있다. 영화작품《한국의 국악
기》;《흑백논리의 함정》,《통신보안 전산보안》등 287편의 희곡이 있
고, 현재 한국아동극협회이사장, 불교청소년문화진흥원 사무총장 등
의 일을 하고 있다.

# 묘지의 승냥이

이 승 민

옛날 범여왕이 바라나시에서 나라를 다스리고 있을 때였습니다.

한 보살이 승냥이로 태어나서 승냥이들의 왕이 되어 많은 부하 승냥이들을 거느리며 묘지가 있는 숲 속에서 살고 있었습니다.

그 때 왕사성에서는 화려한 축제가 열리고 있었습니다. 많은 사람들이 모여들어 흥겹게 축제를 즐겼습니다. 사람들은 술을 잔뜩 마셔대며 취해서 떠들기도 했습니다.

여러 곳을 떠돌아다니면서 나쁜 짓을 일삼는 무리들도 소식을 듣고 축제장으로 많이 몰려들어왔습니다. 이 무리들은 술을 마시고 고기를 먹으며 아름답게 단장한 여자들에게 노래를 시키며 밤새워 놀았습니다. 밤이 깊어지자 술은 많이 남았지만 고기는 다 먹어버렸습니다.

나쁜 무리 중의 한 사람이 소리를 쳤습니다.

"고기를 더 가져오너라."

"고기는 다 먹고 없소."

"뭐? 고기가 없다고? 그럼 어디 가서 구해 와야지."

"이 밤중에 어디 가서 고기를 구한단 말이오. 날이 밝으면 구해 오겠소."

"지금 먹어야할 고기를 날이 밝을 때까지 어떻게 기다리라고?"

"구할 수가 없는데 어떻게 하겠소."

"그럼 내가 구해야지. 내가 저 묘지로 가서 죽은 사람의 고기를 먹으러 오는 승냥이를 잡아 그 고기를 먹어야겠다."

나쁜 무리 중의 한 사람은 큰소리를 치며 몽둥이를 들고 묘지로 향했습니다.

축제가 열리고 있는 왕사성 거리를 빠져나와 지름길로 숲 속 묘지에 도착했습니다.

승냥이가 보이지 않았습니다. 나쁜 사람들은 꾀를 냈습니다.

'승냥이들이 없군. 죽은 사람처럼 누워서 승냥이들을 기다리다가 승냥이를 때려잡아야지.'

그는 죽은 사람처럼 가만히 드러누워 승냥이들이 오기를 기다리고 있었습니다.

때마침 보살 승냥이는 많은 승냥이들을 데리고 여기저기 돌아다니다가 자신들의 거처인 묘지가 있는 숲 속으로 돌아왔습니다.

그 때 보살 승냥이는 그 곳에서 몽둥이를 들고 누워 있는 사람을 발견했습니다.

'이상하다! 죽은 사람 같지는 않은데……'

보살 승냥이는 누워있는 사람을 아무리 봐도 죽은 사람 같지 않았습니다.

누워있는 사람을 자세히 살펴보다가 발쪽으로 가서 냄새를 맡아 보았습니다.

'냄새를 맡아보니 죽은 사람이 아닌 것이 틀림없어. 꾀를 써서 이 자를 쫓아내야겠군.'

보살 승냥이는 누워있는 사람이 쥐고 있는 몽둥이 끝을 입으로 물고 세게 당겨보았습니다.

누워있던 사람은 깜짝 놀라서 몽둥이를 놓치지 않으려고 더 세게 움켜쥐었습니다.

그러자 보살 승냥이는 몇 발자국 물러나서 누워있는 사람을 향해 소리쳤습니다.

"몽둥이를 더욱 세게 움켜쥐는 것을 보니 죽은 사람이 아닌 것이 분명한데, 장난으로 누워서 죽은 사람 시늉을 하는구나."

그리고 다음과 같은 게송을 큰 소리로 읊었습니다.


네가 아무리 죽은 사람인 척 하지만
내가 몽둥이를 가만히 물어 당겨보니
너는 몽둥이를 더 세게 움켜잡는구나.
그런데도 죽은 척하며 나를 속일 테냐?


그러자 누워서 죽은 체 하던 나쁜 사람은 자신의 잔꾀가 드러났음을 알았습니다.

'아이쿠 들켰구나. 일어나면서 몽둥이를 던져 승냥이를 잡아야겠구나.'

누워있던 나쁜 사람은 벌떡 일어나며 보살 승냥이를 향해 몽둥이를 힘껏 던졌습니다.

그러나 몽둥이는 빗나가 다른 곳으로 날아갔습니다.

'아이쿠 실패했군.'

승냥이를 잡지 못한 나쁜 사람은 당황했습니다.

"이것보라, 너는 나를 속여서 죽이려고 몽둥이를 던졌구나. 나의 목숨을 해치려고 한 너는 반드시 지옥에 떨어질 것이다."

보살 승냥이는 큰 소리로 외친 후 자기를 따르는 승냥이들을 데리고 그 자리를 떠났습니다.

나쁜 사람은 승냥이를 죽여서 그 고기를 먹으려고 했지만 승냥이를 잡는데 실패하였습니다.

그는 허탕치고 빈손으로 축제가 벌어지고 있는 왕사성으로 되돌아갔습니다.

● 생각 키우기

부처님께서 죽림정사에 계실 때에 제바달다가 부처님을 살해하려고 했습니다. 그때 부처님께서는 전생에서도 제바달다가 부처님을 살해하려고 했다고 말씀하시며 이 이야기를 들려주셨습니다. 전생의 보살 승냥이는 부처님이셨고 승냥이를 죽이려던 나쁜 사람은 제바달다였던 것입니다. 남을 해치려고 하면 오히려 자신이 곤경에 빠지게 되니 언제나 남의 생명을 소중히 여기고 해치지 말아야 할 것을 일러주고 있습니다. (본생경 제 142화 승냥이의 전생 이야기)

경북 영천에서 나서 대구교대 졸업하고, 교육학 석사, 사회복지학 석·박사학위를 받았다. 현재 초등교사로 있으며 사회복지분야에 관심을 갖고 연구 중이다. 1991년 아동문학연구에 동시 당선, 2004년 창주문학상, 2008년 한국아동문학 창작상을 받았으며, 동시집 「물소리 바람소리」, 「기차를 따라오는 반달」 등이 있다.

# 흔들리지 않는 마음공부

강 세 준

가시국에 많은 재산을 가진 바라문이 있었습니다.

바라문은 마을 사람들의 존경을 받으며 예쁜 아내와 행복하게 살았습니다. 그러나 그의 아내는 첫아들을 낳고 죽었습니다. 바라문은 너무 슬펐습니다.

"여보, 이렇게 죽으면 우리의 아들은 누가 키우며 나는 어쩌란 말이오?"

아무리 슬퍼해도 죽은 아내는 돌아올 수 없습니다. 그렇게 죽을 인연이면 태어나기는 왜 태어났을까 하는 생각이 들었습니다. 자기도 언젠가는 아내처럼 죽을 것이고, 이제 태어난 귀여운 아들도 그럴 것이라는 생각을 하니, 세상을 사는 일이 참으로 시시하게만 느껴졌습니다. 바라문은 인생이 무상하다는 것이 이런 것인가 했습니다. 모든 일이 시들해졌습니다. 재산도 명예도 아무 의미가 없었습니다.

바라문은 마을의 가난한 사람들을 불러 자기의 재산을 모두 나누어주었습니다. 살던 집도 집 없는 사람에게 들어와 살라고 내주었습니다. 바라문은 아무 것도 갖지 않았습니다. 갓난 아들만 안고 깊은 산속으로 들어갔습니다. 토굴을 마련하고 풀뿌리를 캐고 나무 열매를 따 먹으며 도를 닦았습니다. 아기인 아들은 풀뿌리 가루와 나무 열매의 즙을 내어 먹였습니다.

여러 해가 지났습니다. 아들도 이제 소년이 되었습니다. 토굴은 세상 밖이었습니다. 거기에서 자란 아들은 세상일은 알지도 못 하고 관심도 없었습니다. 아버지를 따라 마음공부만 하고 있었습니다.

그 때 국경 근처에 있는 도적떼가 마을에 쳐들어왔습니다. 사람들을 포로로 잡고 돈과 물건을 모두 빼앗았습니다. 도적들은 마을에 불을 지르고 빼앗은 물건은 포로로 잡은 사람들에게 지우고 국경으로 향했습니다. 어느 나라 경찰이나 군인들도 국경을 함부로 넘지 못 하기 때문에 도적들은 국경까지만 가면 안심이 됩니다. 이쪽에서 잡으러 가면 저쪽으로 달아나고 저쪽에서 잡겠다고 하면 이쪽 나라로 넘어오면 그만이기 때문입니다. 국경이 가까워 올수록 산길이 험하고 숲이 짙었습니다. 길도 제대로 나있지 않았습니다.

포로로 잡혀가는 사람 중에 예쁜 처녀가 있었습니다. 처녀는 국경이 가까워질수록 초조했습니다.

'이 도적들은 우리를 끌고 가서 이웃나라에 노예로 팔아넘길 것이다. 그렇게 되면 평생 짐승처럼 끌려 다니며 고생만 하다가 죽겠지. 그럴 수는 없어. 어떻게든 여기서 달아나야 해.'

이렇게 생각한 처녀는 자기를 밧줄로 묶어 끌고 가는 도적에게 좋은 얼굴로 말했습니다.

"아저씨, 오줌이 마려워요 지금 쌀 것만 같으니, 이것 좀 풀어주세요."

"안 돼. 쌀 것 같으면 싸면 될 것 아니냐?"

예쁜 처녀는 잔꾀가 많고 거짓말도 잘 했습니다. 도적에게 대들듯 큰 소리로 말했습니다.

"오줌을 옷에 싸라고요? 아저씨네는 그렇게 하나요?"

사람들이 모두 처녀와 도둑을 돌아보았습니다. 도둑은 챙피하다는 생각이 들었습니다.

"그럼. 풀어줄 테니, 딴 생각 말고 빨리 해결해."

도둑은 밧줄을 풀어주며 그 자리에서 오줌을 누라고 했습니다.

"사람들이 보고 있잖아요? 저쪽에 가서 누고 올 테니, 잠간만 돌아서 계셔요."

처녀는 길가 다래덩굴 뒤로 갔습니다. 도둑이 보이지 않았습니다. 처녀는 숲속으로 달아났습니다. 도둑들이 눈치를 채고 뒤쫓았지만 숲이 짙어서 잡히지 않았습니다. 처녀는 숲속을 이리저리 헤치며 어딘지도 모르고 계속 달렸습니다. 죽을 힘을 다해 달려서 몸속의 힘이 다 빠져나가는 것 같았습니다. 이제는 더 갈 수가 없을 정도로 지쳤을 때 눈앞에 조그만 토굴이 나타났습니다.

"사람이 뜻 없이 죽으라는 법은 없구나."

처녀는 무엇을 생각할 겨를도 없이 토굴로 기어들었습니다.

"아니, 당신은 누구요? 어떻게 여기에……."

혼자 있던 소년이 놀란 얼굴로 처녀를 쳐다 보았습니다. 소년은 아버지 바라문이 열매도 따고 약초도 캘 겸 산으로 가고 혼자 토굴에 남아있었던 것입니다.

"너 혼자 있니? 배가 고프다. 먹을 것을 좀……."

소년은 풀뿌리와 나무 열매즙을 내주었습니다. 그것을 본 처녀는 눈을 동그랗게 뜨고 소년을 쳐다보았습니다.

"이것을 먹으라고? 먹을 것이 이것뿐이냐?"

"우리는 이것만 먹고 살아요. 왜 못 먹겠어요?"

처녀는 과일즙을 조금 마셔보더니, 벌레 씹은 인상이 되었습니다.

"사람이 어떻게 이런 것을 먹니? 그런데 우리라고 했는데 또 누가 여기 있나?"

"아버지가 계셔요. 지금 약초를 캐러 갔어요."

"그럼 아버지와 둘이 살고 있니?"

"그래요. 우리는 여기서 마음공부를 하고 있어요."

"마음공부란 것이 무언지는 모르지만 사람이 어떻게 이렇게 사니?"

처녀는 사람은 사람답게 살아야 사람이라고 했습니다. 소년이 세상일을 잘 모르는 것을 눈치 채고 사람이 즐겁게 살아가는 법과 세상이야기를 끝없이 종알거렸습니다. 원래 잔꾀가 많고 거짓말을 잘 하는 처녀는 세상 사람들의 이야기를 부풀려서 했습니다. 처녀는 잘 생겼고 순진한 것 같은 이 소년을 꾀어내려는 생각이었습니다.

소년은 사람들이 모여 사는 마을을 몇 번 가보기는 했지만 그냥 지나쳤을 뿐, 자기와는 상관없는 것으로 무관심했는데 처녀의 이야기는 황홀하리만큼 신기했습니다. 소년은 처녀에게 마음이 끌렸습니다. 태어난 후 처음으로 예쁜 처녀와 같이 있으니 가슴이 두근거렸습니다. 이런 처녀와 가까이 있어 이야기를 하며 살 수 있다면 참 좋겠다는 생각이 들었습니다.

"나도 마을로 가면 다른 사람들처럼 잘 살 수 있을까요?"

"그럼. 모두가 그렇게 살고 있잖아."

처녀는 소년이 순진하고 착한 것을 보고 꼭 마을로 꾀어내어 함께 가려고 마음먹었습니다.

"이렇게 살지 말고 나하고 마을로 가서 같이 살지 않겠니?"

그 말에 소년은 얼굴이 뜨거워지며 가슴이 울렁거렸습니다. 당장 같이 가고 싶었습니다. 그러나 아버지를 두고 그럴 수는 없었습니다.

"같이 갈 수 없어요. 아버지 허락 없이는 아무데도 못 가요."

소년은 약초 캐러간 아버지가 돌아오면 처녀를 그냥 두지 않을 거라며 빨리 토굴을 떠나라고 했습니다. 처녀는 자리에서 일어섰습니다.

"그럼 갈께. 나를 찾아오려면 이리로 오너라."

처녀는 소년에게 길표를 일러주고 토굴을 떠났습니다.

참 이상한 일이었습니다. 처녀가 떠나자 소년은 세상이 갑자기 다 비워진 듯 가슴속이 허전했습니다. 슬프고 쓸쓸했습니다. 아버지의 가르침을 따라 마음속으로부터 모든 욕심을 버렸을 때도 이런 느낌은 없었습니다. 그런데 처녀가 떠나자 마음과 세상이 순식간에 텅 비워진 것 같았습니다. 소년은 가만히 앉아 있지 못 하고 토굴을 들락거렸습니다. 처녀가 떠나간 쪽을 멍하니 바라보다가 토굴 속으로 들어와 자리에 누워 이리저리 뒹굴기도 했습니다.

약초 캐러 갔던 아버지가 돌아왔습니다. 아버지는 토굴 앞에 낯선 발자국을 보았습니다. 여자가 왔다가 간 것을 금방 알았습니다.

"웬 여자가 다녀갔구나. 그렇다면 아들이……."

토굴로 들어서니, 아들이 누워있었습니다. 맥이 다 빠진 듯 아버지가 들어서도 천정만 쳐다보고 있었습니다. 누군가가 와서 아들이 지켜야 할 계율을 깨뜨렸음을 알았습니다.

'큰일이구나. 자칫하면 십년공부 도로아미타불이 될 지도 모르겠다.'

아버지는 누워있는 아들에게 다가가 게송으로 무슨 일이 있었는지를 물었습니다.

아들아, 장작도 안 쪼개고
물도 길어오지 않았으며
제사불도 붙여놓지 않고
멍청히 무얼 생각하느냐

아버지의 물음에 아들은 벌떡 일어났습니다. 큰 병을 앓는 환자 같은 모습이었습니다. 아들은 게송으로 토굴 속의 이런 생활은 더할 수 없다는 것을 아래와 같이 말했습니다.

아버지, 이 숲에선 못 살아요
누더기를 입고 풀뿌리만 먹는
토굴생활은 이제 끝내겠어요

저는 오늘로 이곳을 떠나겠어요
마을로 가서 사람들과 살겠어요
즐겁고 행복하게 살아보겠어요

아버지는 소년이 된 아들의 마음을 헤아리며 다시 게송으로 타일렀습니다.

아들아, 네가 여기 숲을 떠나
마을로 내려가 살고 싶다면
지금 내 말을 잘 들어두어라

독한 물을 좋아해 쫓지 말고
험한 벼랑은 반드시 피하며
진흙구덩이를 꼭 조심하여라

아들은 아버지가 읊은 게송의 뜻을 잘 알 수가 없었습니다. 독한 물과 험한 벼랑과 진흙구덩이가 무엇을 뜻하느냐고 물었습니다. 아버지는 다음과 같은 게송으로 자세히 일러주었습니다.

독한 물은 술이라는 것인데
그 물은 범행자의 독액이다
험한 벼랑은 조악한 여자니
마음을 부수어 떨어뜨리니라
진흙구덩이란 것은 명예이니
그것을 탐하면 빠지고 만다

아버지의 게송을 듣고 나니, 아들은 마음이 서서히 가라앉았습니다. 귓가에 맴돌던 처녀의 소리가 차차 멀어지며 아버지의 게송이 그 자리를 채웠습니다. 잠시 무엇에 홀렸다가 깬 것처럼 마음이 맑아졌습니다. 잠시였지만 아버지에게 큰 잘못을 저지른 것 같았습니다.

아들은 처녀가 다녀간 이야기를 하고 아버지 앞에 무릎을 꿇었습니다.

"아버지, 잠시 저의 마음을 흔들었던 삿된 생각은 버리겠습니다."

"그래, 눈부신 빛에 끌리지 말며, 고운 색깔에 흔들리지 말고, 바위처럼 몸과 마음을 신중하게 갖고 마음공부에 더욱 정진하여라."

아버지는 아들에게 자비의 등을 기르는 일을 가르쳤습니다. 아들은 아버지의 가르침을 잘 따르고 지켜서 큰 깨달음을 얻어 보살이 되었습니다.

● 생각 키우기

이야기를 마친 부처님은 앞에 있는 처녀와 비구를 가리키며 토굴에 왔던 처녀는 거짓말을 잘 하는 저 처녀이고 아들은 마음공부가 싫어진 저 비구의 전생이요. 아버지는 바로 부처님 자신이었다고 했습니다. 삿된 것에 마음이 흔들리는 것을 거역하는 가르침입니다.(본생경 제 477화 작은 나라다 고행자(苦行者)의 전생 이야기)

김천 지좌동에서 나서 1958년부터 상주에서 교편을 잡으며 상주글짓기회 부회장, 전국교단동인회 회원으로 활동했고, 동시집《꽃씨가 익을 때》를 펴냈으며 동시로 한국문학예술상을 받았다. 전자회사 '우림사'를 창립했고, 지금은 주식회사 '두일상사' 회장이며, 한국아동문학인협회, 한국동시문학회, 한국불교아동문학회 회원을 활동하고 있다.

# 올웅이의 효심

곽 종 분

올웅이는 산에 사는 어린 매입니다. 그의 집은 높은 산 바위언덕에 있었습니다. 어머니가 앞을 못 보기 때문에 올웅이가 먹을 것을 구해다 드려야 했습니다.

"어머니, 오늘은 어디 푸줏간이라도 찾아가서 맛있는 소고기를 구해보겠어요."

"애야, 사람 사는 곳은 위험하다. 소고기는 안 먹어도 되니, 가지 마라."

어머니는 어린 올웅이가 먹을 것을 구하러 다니다가 사냥꾼이라도 만나면 어쩌나 늘 걱정이었습니다.

올웅이가 집을 나갈 때마다 지나간 일이 머릿속에 떠올랐기 때문입니다.

꼭 반 년 전이었습니다. 올웅이 아버지 어머니는 어린 올웅이를 데리고 산 너머 골짜기로 나들이를 갔습니다. 그 곳은 숲도 좋고 맑은 골짝물이 돌아드는 늪도 있습니다. 늪에는 개구리 같은 작은 동물도 있지만 어린 물새들도 이따금 오기 때문에 놀다가 배가 고프면 먹이구하기도 쉬워서 좋은 곳이었습니다. 올옹이 어머니 아버지는 늪가의 오리나무 가지에 앉았습니다. 올옹이도 그 곁에 앉았습니다.

"엄마가 개구리 잡는 법을 가르쳐 줄게. 잘 봐라."

어머니는 올옹이가 보는 앞에서 곤두박질을 하듯이 늪을 향해 날아갔습니다.

그 때였습니다. '탕, 탕, 탕' 하고 연달아 총소리가 났습니다. 올옹이 옆에 앉아있던 아버지가 어머니가 날아간 늪으로 곤두박질을 했습니다. 총을 맞은 것입니다.

어머니가 급히 돌아와 올옹이를 잡고 공중으로 날아올랐습니다. 그 때 또 총소리가 연달아 나더니 어머니가 비틀거렸습니다.

"엄마, 왜 그래?"

올옹이가 어머니를 돌아보았습니다. 어머니 얼굴에서는 피가 흘렀습니다. 사냥꾼의 총을 맞은 것입니다. 어머니는 공중에서 갈팡질팡했습니다. 날개는 안 다쳤지만 눈을 다친 것 같았습니다.

"엄마, 정신 차려요. 나를 따라 오셔요."

올옹이는 어머니를 안내하여 간신히 집으로 돌아왔습니다. 어머니는 눈을 다쳐서 앞을 잘 볼 수 없었습니다. 오른쪽 눈은 완전히 피투성이였습니다. 조금 덜 다친 왼쪽 눈도 며칠이 지나자 보이지 않았습니다. 어머니는 아무 것도 볼 수 없는 장님이 되어버렸습니다.

갑자기 아버지를 잃고 어머니마저 눈이 멀고 보니, 올옹이는 제

힘으로 살아가야 했습니다. 먹이 구하는 일이 제일 급했습니다. 눈먼 어머니에게 물어서 먹이를 잡으러 나갔습니다.

처음에는 풀밭에서 메뚜기나 도마뱀 같은 것을 잡아먹다가 차츰 어머니의 가르침을 따라 멧새 사냥도 하고 마을로 내려가서 쓰레기로 버려진 고기토막도 물어 와서 어머니에게 드렸습니다. 눈이 어두워 바위언덕 굴속에서 올웅이가 구해다 주는 먹이를 받아먹으며 지내는 어머니는 산 너머 골짜기로 나들이를 갔다가 아버지도 잃고 자기도 눈을 잃게 된 일이 생각나서 늘 마음이 불안했습니다.

"얘야, 세상에서 제일 무서운 것이 사람이다. 특히 사냥꾼은 저승차사이니라."

"염려 마셔요. 저도 알고 있어요. 이제는 저도 아기가 아니라고요."

어린 올웅이는 이렇게 어머니를 안심시켜 놓고 사람 사는 마을로 날아갔습니다. 마을에는 여러 가지 물건을 내놓고 파는 장터가 있었습니다. 거기에는 올웅이가 좋아하는 생선도 많고, 어머니가 좋아하는 소고기도 있었습니다. 소고기는 가게 앞 기둥 같은데 매달아놓고 팔았습니다. 그것을 좀 나누어가지고 갔으면 좋겠는데 위험했습니다. 소고기는 날카로운 갈고리에 꿰어서 매달아놓았기 때문에 자칫하면 몸을 다칠 수가 있습니다.

올웅이는 장터 옆에 있는 오동나무가지에 앉아 소고기를 얻을 궁리를 했습니다.

그 때 한 아주머니가 소고기가게로 왔습니다. 가게주인과 이야기를 나누었습니다. 가게주인이 허리를 굽실거리더니, 기둥에 매달아놓은 소고기를 내려서 도마 위에 놓고 칼로 잘랐습니다. 아주머니가 뭐라고 하며 가게 안쪽을 가리키니 가게 주인은 그 쪽으로 눈을 돌렸습니다. 그 순간이었습니다. 올웅이가 날쌔게 날아가서 소고기 한 토막을 낚아챘습니다.

"엉! 저 저 놈의 매가……."

가게 주인과 아주머니가 동시에 놀라서 소리쳤지만 올웅이는 이미 공중 높이 날아오른 뒤였습니다. 올웅이는 곧바로 바위언덕 굴속으로 날아갔습니다.

"어머니, 저 왔어요. 올웅이예요."

"응. 그래 아무 일 없었지?"

"그럼요. 이렇게 어머니가 좋아하는 소고기도 가져왔는데요."

올웅이는 앞 못 보는 어머니의 입에 소고기를 잘게 찢어서 넣어 주었습니다.

"소고기가 연하고 맛있구나, 너도 좀 먹으렴."

"어머니, 저는 제가 좋아하는 생선을 많이 먹고 왔어요. 이건 어머니가 드셔요."

"그래, 많이 먹을게. 나 때문에 네가 고생이구나."

"아니에요. 어머니! 저는 어머니가 맛있게 드시고 건강하게 지내시는 것이 제일 큰 기쁨인 걸요."

이렇게 올웅이는 눈먼 어머니를 정성껏 모시는 효자였습니다.

그러던 어느 날이었습니다. 사냥꾼이 올웅이의 집 근처에 있는 묘지에 올가미와 덫을 놓았습니다. 묘지에는 묘를 찾아 제사를 드리러 오는 사람들이 음식이나 고기를 놓고 가는 일이 있습니다. 그것을 먹으려고 산에 사는 짐승들이 종종 오기 때문에 그것을 노려서 사냥꾼이 덫을 놓은 것입니다.

올웅이는 그것도 모르고 묘지를 찾아왔던 사람들이 남기고 간 고기가 없나 하고 묘지로 날아갔습니다. 어느 묘 앞에 고기토막이 떨어져 있었습니다.

"오늘은 운이 좋구나. 저것은 소고기인데. 엄마가 좋아하겠다."

올웅이는 너무 기뻐서 그 묘 앞으로 날아가서 고기를 덥석 물었습니다. 그 순간 무엇이 발목을 꽉 잡았습니다. 사냥꾼이 놓은 올가미였습니다.

"이크, 이를 어쩌!"

올웅이는 올가미를 벗어나려고 마구 발버둥을 쳤습니다. 그러나 발버둥을 칠수록 올가미는 더욱 단단히 죄어왔습니다. 발목이 부서질 것만 같았습니다. 움직이면 더 아파서 고통을 덜 받으려고 꼼짝도 하지 않고 가만히 있었습니다. 집에서 기다릴 어머니가 생각났습니다. 어머니는 올웅이가 없으면 굶어죽을 것입니다. 그것을 생각하니 아픔보다 슬픔이 더 컸습니다. 기가 막혔습니다.

'내가 죽으면 어머니는 어떻게 될까? 내가 이렇게 잡힌 것도 모르고 나를 기다리다가 고통과 슬픔과 배고픔으로 죽겠지. 아버지 잃고 아들 잃고, 외롭게 혼자 바위굴 속에서 죽어가다니.'

올웅이는 한없이 눈물만 흘렸습니다. 그 때 사냥꾼이 달려왔습니다.

 사냥꾼은 올옹이를 보더니, 고개를 갸웃거리며 게송을 읊었습니다.


 응, 너는 아직도 어린 매구나
 그런데 눈물을 많이 흘렸구나
 제 스스의 잘못으로 걸렸는데
 슬퍼하기는 왜 슬퍼하는 거냐


 그러자 울옹이가 사냥꾼과 똑 같은 목소리로 게송을 읊어 대답했습니다.


 나의 어머니는 눈이 먼 장님이오
 굴속에서 나만 기다리고 있습니다
 내가 없으면 걱정과 굶주림으로
 가엾게 죽겠기에 슬퍼서 그럽니다


 사냥꾼은 눈이 휘둥그레졌습니다. 매가 사람의 말을 하는 것에 놀랐고, 어린 매가 눈먼 어머니를 생각하는 효성에 감동했습니다. 올옹이가 올가미에 걸리게 한 것이 죄만 같았습니다.


 내 비록 산 것을 잡는 사냥꾼이지만
 너처럼 효성스런 새는 처음 보는구나

너를 풀어줄 테니 어머니에게 가거라
그리고 다시는 이런 덫에 걸리지 마라

사냥꾼은 올옹이의 발목을 죄고 있던 올가미를 조심스럽게 풀어주었습니다. 그리고 두 손으로 올옹이를 안아 공중으로 던졌습니다. 올옹이는 묘지 위를 빙빙 세 바퀴를 돌며 사냥꾼에게 고마움을 표시하고는 어머니가 기다리고 있을 바위언덕을 향해 날아갔습니다.

**◑ 생각 키우기**
이 전생 이야기는 부처님이 기원정사에서 어머니를 잘 모시는 어떤 비구에 대해 말씀하신 것입니다. 효는 모든 행위의 근본이라고 했습니다. 나라에 대한 충성심도 세계의 인류를 다 사랑할 수 있는 큰 사랑도 부모를 잘 모시는 효행에서 출발합니다. 지금은 부모를 모시거나 어른을 존경하는 마음들이 옛날에 비해 많이 흐려지고 있습니다. 부모에게 효성을 다 할 때 이 이야기의 올옹이처럼 좋은 보답을 받게 될 것입니다.(본생경 제 399화 올옹이의 전생 이야기)

1933년 부산에서 나서 1965년 《새교실》에 교단수기가 뽑혔고, 동시집 《양지꽃 피는 언덕》, 《메아리편지》, 《노래하는 아기새》, 동화집 《별의 뺨》, 《눈꽃 피는 날》, 《그림으로 잡은 고래》 등 많은 저서가 있다. 동화로 북산문학상 본상, 한국불교아동문학상, 탐미문학 황진이상 등을 받았으며, 부산문인협회, 한국아동문학인협회, 국제펜한국본부 회원으로 활동하고 있다.

# 가난을 극복한 청년

고 광 자

옛날 가시국에 국정을 잘 살피고 있는 마닷타 왕의 나라는 백성들도 어질고 순박하였다.

어느 날 왕이 지나가는 길가에 커다란 쥐 한 마리가 죽어 있었는데 몸에서는 빛이 났다.

왕을 모시고 가던 재관이 길가의 사람들에게

"아! 이 쥐를 집어가는 사람은 장사도 잘 되고 장가도 좋은데 들것이다."

라고 하였다. 길가에 서있던 가난한 청년이 죽은 쥐를 집어 들었다. 소중히 싸안고 산길을 넘어가는데 눈곱이 끼고 병이 들어 죽어가는 고양이를 안고 울고 있는 부인을 보았다.

"저, 이 쥐를 고양이에게 보시하면 어떨까요. 어쩌면 살아날지도 몰라요."

그 말을 듣고 부인은 그렇게 해달라고 하였다. 고양이는 쥐를 먹더니 금방 힘이 눈을 뜨고 '야옹 야옹' 하였다.

부인은 기뻐서 은돈 한 냥을 선물로 주었다.

청년은 그 돈으로 사탕수수를 샀다. 그것을 가지고 가다가 뙤약볕 속에서 감자를 캐고 있는 여인들에게 나누어 주었다. 여인들은 목이 마르고 힘든 차에 맛난 사탕수수를 먹으니 너무 기분이 좋아서 감자를 한 포대나 청년에게 주었다. 청년은 사탕수수를 더 나누어주며 감자 캐는 일을 도와주었다. 감자를 10포대나 선물 받았다.

며칠이 지났다. 태풍이 불어와서 궁궐 근처의 나무들이 넘어져 나뒹굴었다. 비바람에 꺾인 나뭇가지와 떨어진 잎사귀들이 궁궐의 주위를 어지럽게 했다. 그것을 치워야 하는데 너무 힘이 들어 나무를 관리하던 동산지기가 쩔쩔매고 있었다.

청년이 다가가서 말을 하였다.

"제가 나무를 치워드릴 테니, 그 나무를 모두 제게 주시겠습니까?"

"어유 그러리다."

쾌히 승낙을 받고, 청년은 마을에서 놀고 있는 소년들에게 감자를 나누어주면서 함께 나무를 치우자고 했다. 감자를 받은 소년들은 모두 좋다고 했다. 소년들은 금방 나무를 모아 한곳에 산더미처럼 쌓았다.

그때 궁중에서 쓸 그릇을 굽기 위해 나무를 찾아다니던 옹기장이가 마침 산처럼 쌓여있는 섶나무 더미를 보고는 '바로 이거다' 하면서 청년에게 많은 돈을 주고 나무를 사갔다. 덤으로 도끼도 몇 개 주었다.

청년은 이렇게 해서 자꾸 재산이 늘어갔다. 가난하던 청년이 이렇게 재산이 늘어가니 마음이 넉넉해져 더 많은 사람들에게 보시할 일을 생각였다.

그러던 어느 날, 소에게 먹일 풀을 베고 있는 오백 명의 사람들을 만났다. 모두가 땀을 흘리며 풀을 베느라고 지치고 허기가 져 있었다. 청년은 그들에게 음식과 음료수를 마련하여 제공하였다. 풀을 베던 사람들은 모두 고마워했다

"풀을 베느라 기진맥진하였는데 당신이 주신 음식은 꿀맛이었습니다. 당신을 위해 도울 일이 있으면 언제라도 말씀해주세요."

청년은 가는 곳마다 이렇게 하여 신뢰를 얻으면서 많은 사람들과 가깝게 지내게 되었다.

며칠이 지났다. 한 장사꾼이 내일은 백락이라는 사람이 5백 마리의 말을 몰고 마을을 지날 것이라고 했다. 장사꾼으로 부터 이 말을 들은 청년은 5백 마리의 말을 몰고 오는 사람이라면 틀림없이 풀을 찾게 될 것이란 예감이 들었다. 풀 베는 사람들을 찾아갔다.

"언제라도 도움을 주신다는 말씀이 생각나 여러분들을 찾아왔어요. 각자 제게 풀 한 묶음씩만 주세요. 그리고 당신들이 가진 풀은 제 풀이 다 팔릴 때까지 팔지 않도록 해주세요."

풀 베는 사람들은 그러겠다고 했다.

말을 몰고 온 백락은 말에게 먹일 풀을 사려고 마을을 돌아다녔다. 풀을 베는 사람들이 있었지만 팔지 않겠다고 했다. 백락은 청년이 풀을 많이 갖고 있다는 말을 듣고 청년을 찾아 풀을 팔라고 했다. 많은 돈을 주고 청년의 풀을 몽땅 사갔다.

그 뒤 며칠이 지났다. 바닷가에 살고 있는 어떤 상인이 큰 배가 많은 물건을 싣고 항구로 들어올 것이라고 귀띔을 해주었다. 이제 돈이 많은 청년은 그 상인에게 금가락지를 내주고 큰 배가 싣고 오는 상품의 소유권을 얻는다. 배가 항구에 들어오자 상품을 사려고 100명이나 되는 장사꾼들이 몰려왔다. 청년은 몰려온 100명의 장사꾼들에게 각각 천금씩을 받고 상품을 팔았다. 청년은 이제 누구도 따를 수 없는 큰 부자가 되었다.

넉 달 후, 청년은 그동안 모은 돈과 금은을 가지고 바라나시로 향했다. 죽은 쥐를 집어가는 사람은 장사도 잘 되고 장가도 좋은 데 들 것이라고 말한 재관을 찾아갔다. 청년을 본 재관은 깜짝 놀라며 부자가 된 경위를 물었다.

"몹시 가난했던 저는 왕의 행차 때 재관님께서 말씀하신 것을 듣고……."

하며 죽은 쥐로 병들어 죽어가는 고양이를 살려주고, 돈돈을 받아 가지고 사탕수수를 사서 감자 캐는 여인들에게 보시하여 목마름을 풀어주고, 그렇게 해서 뱃사람들이 싣고 온 물건을 받아 팔아 많은 돈을 번 일들을 모두 이야기했다.

그렇게 해서 큰 부자가 된 것이니, 이러한 행운이 모두 재관님의 은덕이라며 번 돈의 절반을 내놓았다.

으로 돈을 벌게 되었으니 받아 주시기를 바랍니다. 하고 가진 돈의 반을 내밀었다.

"내가 그 돈을 어찌 받겠소. 남은 인생을 지금처럼 헛되지 않게 살며 근면을 가슴에 안고 사람들에게 더 큰 사랑을 나누어 주기 바라오."

재관은 허허 웃더니 이렇게 말하고는 중요한 부탁이 있다고
했다.

"부탁이 있소. 내게 참한 딸이 있는데 당신은 앞으로 훌륭한 일
을 할 청년이므로 딸을 맡길까 하오."

청년은 참으로 뜻밖의 행운이었다. 가난해서 굶주리고 헐벗으
며 죽지 못해 살던 청년이 재관의 사위가 되었다.

재관은 늙어 세상을 떠나자 청년은 뒤를 이어 재관이 되어 나라
일을 돕는 훌륭한 사람으로 행복하게 살았다.

◐ 생각 키우기

가난한 청년이 재관의 이야기를 듣고 죽은 쥐를 고양이에게 보시합니다. 주인은
고마워서 은 한 냥을 주었고 그것을 가지고 돈을 불려나갑니다. 자신의 삶이 가난했
던 만큼 어려운 사람을 도와주고 돈이 불어날 때마다 이로운 일에 씁니다. 그래서 부
자가 됩니다. 재관은 부자가 된 청년의 이야기를 듣고 사위를 삼습니다. "안목이 있
는 사람은 작은 돈으로 그 몸을 잘 일으키니, 한 점의 불을 큰 불로 일으키는 것처럼."
이라는 부처님의 말씀을 생각하게 됩니다.(본생경 제 4화 출라 財官의 전생이야기)

제주 애월읍에서 나서 아동기를 바닷가에서 보냈다. 건국대행정대학
원과 방송대국문학과를 졸업하고 순수문학 시, 문학세계 동시, 공무원
문학 평론으로 등단했고, 공무원 생활을 마치면서 글 쓰는 일에 주력
하고 있다. 동시집 《달님과 은행나무》, 《밤하늘에 걸린 바나나》와 시
집 《한라산과 바다는 언제나 손잡고》, 《천륜의 바다》 등 12권이 있으
며, 서포문학상, 공무원문학상, 한국아동문학창작상을 받았다. 마포문
인협회지부장을 지냈고, 대한민국공무원문인협회회장, 을문학가협회
회장, 한국순수문학인협회부회장, 국제펜한국본부이사, 한국여성문학
회이사, 한국아동문학연구회평론분과위원장, 현대시인협회발전위원
등으로 활약하고 있다.

# 아버지의 피눈물

임 신 행

"아버지 이제 일어나세요."

초코파이를 먹다말고 다원이는 방문을 조심스레 열고 아버지를 향해 말했습니다.

'푸푸' 늦잠이 들어있는 아버지는 다원이가 부르는 소리를 들었는지 못 들었는지 벽을 향한 체 그대로 있었습니다. 다원이는 은근히 부아가 났습니다.

입안에 든 초코파이를 꿀꺽 삼키고는 방문을 왼손으로 치며

"아버지!"

큰소리로 불렀습니다. 아버지는 왼손을 내저을 뿐 일어나지 않았습니다.

"이러시기예요 아버지."

뾰로통해진 다원이는 거실로 돌아와 읽던 만화책 갈피를 넘겼습니다. 어머니가 요양원 간병 일을 하러 가면서 사주고 간 초코파이 상자를 발로 끌어다가 손을 넣었습니다.

"하나 뿐 이네, 아니다 아직 하나 남아 있었네."

초코파이 봉지를 쫘~악 찢어 넣고는 '아직 하나 남아 있었네....... 남긴 뭐가 남아 다 먹었는데 뭐......' 아버지가 늘 긍정적으로 생각하라는 말을 떠올리고 불평을 했습니다.

"난, 이제 아버지 말 잘 안들을 꺼야."

다원이는 누가 옆에 있기나 하는 것처럼 혼자 말을 했습니다.

"원아! 엄마는?"

기지개를 크게 켜며 아버지가 거실로 나왔습니다.

"일 가셨지요."

벌떡 일어서며 다원이가 대꾸 했습니다.

"아침은?"

아버지는 다원이에게 아침밥은 먹었냐? 물어놓고 하품을 크게 했습니다.

"초코파이로......."

빈껍데기만 들어있는 초코파이 상자를 오른쪽 발가락으로 가볍게 밀쳤습니다.

"그건 안 돼지 아침은 꼭 챙겨 먹어야지......."

"아버지, 제 마지막 어린이날 초코파이 한 상자로 퉁 칠 생각이세요?"

다원이는 내리 사흘 동안 연휴 첫째 날부터 재미있게 맞이하지 못하고 시시하게 보낸다 싶어 꽁꽁 숨겨뒀던 속내를 내 보였습니다.

"아~, 아직 너의 어린이날은 남아 있었구나."

아버지는 정수기 앞으로가 찬물을 한 컵 받아서 벌컥벌컥 마셨습니다.

"아버지……."

두 손으로 얼굴을 감싸고 다원이는 거실바닥에 데굴데굴 구르며 넉장거리를 했습니다.

"알았어. 네가 좋아하는 낚시를 가자. 꿈도 좋고 대어로 손맛을 볼 수 있을 것 같은 예감이 좋아요……."

"단 피자 한판 통닭 한 마리 아침 겸 점심으로 챙겨 가는 거예요."

냉큼 일어나 앉으며 다원이는 아버지에게 대거리를 했습니다.

"원이는 알고 있지. 아버지의 주머니는 늘 얇다는 것."

"잘 알고 있습니다. 하지만 아버지의 비자금 금고가 어디에 있다는 걸."

"세상의 비밀은 누군가 알고 있다더니 정말이네. 엄마께는 절대로 말하면 안 돼."

"네."

기분이 좋아진 다원이는 다락으로 가 자신의 낚시장비를 챙겨 아파트 현관 앞에 내 놓았습니다. 아버지는 피자와 통닭 주문을 하고, 신줏단지를 모시듯 다락에 잘 보관해둔 낚시장비를 하나하나 챙겨서 다원이 낚시장비 옆에다 나란히 놓았습니다. 금방 아파트 현관은 낚시장비로 꽉 찼습니다. 아버지는 재빨리 승강기 앞으로 옮기고는 다시 승강기 안으로 옮기고 아래층으로 내려갔습니다. 다원이는 어머니가 신경 쓰지 않게 거실청소와 방청소를 말끔히 했습니다.

이때였습니다. 초인종이 울렸습니다.

"안 잠겼어요."

다원이는 짜증어린 목소리로 고함을 질렀습니다. 마지막 어린이날에 청소나 하고 있는 자신의 처지와는 달리 놀이공원에서 바이킹이 아니면 아슬아슬 공중열차를 타고 신나게 놀고 있을 옆 짝지인 순철이 모습이 떠올라 은근히 심술이나 짜증 섞인 목소리로 소리쳤던 것입니다.

"택뱁니다."

빠끔 아파트 철문이 열리고 작은 상자 하나가 먼저 쏘옥 들어왔습니다.

"택배 올 때가 없는데……."

다원이는 혼자 말을 하고 택배상자를 받으러 현관문 쪽으로 나왔습니다.

"본두!(친구)"

외삼촌이 하얀 이를 드러내고 현관에 우뚝 섰습니다.

"오! 발루카 외삼촌!"

다원이는 참나무줄기처럼 굳건한 발루카 외삼촌의 허리를 와락 껴안았습니다.

다원이의 어머니는 방글라데시에서 시집을 왔습니다. 같은 회사에 다니는 발루카 외삼촌이 십 삼 년 전에 어머니를 아버지에게 소개해 주어서 결혼했고, 다원이가 오늘에 있는 것입니다. 그러니까 발루카 외삼촌은 외삼촌이면서 외삼촌이 아닌 가족입니다.

"외삼촌! 저랑 낚시가요, 네? 같이 가요."

발루카 외삼촌의 오른손을 잡고 다원이가 사정을 했습니다.

"고마워요, 하지만 난, 일하러 가야해. 우리 다원이 마지막 어린이날 선물만 전해주고 가야 해."

발루카 외삼촌은 돌아섰습니다.

"잠깐만요!"

다원이는 냉장고 쪽으로가 주스 한 병을 꺼내고 어버이날에 드리려고 마련해 놓은 선물꾸러미를 안고 나와 드렸습니다.

"주러 왔다 받아가네. 차암, 아버지 보고 나 왔다 갔다는 말 하지 마. 알았지."

발루카 외삼촌은 주스를 마시며 흐뭇해했습니다. 발루카 외삼촌은 황급히 다원이가 드린 선물 꾸러미를 안고 승강기를 타지 않고 층계로 내려갔습니다.

다원이는 발루카 외삼촌과의 약속을 지키기 위해 선물상자를 공부방 책상 밑에 꼭꼭 숨겼습니다.

서둘러 손전화로 아버지에게 전화를 걸었습니다.

"빠진 것 없지요?"

"어서 오기만 하면 된다."

"주문한 것은요?"

"다 받아 놓았다. 덤으로 주는 선물까지……."

뜻밖에 선물 복이 터진 다원이는 기분이 좋아 아버지한테로 바람처럼 달려갔습니다.

한참을 달려 작은 늪인 낚시터로 갔습니다. 먼저 와 자리잡은 낚시꾼이 두어 사람 눈에 들어 왔습니다.

민물고기들의 입질이 좋을만한 곳을 찾아 낚시좌대를 놓고 아버지는 낚싯대 세 대를 거치하고 다원이는 지렁이 미끼 한 대, 새우 미끼로 하여 한 대, 두 대를 거치해 놓고 손을 깨끗이 씻었습니다. 늪둑 미루나무 그늘에 먹을 것을 챙겨가 자리를 잡았습니다. 아버지도 손을 씻고 왔습니다. 다원이는 아버지와 마주 앉아 펼쳐 놓은 피자, 통닭을 앞에 놓고 어느 것을 먼저 먹어야 할지를 몰라 이랬다저랬다 갈등을 겪고 있을 때였습니다.

"그 분이 오셨다!"

아버지는 입질하는 낚시를 향해 냅다 뛰었습니다.

다원이는 어렵게 결정한 피자조각을 손에 들고 먹을까 말까 망설이고 있었습니다.

"대어다!"

흥분한 아버지의 목소리가 뜨겁게 울렸습니다.

먹을까 말까 하던 원뿔 모양의 피자조각을 퍼즐 맞추듯 피자판에 조심스레 놓고 아버지 한데로 둑을 내려갔습니다.

"원아! 누구든 가까이 오지 못하게 지켜! 소문나면 개미떼처럼 모여 들 테니까."

아버지는 활처럼 휜 낚싯대를 싸잡고 씨름을 하고 있습니다.

"이야! 엄청 큰 대물이야."

아버지의 호기심에 찬 흥분의 목소리는 낮았지만 힘이 들어 있습니다.

아버지는 낚싯줄을 팽팽히 당겼다가 놓았다가 했습니다. 아버지는 땀을 뻘뻘 흘렸습니다.

삼십 분도 더 낚싯대를 안고 실랑이를 하신 아버지는 지쳐서

"원이, 이 낚싯대 꼭 잡고 있어……."

아버지는 기어코 잡고 말 것이라는 단단한 결심을 보였습니다. 홀랑홀랑 옷을 벗어 던지고 아버지는 개구리밥이 비단처럼 깔린 늪으로 첨벙 뛰어들었습니다.

"……."

늪은 깊었습니다. 아버지가 첨벙 뛰어 들어간 늪은 뽀글뽀글 거품을 올리다 금방 개구리밥으로 덮였습니다.

"아버지!"

겁을 먹은 다원이는 놀라 늪을 향해 큰 소리로 불렀습니다.

"도, 도와주세요, 우리 아버지가 빠졌어요."

다원이는 울음 섞인 목소리로 도움을 청했습니다. 늪 한가운데 갈대들은 긴장을 해 진저리를 쳤습니다.

한참 만에 초록빛의 개구리밥을 덮어 쓴 괴물이 되어 올라 왔습니다. 아버지의 얼굴은 온통 시뻘건 핏물이었습니다. 턱 아래로 핏물이 뚝뚝 떨어졌습니다.

"아버지! 피, 피……."

다원이는 주머니의 휴지를 꺼내 퍼질고 앉은 아버지 얼굴의 피와 개구리밥을 닦았습니다.

"물고기가 물었어요?"

왼쪽 눈두덩에 조그맣게 난 상처에서 솟아나는 피를 닦으며 물

었습니다.

"아니야."

"그럼 뉴, 뉴트리아가 물었어요?"

"아니라니깐!"

아버지는 목소리를 높여 대꾸했습니다.

아버지는 낚싯바늘이 늪 물속 섞은 나무뿌리에 걸려 입은 상처라고 솔직하게 대답을 못하고 전전긍긍하고 있었습니다. 다원이는 아버지의 몸에 붙은 개구리밥을 휴지로 닦았습니다.

"사실 오늘 너랑, 낚시를 하려고 발루카 외삼촌을 내가 해야 할 일직을 대신하게 했지. 조금만 더 침착했으면 이렇게 낚시 실패는 하지 않았을 것이고, 물속 나무뿌리에 찔려 몸에 상처 입는 실패 역시 없었을 것인데…… 오늘 실패는 이중 실패야……. 미안하다. 다원아!"

아버지는 풀이 죽은 목소리로 말하고는 몸에 찰싹 달라붙은 개구리밥을 하나하나 떼내고 있었습니다.

다원이는 말루카 외삼촌이 아버지에게 왔다 갔다는 말을 하지 말라는 참 뜻을 생각하고 벙긋 웃었습니다.

◑ 생각 키우기

실패는 게으름과 교만과 산만함에서 자란 독버섯 같은 것입니다. 다원이 아버지는 자기가 할 일을 말루카 외삼촌에게 시켜놓고, 다원이가 깨우도록 늦잠이나 자고 낚시를 왔습니다. 참 게으른 아버지이지요. 또 늪에 와서 낚시를 할 때 고기가 입질을 하자 침착하지 못하고 늪으로 뛰어들었다가 물속 나무뿌리에 찔려 고기도 놓치고 상처를 입고 다원이의 구호를 받습니다. 비로소 게으르고 신중하지 못한 것이 이중 실패의 원인이 되었음을 깨닫습니다. 다원이 아버지의 모습을 우리의 거울로 삼아야 되겠

습니다.(본생경 제 139화 二重(이중) 失敗(실패)의 전생 이야기)

1965년 국제신문에 동화 『성게와 가자미』를 연재하면서 작품활동을
시작하여 1968년 오월문화신인례술상을 받았다. 1970년 동화 『하얀
물결』로 서울신문신춘문예 당선, 1992년 동화 『황룔사 방가지똥』으로
제1회 황금도깨비상 대상을 받았으며, 세종아동문학상, 이주홍아동문
학상, 대한민국문학상, 한국불교아동문학상 등을 받았으며, 동화집
《베트남 아이들》, 《지리산 이야기》, 시집《동백꽃 수놓기》등 많은 저
서가 있다.

# 들보와 서까래

권 영 주

"여봐라! 저 코끼리를 당장 끌고 오너라."

"대왕님, 주인이 코끼리를 이용해서 추수를 하고 있습니다."

왕을 옆에서 돕는 보사가 코끼리 등에 볏단을 싣고 있는 농부를 돌아보며 말렸습니다.

"무슨 상관이야! 저 놈이 마음에 든단 말이야. 당장 끌어오지 않고 뭣들 하는 거야!"

왕이 허리에 차고 있는 칼에 손을 대며, 호통을 쳤습니다.

"예, 코끼리를 당장 끌고 오겠습니다."

보사는 농부에게로 가서 코끼리를 빼앗았습니다. 코끼리는 안 가려고 긴 코를 휘두르며 버티었지만 보사와 신하들의 매질에 슬픈 소리를 내며 끌려갔습니다.

자식 같은 코끼리를 빼앗긴 농부는 멍하니 하늘만 쳐다보았습니다. 논바닥에는 코끼리 등에 싣다가 내팽개쳐진 볏단이 어지럽게 나뒹굴고 있었습니다.

"임금은 백성의 어버이라고 하는데, 백성을 자식 같이 사랑하지는 못할망정 백성이 가진 것을 마구 빼앗아가는 나쁜 임금이야."

백성들의 원성은 날이 갈수록 높아만 갔습니다.

본디 왕은 나쁘지 않았습니다. 지혜로운 왕이었는데 우연히 바르지 못한 길에 빠져 백성을 괴롭히고 부정으로 재산을 끌어 모으는 왕이 되었습니다.

농부들한테는 관리들을 시켜 벼이삭의 낱알까지 세어서 전체 소출을 계산해서, 그 절반을 빼앗아갔습니다. 벼를 여섯 가마니 거두면 세 가마니는 세금으로 바치도록 했습니다. 상인들에게서는 매일 팔리는 물건을 감시해서 매출의 삼분의 일을 거두어갔습니다.

그렇게 해서 긁어모은 재산으로 날마다 잔치를 벌이고, 값지고 사치스런 물건은 다 사서 모았을 뿐만 아니라 백성이 귀한 것을 가지고 있으면 사정없이 빼앗아 자기 것으로 만들었습니다.

왕은 코끼리를 유별나게 좋아했습니다. 그래서 정원에는 크고 잘 생긴 코끼리가 오백 마리나 있었습니다. 모두 백성들에게서 빼앗은 것입니다. 또 잔치에 싫증이 나면 금, 은, 구슬, 루비, 다이아몬드 등의 보석으로 수를 놓은 비단으로 머리와 몸을 장식한 코끼리 등에 금으로 된 보좌를 얹고 그 위에 앉아서 돌아다녔습니다. 그럴 때는 혼자만 타지 않았습니다. 역시 호화롭게 장식한 코끼리에 왕비, 왕자, 공주 등 식구들을 태운 코끼리가 따라갔습니다.

그러던 어느 날이었습니다. 왕이 아름답게 장식한 코끼리를 타고 시골길을 지나다가 들녘에서 농부의 추수를 돕는 한 코끼리를 본 것입니다. 그 코끼리는 지금 타고 있는 것보다 크고, 코는 아름다운 분홍빛을 띠고 있었습니다. 왕은 첫눈에 반해 가을걷이를 돕고 있던 그 코끼리를 강압적으로 빼앗은 것입니다. 이제 정원에는 코끼리 수가 501마리가 되었습니다. 코끼리를 볼 때마다 왕의 입가에는 흐뭇한 미소가 감돌았습니다.

궁궐도 크고 작은 것이 곳곳에 있었습니다. 남쪽 따뜻한 바닷가에는 겨울궁정, 북쪽 경치 좋은 산간지대에는 여름궁전, 동쪽 바닷가에는 피서궁전, 서쪽 숲속에는 숨은 궁전 등 크고 호화로운 것만 해도 셀 수 없이 많았습니다. 그런데도 자꾸 새로운 궁전을 지었습니다.

"궁전을 하나 더 만들어야겠다. 이 궁전은 지은 지 오래 되어 낡아 냄새가 나서 못 쓰겠다."

신하들은 왕의 말에 서로 얼굴만 쳐다볼 수밖에 없었습니다. 여기에 반대를 했다가는 어떤 화를 입을지 모르기 때문이었습니다. 다른 좋은 것을 건의해 보았자 받아들여지지도 않고 형벌만 받기 십상이었습니다.

왕을 돕는 보사는 어떻게 하면 왕의 마음을 돌려서 자비롭고 정의로운 왕이 되도록 하나, 노심초사하며 기회가 오기를 기다렸습니다. 섣불리 시도했다가는 오히려 주변 신하들만 다치게 할 수 있었기 때문이었습니다.

새로운 궁전 짓는 공사가 시작되었습니다.

전국을 뒤져서 크고 좋은 시사나무와 사라나무를 찾아 베었습니다. 벤 나무들은 코끼리들이 끌고 왔는데 그 모양이 장관이었습니다. 100리도 더 되는 먼 곳에서, 농사도 손 놓고 몇 날 며칠을 나무를 끌고 오느라고 주인도 코끼리도 지쳤습니다. 그 모습을 보고 있는 거리의 시민들은 마음이 아파 얼굴을 돌리며 범여왕을 원망하고 원망했습니다. 그런데다가 새 궁전을 짓는다며 더 많은 새로운 궁전세금을 걷고 있었습니다. 백성들의 생활은 나날이 쪼들려 갔고, 불만과 원성은 높아만 갔습니다. 민심이 흉흉하여 도둑이 들끓고, 곧 폭동이 일어날 것만 같았습니다.

재목이 모이자 이번에는 온 나라에서 목수들이 차출되어 왔습니다. 그들 또한 짓고 있던 백성들의 집을 팽개치고 품삯도 못 받는 궁전 짓는데 끌려올 수밖에 없었습니다.

백여 명의 목수들이 아침부터 밤까지 나무를 자르고 다듬고, 대패질을 하느라고 잠시도 쉴 틈이 없었습니다. 그런데도 범여왕은 뻔질나게 현장을 드나들며, 공사 진척이 더디다고 호통만 쳐대는 것이었습니다.

이제 용도에 맞게 나무가 다 다듬어졌습니다. 집의 몸채를 받치는 기둥, 서까래를 떠받들 들보, 지붕을 지탱할 서까래, 마루를 깔 판자들이 모두 준비되었습니다. 기둥을 세우고 그 위에 들보를 얹었습니다. 워낙 궁전의 규모가 커서, 높이가 한 쿠쿠 반이요, 둘레는 여덟 비닷타나 되는 시사나무 들보를 기둥위에 올리는 작업은 쉽지가 않았습니다.

간신히 코끼리와 사람들이 힘을 합쳐 들보를 올리고, 사라나무로 만든 서른 개의 서까래를 들보에 하나하나 끼워 맞추었습니다.

이제 막 들보를 받치는 서까래를 끼웠습니다.

왕은 여러 시종과 궁녀를 거느리고 동산에 나가 거닐다가 궁전 짓는 곳으로 행차하였습니다. 아직 지붕을 덮지 않아 하늘이 훤히 쳐다보였습니다. 그때 거대한 들보와 서까래가 눈에 들어왔습니다. 순간 그것이 자기 머리 위에 떨어지는 환영이 일었습니다. 공포가 몰려와 온 몸에 소름이 돋았습니다. 얼른 밖으로 나와, 다시 바라보다가 정말로 자기가 들보에 깔려 죽을 수도 있다는 생각이 들었습니다. 그런 불상사를 면하려면 들보가 튼튼하게 그 자리에 있어야 했습니다. 이런 생각이 들어 자기도 모르게 혼잣말로 중얼거렸습니다.

"무엇을 의지해서 들보가 있는가? 무엇을 의지해 서까래가 있는가?"

이 말을 듣고 보사는 이제야말로 그것이 왕에게 가르침을 펼 수 있는 기회라고 생각했습니다.

"사라나무로 된 서른 개의 서까래는 들보를 둘러싸고 고요히 놓여 있습니다. 서까래에 의지해 결합되고 튼튼하게 눌러졌기 때문에 들보는 편편하게 고요히 놓여 떨어지지 않습니다.

이처럼 참고 견디는, 성격이 굳세고 청렴하면서 충고해주는 친구들에게 둘러싸인 현자도 행복을 누릴 수 있습니다. 서까래에 의해 무거운 지붕을 지탱하는 들보와 같습니다."

왕은 본디 지혜로웠기 때문에 백성들이 자기를 원망하고 있음을 알고 있었습니다, 그리하여 보사가 말하는 뜻을 알아듣고, 지금까지의 행동을 반성하게 되었습니다.

'들보가 없으면 서까래가 유지될 수 없고, 서까래가 걸려 있지 않으면 들보가 유지될 수 없으며, 서까래가 부서지면 들보가 떨어져 지붕도 떠받칠 수 없다. 그와 같이 불법을 행하는 왕은 그 친구와 보사, 군대, 바라문, 가장, 농부, 상인들이 협동하지 않아 그들과 불화하게 되고, 그들과 갈라지면 왕권을 잃게 될 것이다. 그러므로 왕은 바르지 않으면 안 된다.'

왕은 이렇게 지금까지 자기가 해온 일을 한 채의 집에 비겨서 반성하였습니다.

"나는 이제부터 올바른 왕이 되겠다. 보사여, 내가 고쳐야 할 것들을 지적해 주게."

보사는 지금까지 백성들의 원성을 샀던 모든 일을 왕께 말하고 고치게 했습니다.

우선 각종 세금을 낮추고, 궁정 짓는데 동원된 사람들에게 일한 만큼 임금을 주었습니다. 새 궁전을 짓겠다고 거두려던 궁전세는 아예 없앴습니다.

새 궁전은 왕의 돈으로 지었습니다. 백성에게서 빼앗은 돈과 재산은 모두 돌려주었습니다. 그리하여 농부의 추수를 돕던 분홍코를 가진 코끼리도 주인에게로 돌아갔습니다.

● 생각 키우기

여기 왕은 범여왕이고 석가모니는 시중을 드는 보사였습니다. 범여왕은 지혜로웠지만 한때 욕심에 빠져 나라를 그르치고 백성을 괴롭힌 적이 있었습니다. 왕의 보사인 석가모니는 왕이 잘못을 반성하고 자비로운 정책을 펴도록 하여 백성들을 고통에서 구해 냈습니다. 우리들은 혼자 살 수 없는 존재입니다. 들보와 서까래처럼 서로 의지하고 도우면서 살아야 합니다. 서까래 없이는 들보가 유지될 수 없고, 서까래 또한 들보 없이 견디기 어렵습니다. 우리는 서로 도우면 살아야 한다는 것을 잊지 말아야 합니다.(본생경 제 396화 쿡쿠의 전생 이야기)

2009년에 월간 〈한비문학〉에 동시로 등단하여 한국 불교아동문학회, 한국동시문학회, 대구 아동문학회으로 동시를 열심히 쓰고 있다. 2012년 12월에 동시집 《발맞추어 둥둥둥》을 펴냈다.

# 이름이 나쁜 사람

박 춘 희

인도의 득차시라에 한 보살이 살았습니다. 보살은 성품이 어질고 학문이 뛰어났습니다.

보살에게 베다(경전)를 배우려는 제자가 수백 명에 이르렀습니다.

제자들의 입을 통해 훌륭한 아사리(승려)라는 소문이 더 널리 퍼졌습니다.

아사리란 경전과 함께 올바른 행실을 가르치며 모범을 보이는 분을 일컬었습니다.

제자들 중에 '나쁜 사람'이라는 이름을 가진 이가 있었습니다.

"나쁜 사람아, 어딜 가시오?"

"나쁜 사람아, 이리 앉으세요."

"나쁜 사람아, 어서 와서 밥 먹어라."

사람들이 다정하게 불러도 그는 대답조차 하지 않았습니다. '나쁜'에는 좋지 않고, 해롭고, 부족하고, 옳지 않은 의미들이 있었습니다. 부정적인 그 말로 왜 이름을 지었는지 묻고 싶었습니다. 그러나 대답해 줄 사람이 없으니 속에서 부아만 치밀었습니다.

그는 문벌 좋은 집안에서 태어나 부족함을 모르고 자랐습니다. 철이 들어서는 사람들에게 욕을 하거나 못된 짓도 하지 않았습니다. 그렇지만 이름 때문에 불행이 닥쳐올지도 모른다는 예감이 들었습니다. 불안한 마음을 달랠 방법이 없어 보살을 찾아갔습니다.

"스승님, 제 이름에는 불길한 느낌이 납니다. 다른 이름으로 바꾸어 주십시오."

"이름이란 부호에 지나지 않네. 이름 때문에 이익을 보거나 손해를 당하지는 않을 것이야."

"저는 '나쁜 사람'이 싫습니다. 이름 때문에 불행해지고 말 것 같습니다."

"행복이나 불행은 자네가 하는 일이나 행동에 달렸지 이름 탓이 아닐세. 그 이름에 만족하며 살게."

"싫습니다. 다른 이름으로 바꾸어 주십시오."

그는 보살의 가르침을 따르려 하지 않았습니다.

"나라 안을 두루 다녀 보고 마음에 드는 이름을 찾아오게. 그 이름으로 바꾸어 주겠네."

그는 여비를 마련하여 길을 떠났습니다. 마을에서 마을로, 이 도시에서 저 도시로 돌아다녔습니다.

어느 날, 성 밖의 묘지 근처를 지날 때였습니다. 사람들이 모여 장례를 치르는 광경을 보았습니다. 땅속에 관을 묻고 그 위에 흙을 덮었습니다. 그는 가족으로 보이는 사람에게 다가갔습니다.

"여기 묻힌 사람의 이름은 무엇입니까?"

"'목숨이 있는 이' 입니다."

"예? '목숨이 있는 이' 라고요?"

"그렇소."

"'목숨이 있는 이' 가 죽습니까?"

"이름이란 부호에 불과해요. '목숨이 있는 이' 나 '목숨이 없는 이' 나 모두 죽습니다."

그가 고개를 갸웃거리자,

"쯧쯧쯧. 그걸 모르셨다니 참 무식합니다 그려!"

그는 서둘러 그 곳을 떠났습니다. 성 안으로 돌아와 어떤 집 앞을 지날 때였습니다.

여자에게 매질하는 사람을 보았습니다.

"당신은 왜 여자를 때립니까?"

"이 여자는 우리 집 하녀예요. 빚을 갚지 못해서 매로 대신 하는 거요."

"여자의 이름은 무엇입니까?"

"'보물지기' 요."

"예? '보물지기' 라고요?"

"그렇소."

"'보물지기' 인데 왜 빚을 갚지 못합니까?"

"이름이란 부호에 불과해요. '보물지기' 나 '보물지기 아닌 이' 나 가난한 사람은 있기 마련이요."

그가 고개를 갸웃거리자,

"쯧쯧쯧. 그걸 모르셨다니 참 무식합니다 그려!"

그는 서둘러 그 곳을 떠났습니다.

해 질 무렵, 네 갈래로 갈라진 길모퉁이에 섰습니다. 한 남자가 저쪽에서 길을 따라 걷고 있었습니다.

얼마쯤 지났을까? 남자는 출발했던 자리로 돌아왔습니다. 이번에는 방향을 바꾸어 다른 길로 갔습니다. 그 길에서도 곧 돌아왔습니다. 다시 반대 방향으로 가더니 또 돌아왔습니다. 그는 남자에게 물었습니다.

"왜 자꾸 왔다 갔다 하십니까?"

"길을 잃어 버렸소. 어느 길로 가야할지 알 수가 없구려."

"이름이 무엇입니까?"

"내 이름은 '길 아는 자' 요."

"예? '길 아는 자' 라고요?"

"그렇소."

" '길 아는 자' 가 왜 길을 잃었습니까?"

"이름이란 부호에 불과해요. '길 아는 자' 나 '길 모르는 자' 나 길을 잃고 헤맬 수 있소."

그가 고개를 갸웃거리자,

"쯧쯧쯧. 그걸 모르셨다니 참 무식합니다 그려!"


그는 보살을 찾아갔습니다.

"마음에 드는 이름이 있더냐?"

"찾지 못했습니다."

"'나쁜 사람'이 싫어서 바꾸려 하지 않았느냐?"

"바꿀 필요가 없어졌습니다."

"이유를 말해 보아라."

"이름이 '목숨이 있는 이'였는데, 죽어서 땅에 묻히는 것을 보았습니다. '목숨이 있는 이'나 '목숨이 없는 이'나 모두 죽는다는 것을 알았습니다."

보살이 고개를 끄덕였습니다.

"빚 때문에 매 맞는 하녀를 보았습니다. 이름이 '보물지기'였습니다. '보물지기'나 '보물지기 아닌 이'나 가난할 수 있다는 것을 알았습니다."

보살은 다시 고개를 끄덕였습니다.

"네 갈래 길에서 갈 곳을 몰라 헤매는 남자를 보았습니다. 이름이 '길 아는 자'였습니다. '길 아는 자'나 '길 모르는 자'나 길을 잃을 수 있다는 것을 알았습니다. 이름이란 부호에 불과했습니다."

보살의 입가에 잔잔한 미소가 번졌습니다. 그는 합장을 했습니다.

"스승님, 행복이나 불행은 제가 하는 일이나 행동에 달렸지 이름 탓이 아니라는 것을 깨달았습니다. 스승님의 말씀을 받들어 '나쁜 사람'이라는 제 이름에 만족하며 살겠습니다."

"세상으로 나가더니 깨달음을 얻어서 돌아왔구나. 허허허!"

보살은 큰소리로 웃고 나서, 노래를 지었습니다.

'목숨 있는 이' 는 죽고,
'보물지기' 는 가난하며,
'길 아는 자' 는 헤매는데,
그 '나쁜 사람' 이 다시 돌아왔구나.

◑ 생각 키우기

이 전생 이야기는 부처님이 기원정사에 계실 때 이름으로 행운을 얻는다고 믿는 비구들에게 하신 말씀입니다. 좋은 집안에서 태어나 불교에 귀의하여 출가한 사람이 있었습니다. 이름이 '나쁜 사람' 이었습니다. 그가 '행복이나 불행이 이름 탓이 아니라는 것' 을 어떻게 깨달았는지 그 과정을 보여주었습니다. 우리도 이름에 대해 불평하거나 자랑 따위는 하지 맙시다. 이름은 부호에 지나지 않습니다. 본성(본디부터 가진 성질)을 바로 세우는 '마음공부' 에 더 관심을 가져야겠습니다.(본생경 제 97화 이름으로 행운을 얻는 일에 대한 전생 이야기)

경남 남해에서 나서 진주교대와 동국대국문과 대학원을 나왔다. 《소년》과 《새교실》에 동화 추천, 《소년중앙》 창간기념 동화공모 최우수상을 받았다. 동화집 『달맞이꽃』, 『가슴에 뜨는 별』, 『들꽃을 닮은 아이』 등과 수필집 『모난 돌』 등이 있고, 한국아동문학상과 불교아동문학상을 받았다. 2012년 2월 진선여고에서 정년퇴직했다.

# 연꽃 왕자

이 시 구

　연꽃이 아름답게 피는 작은 나라가 있었습니다. 은은하고 향기로운 연꽃이 가득 필 때면 나라 전체가 커다란 그림 같았습니다. 그 곳을 다스리는 임금님은 용맹하였고 왕비는 마음이 따뜻하여 백성들의 존경을 받았습니다. 하지만 임금님과 왕비는 자식이 없었습니다. 신하들과 백성들의 걱정도 커져만 갔습니다. 왕비는 연꽃이 활짝 핀 연 못가에 앉아서 긴 한숨을 지었습니다.

　"아, 저 연꽃처럼 어여쁜 아이 하나만 있었으면……"

　얼마 후, 왕비는 건강한 왕자를 낳았습니다. 정말로 활짝 핀 연꽃처럼 아름답고 빛나는 얼굴을 한 아기였습니다. 백성들은 축하를 아끼지 않았고 모두 뛰어 나와 덩실덩실 춤을 추었습니다. 임금님도 크게 기뻐하며 왕자의 이름을 연꽃이라 지었습니다. 연꽃 왕자는 무럭무럭 자랐습니다. 어진 마음을 타고나서 늘 백성을 걱정했습니다. 용감하기도 임금님 못지않아서 말도 잘 타고 활도 백발백중이었습니다. 그렇게 하늘이 돕는 듯 평화롭던 어느 날 왕비가 급작스럽게 병이 나서 죽고 말았습니다.

임금님과 연꽃왕자의 슬픔은 하루하루 깊어져 갔습니다. 임금님은 나라 일을 돌보지 못 할 정도로 쇠약해졌습니다. 옆에서 지켜보던 신하들은 임금님께 새로운 왕비를 맞도록 청했습니다.

"임금님. 나라의 어머니인 왕비가 안 계시니 백성들의 걱정이 큽니다. 어서 새 왕비를 맞도록 하시옵소서."

임금님은 신하의 청을 받아들여 새 왕비를 맞이했습니다. 새 왕비는 얼굴이 예뻤습니다. 그뿐만아니라 연꽃왕자를 친아들처럼 대했습니다. 임금님은 새 왕비가 얼굴처럼 마음씨도 고운 사람이라고 믿었습니다.

몇 달이 지난 봄 날, 전쟁이 일어났습니다. 이웃 나라에서 아름다운 나라를 뺏으러 쳐들어 온 것입니다. 임금님은 전쟁터로 직접 적을 무찔러 나가기로 했습니다. 연꽃왕자도 임금님을 따라가고 싶었습니다.

"아바마마. 저도 가서 용감히 싸우겠습니다."

임금님은 그런 연꽃왕자가 기특했습니다.

"연꽃왕자야. 너는 남아서 백성들과 왕비를 보살펴라. 그리고 새 왕비여! 내가 없는 동안 연꽃왕자를 잘 부탁하오."

임금님이 떠난 후, 연꽃왕자는 새 왕비를 친어머니처럼 받들었습니다. 그런데 그토록 다정하게 대하던 왕비의 태도가 달라졌습니다. 부드럽게 부르던 목소리가 사나워지고 지긋이 바라보던 눈빛이 매서워졌습니다. 연꽃왕자는 의아했습니다. 아마도 전쟁터에 간 임금님이 걱정이 되어 그러려니 짐작했습니다. 사실 새 왕비는 욕심이 많은 사람이었습니다. 나라를 빼앗아 자기가 낳은 아들이 임금님이 되기를 바랐습니다. 왕비는 지금이 좋은 기회라고 생각했습니다.

여느 날처럼 연꽃왕자가 아침인사를 드리러 왕비에게 갔습니다. 그런데 왕비는 근심 가득한 얼굴로 눈물을 짓고 있었습니다.

"어마마마, 어찌 눈물을 보이시옵니까?"

"연꽃왕자여, 지금까지 소식이 없는걸 보니 임금님은 돌아오지 못 할 것 같구나."

연꽃왕자는 놀란 눈으로 왕비를 바라보았습니다.

"너는 아직 어리니 내가 임금이 되어 나라를 다스려야겠다."

"어마마마, 무슨 말씀이시옵니까? 임금님께서는 반드시 돌아오십니다."

그때 전쟁터에 나갔던 신하 하나가 급히 뛰어들며 임금님께서 전쟁에 이겨 돌아오고 있는 중이라 전했습니다. 연꽃왕자는 크게 기뻐하며 임금님을 맞을 준비를 했습니다.

왕비는 너무나 무서웠습니다. 연꽃왕자가 임금님께 자기가 한 말을 전하면 임금님이 크게 화를 낼 것 같았습니다. 어떻게 하면 살 길이 있을까 궁리하던 왕비는 갑자기 머리카락을 헝클어뜨리고 옷을 찢고 팔에 상처를 냈습니다. 그리고 병이 난 것처럼 자리에 누워 임금님이 오기를 기다렸습니다.

모든 백성과 신하들이 나와서 맞이하는데 왕비가 보이지 않자 이상하게 생각한 임금님은 왕비의 처소로 갔습니다. 임금님은 왕비의 처참한 모습을 보고 깜짝 놀랐습니다.

"아니, 이게 도대체 무슨 일이오?"

왕비는 서럽게 울면서 겨우겨우 대답했습니다.

"연꽃왕자가 임금님이 돌아오지 않을 테니 자기가 임금이 되겠다고 하기에 놀라서 말리다가 이렇게 되었습니다."

임금님은 불같이 화를 내며 연꽃왕자를 당장 끌고 오라 했습니다. 연꽃왕자의 됨됨이를 아는 신하들은 임금님을 말렸지만 듣지 않았습니다. 영문도 모른 채 끌려 온 연꽃왕자는 울듯이 소리쳤습니다.

"아바마마! 저는 죄를 지은 일이 없습니다."

임금님은 연꽃왕자가 거짓말을 한다고 생각했습니다.

"저 못된 연꽃왕자를 도둑의 골짜기에 버려라!"

"아바마마! 억울하옵니다."

궁궐 밖에서 연꽃왕자가 꽁꽁 묶여서 끌려 나가는 것을 지켜보는 사람들은 슬픔을 감추지 못하고 눈물을 흘렸습니다.

"임금님께서 나쁜 새 왕비의 말만 듣고 연꽃왕자를 죽이는구나."

"아아, 우리 연꽃왕자님 불쌍해서 어찌할까."

사람들의 눈물 소리는 끊이지 않고 이어져 산신령의 귀에까지 들렸습니다. 억울한 연꽃왕자를 사랑하는 사람들의 마음은 산신령의 마음도 움직였습니다. 연꽃왕자가 드디어 도둑의 골짜기에 다다랐습니다. 연꽃왕자의 뒤에는 수많은 사람들이 울면서 뒤따르고 있었습니다. 임금님의 명령에 따라야 하는 한 신하가 어쩔 수 없이 연꽃왕자를 밀자 사람들은 외마디 비명을 질렀습니다. 하지만 어디선가 산신령이 나타나 두 팔로 받아서 살려주었습니다. 이 광경을 본 사람들은 놀라고 신기해서 무릎을 꿇고 기뻐했습니다.

한걸음에 달려 온 신하에게 소식을 들은 임금님은 크게 깨달았습니다. 왕비의 말만 듣고 착한 연꽃왕자를 죽이려고 한 자신이 부끄러웠습니다. 임금님은 연꽃왕자를 다시 궁궐로 불렀습니다. 그러나 연꽃왕자는 산으로 들어가 수행자가 되었습니다. 임금님은 새 왕비를 도둑의 골짜기로 끌고 가서 죽이라고 명령하고 그 뒤로는 나라를 바르게 다스렸습니다.

**◑ 생각 키우기**

1. 어느 한 편에 치우치지 않고 공정해야 나라를 다스릴 자격이 있겠지요? 직접 보거나 겪지 않은 것을 남의 말만 듣고 섣부르게 판단해서는 안 된다는 이야기입니다.

2. 순간의 화를 참고 다시 한 번 생각하면 후회 할 일을 하지 않게 됩니다. 벌하지 않을 것을 벌하고 벌해야 할 것을 벌하지 않는 것은 평탄한 길을 모르는 장님과 같다는 말이 있습니다. 바르게 보고, 들으면 바른 행동으로 이어지게 되겠지요.

(본생경 472화 큰 연꽃 왕자의 전생 이야기)

단국대학교 대학원 문예창작학과 석사로 졸업하고 2003년 아동문학평론 신인상을 받았다. 아동문학평론 편집위원으로 활동하며, 좋은 글을 쓰려고 노력하고 있다.

# 내일을 열어가는 사슴

박 정 숙

옛날 바라나시에는 열매가 풍부하게 다리는 세판니나무 숲이 있었습니다. 이 숲에는 세판니나무에서 열리는 맛있는 열매가 나무마다 주렁주렁 달려 있어서 보기만 해도 먹음직스러웠습니다. 그래서 열매를 먹기 위해 찾아오는 동물들도 많았습니다.

바라나시의 부라후마닷타왕은 이 세판니나무 숲이 자랑스러웠습니다.

'그래. 저 나무숲을 잘 가꾸면 모두가 행복해지겠구나…'

누가 보아도 탐스럽고 풍요로운 열매가 가득 달려있는 이 세판니나무 숲을 보면 부라후마닷타왕은 가슴이 뿌듯해 오기까지 했습니다. 그만큼 많은 동물들이 찾아와 풍성한 열매들로 배를 불려가며 좋아하는 모습에 이 숲을 더 잘 가꿔나가야 한다고 생각했습니다.

그러던 어느 날이었습니다. 사슴 한 마리가 열심히 세판니나무 열매를 따먹고 있었습니다. 이 나무 저 나무로 옮겨가며 맛있는 열매를 골라가며 먹고 있는 모습이 행복해 보였습니다.

'옳지! 저 사슴을 잡으면 되겠구나!'

숲 속에서 사슴의 발자국을 찾아다니던 한 사냥꾼이 열매를 따 먹고 있는 사슴을 보고는 얼른 큰 나무 뒤에 몸을 숨겼습니다.

'햐아! 살도 통통하게 찐 게 정말 좋은데… 저 놈을 어떻게 잡지?'

사냥꾼은 어떻게 하면 저 사슴을 잡을까 하는 생각에 잠시도 눈을 떼지 못했습니다. 사슴은 사냥꾼이 몰래 보는 줄도 모르고 열매만 골라 먹고 있었습니다. 그 광경을 한참 지켜보던 사냥꾼이 갑자기 고개를 끄떡 끄떡이며 몰래 그 자리에서 빠져나왔습니다.

'됐어! 저 열매만 있으면 사슴을 잡을 수 있을 거야….'

열심히 열매만 먹는 사슴을 본 사냥꾼의 얼굴엔 미소까지 떠올랐습니다.

이튿날 아침입니다. 아침 일찍 세판니나무 숲을 찾은 사냥꾼은 어제 사슴이 열매를 먹던 커다란 나무 위를 쳐다보고 혼잣말을 하듯 했습니다.

'그래. 이 나무 위에다 내가 숨을 곳을 만들어 놓으면 사슴이 못 볼 거야.'

사냥꾼은 고개를 끄덕이며 만족해했습니다.

'자, 어서 만들어 보자.'

사냥꾼은 나뭇잎이 우거진 나무 중간 가지 위에 망루를 만들기 시작했습니다. 그곳에서 내려다본 세판니나무 숲은 멀리까지 잘 보였습니다. 사슴이 지나가도 들키지 않게 몸을 숨길 수도 있었습니다. 사냥꾼은 콧노래까지 불러가며 나뭇가지를 꺾어 여기저기

보이지 않게 잘 막았습니다.

'…어제 사슴이 이 나무 아래서 열매를 먹는 걸 보았으니, 오늘 분명히 또 올 거야.'

사냥꾼은 신바람이 났습니다. 이제 사슴을 잡을 수 있다는 마음이 앞서서인지 몸도 잔뜩 움츠린 채 나무 아래를 내려다보았습니다. 나무 아래는 깨끗했습니다. 보이는 것이라곤 풀밖에 없었습니다.

'그래. 이 나무 아래에다 열매 몇 개만 떨어뜨려 놓으면 사슴이 얼른 와서 그걸 먹을 거야, 그러면…그때…흐흐흐…'

사냥꾼은 혼자 생각하며 좋아서 어쩔 줄 몰라 했습니다. 사냥꾼은 옆에 있던 창을 힘껏 잡아 보았습니다. 그리고는 멀리 매달려 있는 열매 몇 개를 툭툭 쳐서 나무 아래로 떨어뜨렸습니다.

"투욱! 쿠욱! 툭툭!"

나무 아래로 떨어진 열매들이 뜨르륵 굴러 이리저리 흩어졌습니다.

'됐어!'

사냥꾼은 나무 아래 흩어진 열매를 보고 마음이 놓였습니다. 이제 사슴이 열매를 먹으러만 오면 들고 있는 창을 던져 잡기만 하면 된다는 생각에 마음이 설레기까지 했습니다.

그 때, 사슴이 열매를 먹으려고 세판니나무 숲으로 들어왔습니다. 숲은 언제나처럼 조용했습니다. 사슴은 아침의 맑은 공기에 깊은 숨을 들이마셨습니다.

'아이 시원해!'

기분이 좋아진 사슴은 어제 열매를 먹던 큰 나무로 가려다가 멈 칫했습니다. 그리고는 큰 나무 주변을 조심스레 살펴보았습니다.

'사냥꾼들이 가끔 나무 위에 숨어서 우리를 잡아가곤 했는데… 이젠 그런 일이 없어야 할 텐데…'

사슴은 고개를 들어 나무 위도 보았습니다. 바람 한 점 불지 않아 세판니나무는 조금의 흔들림도 없었습니다. 그래도 사슴은 꼼짝하지 않았습니다.

'아냐. 혹시 모르니까, 오늘은 다른 나무의 열매를 먹자.'

사슴이 다른 나무로 발걸음을 옮기려고 하는데 갑자기 열매 하나가 발 앞에 뚝 떨어지는 것이었습니다.

"엇? 이게 갑자기 왜 떨어지지?"

사슴은 깜짝 놀라 주춤하였습니다. 큰 나무 아래를 보니 여기저기 열매도 떨어져 있었습니다. 사슴은 곰곰이 생각해 보았습니다.

'저 나무 위에 사냥꾼이?'

고개를 갸웃갸웃하던 사슴이 나무 위를 쳐다보았습니다.

'내가 저 열매를 좋아하니까, 나를 잡으려고 사냥꾼이 저 나무 뒤에 숨어서 일부러 던지는 걸 거야…맞아! 저기 사냥꾼이 있네!'

나뭇가지 뒤를 하나하나 살펴보던 사슴은 숨이 콱 막히는 듯했 습니다. 나뭇가지 뒤에 잔뜩 몸을 움츠린 채 사냥꾼이 숨을 죽이 고 있는 게 눈에 띈 것입니다. 사슴은 일부러 모른 척 하였습니다.

잠시 깊은 숨을 내쉰 사슴이 나무를 뚫어지게 바라보았습니다.

"어이 나무야, 너는 네가 온 정성을 다해 가꿔놓은 열매를 왜 함 부로 버리는 거야? 지금 내 앞에 떨어뜨린 이 열매는 뭐야?"

사슴은 잠시 말을 멈추고 큰 나무를 살펴보았습니다. 큰 나무는 아무 흔들림이 없었습니다.

"나 먹으라고 네가 준 선물이냐? 그럼 맛있게 먹고…"

사슴은 나무 위에 숨은 사냥꾼이 들으라고 더 큰 소리로 외치다시피 했습니다. 그래도 나무 위에서는 아무 기척이 없었습니다.

"알았다. 네가 아무 말도 못하는 걸 보니 지금 너는 나무의 규칙을 위반하고 있다는 것을 스스로 안다는 뜻으로 알겠어…"

사슴은 사냥꾼이 있는 나뭇가지 위를 향해 힘을 더해 외치 듯했습니다.

"그래. 나무의 규칙을 위반한 너의 열매는 오늘 안 먹겠어. 다른 나무의 열매를 먹을 건데 내가 왜 그러는지 노래를 불러줄 테니까 잘 들어봐!"

사슴은 힐끔 나무 위를 쳐다보며 소리를 높였습니다.

"나는 잘 알고 있다.

네가 세판니 나무에 앉아 있는 것을…"

사슴은 사냥꾼이 더 잘 들리도록 큰 소리로 노래를 불렀습니다.

"그래서 나는 다른 세판니나무로 가련다

나는 네가 던져주는 열매를 좋아하지 않는다…"

사슴의 노래 소리가 크게 들려오자, 사냥꾼은 두 손으로 가슴을 쾅쾅 치었습니다.

"아니, 이럴 수가, 이런 좋은 기회에 사슴을 놓치다니…"

맥이 빠진 듯한 사냥꾼은 몸부림치듯 나무 아래로 창을 던졌습니다.

"너는 나를 잡으려 했지만 놓치고 말았다. 그러나 뒷날 너는 여덟 개의 큰 지옥은 물론이고 그보다도 더 무서운 열여섯 개의 지옥의 맛을 보게 될 것이다."

사슴은 땅에 꽂힌 창을 바라보며 말을 이었습니다.

"오늘 네가 한 이 행동이 어떤 결과를 가져오게 되는지를 나중에 분명히 알게 될 것이다."

말을 마친 사슴은 조용히 다른 나무를 향해 껑충껑충 뛰어갔습니다. 그 뒤를 사냥꾼이 맥없이 바라보기만 했습니다. 큰 나무 아래엔 사냥꾼이 던져놓은 세판니나무 열매만 덩그러니 놓여 있었습니다.

● 생각 키우기

이 세상에 자기보다 못난 사람이 있다고 생각하는 어리석음은 자기 발전의 걸림돌이 될 수 있습니다. 자기 자신의 잔꾀 하나만 믿고 사슴을 유혹하여 잡으려는 사냥꾼의 짧은 생각은 오히려 돌이킬 수 없는 시간이 되고 말았습니다. 잠깐의 눈속임은 이렇게 오래 가지 않음을 알려주며, 올바른 생활만이 오늘을 살아가는 지혜로움임을 느끼게 하는 이야기입니다.(본생경 제 21화 영양의 전생이야기)

《문학미디어》에 수필, 《불교아동문학》에 동화로 등단했으며, 참나찾기문화예술제 환경부장관상, 보건복지부장관상 등을 받았다. 한국문인협회 회원, 한국사진작가협회 회원, 참사랑노인복지센터 이사리며, 호원대학교 외식산업 교수로 《서비스경영론》,《오식산업경영론》,《화훼산업경영론》 등의 저서가 있다.

# 죽음의 음식

봉 현 주

바라나시에서 운반업을 하는 장자의 소[牛] 소적은 장자가 돼지 무니카에게 우유죽을 주는 것을 보고 기가 막혔습니다.

'아니, 저 게으르고 하는 일 없는 무니카에게 우유죽을 주다니!'

소적은 당장 형 대적에게 쫓아갔습니다.

"이럴 수가 있습니까? 글쎄, 장자가 무니카에게만 우유죽을 주었습니다. 우리한텐 지푸라기만 주더니요."

소적이 이렇게 분통을 터트린 이유는 자신과 형이 열심히 일을 한 덕분에 장자가 돈을 많이 모아 부자가 되었기 때문이었습니다. 그런데 자기에게는 먹이로 짚을 주면서 돼지에게는 맛있고 기름진 우유죽을 주다니, 이것은 너무 심한 차별이었습니다.

"재주는 곰이 넘고 돈은 되놈이 번다더니, 우리는 어깨가 빠지도록 짐을 날라 돈을 버는데 놀면서 호강하는 건 무니카가 아닙니까?"

소적은 콧김을 씩씩 뿜으며 이야기했지만 대적은 눈을 지그시 감은 채 아무런 대답도 하지 않았습니다. 소적은 제 풀에 지쳐 슬그머니 물러나왔습니다.

장자는 더 보란 듯이 무니카에게 온갖 정성을 기울였습니다. 끼니때마다 우유죽을 먹이는 것은 물론 행여 무니카가 다칠 새라 수시로 들여다보고 살펴보았습니다. 그럴 때마다 소적은 샘이 나서 견딜 수 없었습니다. 외양간을 머리로 쿵쿵 들이받았습니다.

"더 이상은 참을 수가 없습니다. 오늘 밤에 이곳에서 달아나겠습니다."

그러자 어느 날 형 대적이 타이르듯 조용히 말했습니다.

"소적아, 결코 무니카를 부러워하지 말라. 무니카는 지금 죽음의 음식을 먹고 있는 것이다."

"그게 무슨 말씀이십니까?"

소적은 깜짝 놀라 물었습니다.

대적은 대답 대신 깊은 곳에서 우러나는 소리로 게송을 읊었습니다.


무니카의 우유죽을 부러워 마라
그는 죽음의 음식을 먹고 있으니
주인이 너에게 나쁜 음식 준다고
불평을 하거나 원망을 하지 마라
그것이 우리가 사는 근본이니라


며칠 후였습니다. 갑자기 남자들이 우르르 몰려오더니 무니카를 끌어냈습니다.

"꽥꽥!"

무니카는 끌려가지 않으려고 발버둥 쳤습니다. 남자들은 거칠게 무니카를 끌어냈습니다.

"왜들 저러죠?"

소적은 부들부들 떨면서 대적에게 물었습니다.

"저 사람들은 지금 주인집 딸 결혼식에 쓸 고기를 장만하려는 것이다."

대적은 낮은 목소리로 대답했습니다.

"무니카를 잡아서요?"

"그렇단다."

대적의 말대로 잠시 후 무니카의 비명소리가 들려왔습니다. 이어 집안에 온통 고기 굽는 냄새가 풍기기 시작했습니다.

"형님!"

소적은 무서워서 말을 잇지 못했습니다. 그러자 대적이 물었습니다.

"소적아, 이제 왜 그 동안 주인이 무니카에게 우유죽을 먹였는지 알겠느냐?"

"예."

"그럼 그 우유죽의 과보도 알았겠구나."

"예, 형님. 저는 무니카가 받은 음식의 과보를 분명히 알았습니다. 그 음식보다는 우리가 먹는 풀이나 지푸라기 등이 백 배 천 배좋은 것이라는 것도 알았습니다."

소적은 눈물을 글썽거리며 말했습니다.

● 생각 키우기

　이 이야기는 눈앞의 이익에 너무 매달리지 말라는 교훈을 담고 있어요. 소적은 돼지 무니카가 우유죽을 먹는 것을 보고 화가 났지만 곧 그것이 죽음의 음식이었다는 것을 알았어요. 주인이 딸 결혼식에 무니카를 잡는 것을 본 것이지요. 이 이야기에서 소적은 지금의 아난다, 대적은 바로 부처님의 전신이었답니다.(본생경 제30화 돼지 무니카의 전생 이야기)

서울에서 태어나 대학에서는 의류학을 공부했다. 2002년 한국일보 신춘문예에서 〈보리암 스님〉으로 당선되어 글을 쓰기 시작했다. 펴낸 책으로는 〈상근아 놀자〉, 〈노란 우체통〉, 〈개밥에 도토리〉 등이 있다.

# 연꽃 속에서 나온 소녀

신 기 옥

설산에 선인의 도를 깨치고 신통한 힘을 얻은 고행자가 있었습니다. 하루는 해가 저물어 목욕을 하러 강에 내려갔다가 뜻하지 않게 연꽃 한 송이를 발견했습니다.

'다른 연꽃들은 다 시들었는데 저 연꽃은 어찌 아직도 봉오리로 있는 걸까?'

이상하게 생각한 고행자는 연꽃봉오리가 피어있는 곳으로 헤엄쳐 갔습니다. 가까이서 본 연꽃봉오리는 유달리 크고 싱싱했습니다. 고행자는 조심조심 연꽃봉오리를 열어보았습니다.

"이럴 수가!"

고행자는 자신의 눈을 의심했습니다. 눈을 비비고 다시 크게 떠보았습니다. 그래도 연꽃봉오리 속에는 여전히 사랑스럽게 생긴 소녀가 다소곳이 앉아 있었습니다. 고행자는 소녀를 집으로 데려와 '의희' 라 이름 짓고 딸처럼 보살폈습니다.

그러던 어느 날이었습니다. 고행자를 위해 봉사를 하러 왔던 제석천이 소녀를 보았습니다.

"현자님, 저 소녀는 누구인지요?"

제석천의 물음에 고행자는 소녀가 설산으로 오게 된 사연을 말해주었습니다. 제석천은 소녀를 돕는 일이 곧 고행자를 돕는 일이라 생각하였습니다.

"현자님, 저 아이가 바라는 것은 무엇인지요?"

"저 아이가 바라는 것이라면 그저 집과 옷과 장식품 같은 것들이지요."

고행자의 말에 제석천은 소녀를 위해 수정으로 된 궁을 지어주었습니다. 뿐만 아니라 선녀들이나 입을 법한 옷과 장식품을 구해주고 맛있는 음식도 마련해 주었습니다. 소녀는 이 모든 것이 고행자의 덕분이라 여기고 더 헌신적으로 고행자를 받들었습니다.

그런 소녀를 본 동산지기가 고행자에게 물었습니다.

"현자님, 저 아름다운 처녀는 대체 누구기에 저토록 현자님을 위해 몸을 아끼지 않습니까?"

"저 애는 제 딸입니다."

"아, 그렇군요!"

동산지기는 그 길로 바라나시의 왕을 찾아가 자신이 본 아름다운 처녀에 대해 아뢰었습니다.

"그렇게 착하고 아름다운 처녀가 있다니 내가 가서 직접 보겠노라."

왕은 군사들을 거느리고 고행자가 머무는 초막을 찾아갔습니다.

"현자여, 수행자에게 딸은 장애가 될 것이오. 내가 데려가 잘 보호해 주려 하는데 현자의 생각은 어떠시오?"

왕의 말을 들은 고행자는 잠시의 주저함도 없이 기쁜 얼굴로 말했습니다.

"좋습니다, 대왕님. 제 딸을 거두어 주신다니 그저 감사할 따름입니다. 그러나 다만 조건이 하나 있습니다."

"조건이라니 그게 무엇이란 말이오?"

"대왕님께서 제 딸의 이름을 알아맞히시면 언제든 제 딸을 데려가도 좋습니다."

"하하하. 딸의 이름이야 현자께서 직접 가르쳐주면 될 일이 아니오?"

"그럴 수는 없는 일입니다, 대왕님."

현자는 딸에 대한 왕의 진심을 알아보고 싶었습니다.

숙소로 돌아온 왕은 대신들을 모아놓고 소녀의 이름을 생각해 보라 하였습니다. 대신들은 몇 달을 고심한 끝에 백 개의 이름을 정해 고행자에게 보여주었습니다.

"이 속에 제 딸의 이름은 없습니다."

왕은 크게 실망하였지만 대신들을 시켜 다시 이름을 짓게 하였습니다. 대신들은 또 머리를 맞대고 이백 개의 이름을 지었습니다.

"이번에도 제 딸의 이름은 없습니다."

고행자가 머리를 가로저었습니다.

이렇게 왕이 소녀의 이름을 생각하는 동안 일 년이란 세월이 훌쩍 지나갔습니다. 그동안 함께 왔던 말과 코끼리는 맹수의 공격을 받아 죽기도 하고, 군사들은 추위에 얼어 죽기도 했습니다.

'내가 정말 어리석었구나. 한 여자를 얻기 위해 일 년이란 시간을 허비하고 군사들을 죽게 하다니.'

궁에 돌아가기로 마음을 정한 왕은 마지막으로 소녀를 보기 위해 수정궁을 찾았습니다. 마침 그때 소녀는 창문을 열고 창에 기대어 서 있었습니다.

"나는 너의 이름을 알아내지 못했노라. 이제 궁으로 돌아갈 것이니, 너는 이 설산에 살 수밖에 없게 되었구나."

왕의 말을 들은 소녀가 슬픈 목소리로 말했습니다.

"대왕님, 이대로 가버리신다면 대왕님은 결코 저와 같은 아내를 얻을 수 없을 것입니다. 한 번만 더 생각해 보십시오. 신의 아들들은 신들이 먹는 신주 열매를 얻기 위해 천 년을 기다린다는데, 대왕님은 어찌 일 년 만에 저를 포기하려 하십니까? 부디 희망을 잃지 마시옵소서."

소녀의 말을 들은 왕은 그만 마음이 흔들리고 말았습니다. 꾸렸던 짐을 풀고 일 년만 더 설산에 머물기로 했습니다. 그러나 일 년이 다 가도록 왕은 여전히 소녀의 이름을 알아맞히지 못했습니다. 대신들이 이름을 적은 종이를 보여줄 때마다 고행자는 고개를 가로저을 뿐이었습니다.

'이제 나는 지쳤다. 더 이상 저 여자에게서 무엇을 구하리.'

왕은 다시 궁으로 돌아가기로 마음을 정하고 수정궁으로 갔습니다.

"네 이름은 도무지 알 수가 없구나. 나는 이제 돌아갈 것이니 너는 영원히 여기서 살도록 해라."

왕이 떠나려 하자 소녀가 눈물을 글썽이며 말했습니다.

"대왕님은 어찌하여 제 이름을 알아맞히지 못하시는지요?"

"나는 최선을 다했느니라. 대신들을 시켜 수백 개의 이름을 지었지만 네 이름을 알아맞히지는 못했다. 더 이상 어떤 이름을 또 지을 수 있겠느냐?"

"대왕님께서 궁으로 돌아가시겠다는데 제가 무슨 힘이 있어 그 행차를 멈출 수 있겠나이까? 하지만 마지막으로 들려드리고 싶은 이야기가 있으니, 그 이야기를 듣고 떠나셔도 늦지는 않을 것입니다."

소녀의 목소리는 간절했습니다.

"그래, 좋다. 도대체 그 이야기가 무엇이더냐?"

소녀는 맑고 고운 목소리로 이야기를 시작하였습니다.

"연못을 떠나 산꼭대기에 올라간 왜가리가 있었답니다. 왜가리는 모든 것이 한눈에 내려다보이는 산꼭대기가 무척 마음에 들었습니다. 왜가리는 항상 산꼭대기에 앉아 있으면서도 먹이를 먹고 물을 마실 수 있다면 얼마나 행복할까 하고 생각했답니다. 그때 마침 하늘의 왕인 제석천이 왜가리의 이야기를 듣고 산꼭대기까지 냇물을 끌어올려 왜가리의 소원을 풀어주었습니다. 보잘 것 없는 왜가리도 희망을 가짐으로써 좋은 결과를 얻었는데, 하물며 대왕님께서 어찌 좋은 결과를 얻지 못하겠습니까?"

"너는 늘 말로서 나를 붙잡기만 했지 진심어린 애정은 보여주지 않았다. 그것은 자기 재물은 주지 않고 부질없는 말만 주는 벗과 같으니라. 이제 내 군사들은 지쳤고 준비해온 양식도 다 떨어졌다. 나는 내 나라가 파멸될 것을 걱정하고 두려워할 뿐이다. 당장 이곳을 떠나 궁으로 돌아갈 것이다."

말을 마친 왕이

자리를 뜨려 했습니다. 그러자 소녀가 왕 앞을 막아섰습니다.

"대왕님! 조금 전 나라가 파멸될 것을 '의심한다' 고 말씀하셨던가요?"

"그렇다."

"아! 이제야 드디어 제 이름을 알아맞히셨군요. 어서 바삐 현자님께 제 이름은 '의심한다' 는 뜻을 가지고 있다고 말씀하세요."

왕은 고행자를 찾아가 소녀의 이름이 의심할 '의' 에 계집 '희' 가 아니냐고 물었습니다. 고행자가 빙그레 미소를 머금었습니다.

"대왕님, 잘 알아맞히셨습니다. 제가 '저 연꽃은 무엇일까?' 하는 의심을 품고 연꽃을 열었으므로 딸아이의 이름을 '의희' 라 지었습니다. 이제 대왕님께선 제 딸아이를 데려가셔도 좋습니다."

왕과 소녀는 고행자에게 인사를 하고 설산을 떠나 바라나시로 갔습니다. 바라나시에 돌아간 왕은 소녀를 왕비로 맞아 오래토록 행복하게 잘 살았답니다.

◑ 생각 키우기

사람들은 저마다 작은 희망 하나쯤은 가지고 있지요. 그러나 모두가 그 희망을 다 이루는 것은 아닙니다. 어떤 사람은 시작하자마자 포기하기도 하고, 어떤 사람은 조금만 더 노력하면 될 것을 한순간을 참지 못해 포기하기도 합니다.

이 이야기에 나오는 왕도 소녀를 왕비로 맞아들이는 과정에서 여러 차례 위기를 맞게 되만 끝까지 포기하지 않음으로써 결국 어여쁜 왕비를 얻었지요. 부처님의 전생인 고행자도 이 이야기를 통해 우리에게 일러주고 있습니다. 소중한 것은 결코 쉽게 얼

어지는 것이 아니라고요.(본생경 제 380화 의희(疑姬)의 전생이야기)

1996년 서울신문 신춘문예 동화가 당선된 후 《염소배내기》 외 몇 권의 그림동화와 몇 권의 단편동화집(공저)을 펴냈다. 2011년 황금펜아동문학상에 동시가 당선되었으면, 현재 불교아동문학회 부회장, 한국아동문학인협회, 한국동시문학회, 계몽아동문학회 회원으로 활동하고 있다.

# 재물에 눈이 먼 아우

김 동 억

아주 오랜 옛날, 범여왕이 바라나시에서 나라를 다스리고 있을 때입니다.

백만장자의 집에 한 보살이 태어났습니다.

부모님의 사랑을 듬뿍 받으며 건강하게 자랐습니다. 집안에서는 항상 웃음이 떠나지 않았습니다.

어려서부터 총명하고 착한데다 남을 배려하는 마음이 깊어 주위 사람들의 칭찬을 받았습니다.

보살이 성년이 되었을 때 부모님이 세상을 떠났습니다.

보살은 부모님을 잃은 슬픔에 잠길 겨를도 없이 어린 아우를 보살펴야 했습니다. 어린 나이에 부모님을 여윈 아우가 상처받지 않도록 하기 위해 있는 힘을 다했습니다.

훌륭한 스승님을 모셔다가 글공부를 시키고 말 타기, 활쏘기를 가르치는 등 남부럽지 않게 키웠습니다.

그러면서 부모님의 가르침대로 어려운 이웃을 돌보는 일에도 힘을 기울였습니다.

집 앞에 나눔의 집인 보시당을 지어 오갈 데 없는 사람들에게 잠자리를 제공하고 끼니를 굶는 사람들에게는 입을 옷과 식사를 제공하는 등 보시를 행하였습니다.

그러는 동안 그에게도 아들이 태어났습니다. 아들이 걸어다니게 되었을 때였습니다.

보살은 생각에 잠겼습니다.

진작부터 모든 탐욕과 괴로움에서 벗어나기 위해 출가를 하기로 마음먹었는데 집안일과 아우를 돌보느라 미루어 오다가 이제는 때가 되었다고 생각하였습니다.

'아우도 성년이 되었으니까 집안일을 맡겨도 되겠지.'

그러고는 모든 재산을 정리하여 아우에게 맡기고 아내와 아들을 부탁하였습니다.

재산을 아끼지만 말고 주위에 헐벗고 굶주린 이들이 있으면 옷과 음식을 나누어 주고 병든 사람이 있으면 약을 나눠주는 보시도 많이 하라고 당부하였습니다.

아우는 형님의 뜻을 받아 형수와 조카를 잘 돌보며 보시를 행함에도 소홀함이 없도록 하겠다고 약속하였습니다.

보살은 아우를 믿고 출가하여 속세와 인연을 끊은 채 수행에 들어가 선정과 신통을 얻고 설산의 어느 산기슭에서 살고 있었습니다.

아우는 형님과 약속한대로 처음엔 형수를 극진히 모시고 조카를 돌보며 이웃 간에도 나눔을 실천에 옮겼습니다.

몇 해가 지나 아우에게도 아들이 생겼습니다.

그러자 마음이 변하기 시작하였습니다. 보시를 행하기보다는
재산을 모아서 아들에게 물려주고 싶었습니다. 점점 돈만 아는
수전노가 되었습니다.

그 뿐만이 아니었습니다.

자기가 돌보고 있는 조카가 커가는 것을 보고는,

'만일 조카가 성년이 되면 내가 갖고 있는 이 재산도 둘로 나누
지 않으면 안 된다. 그러니 조카를 없애버려야 한다.'
고 생각하였습니다.

그래서 어느 날 조카에게 물놀이를 가자고 꼬여 깊은 강물에 떠
밀어 죽여 버렸습니다.

그리고 나선 조카가 자기도 모르는 사이에 갑자기 깊은 곳으로
헤엄쳐 들어가 큰 물살에 휩쓸려 떠내려가 어쩔 수 없었다고 거짓
말을 하였습니다.

이 소식을 전해들은 보살은 기가 막혔습니다.

그토록 믿었던 아우가 조카를 죽이다니 참을 수가 없었습니다.

막 바로 바라나시로 달려왔습니다. 그런데 출가할 때 가난하고
배고픈 이들에게 먹을거리를 나누어 주라고 물려준 보시당도 보
이지 않았습니다. 아우가 헐어버린 것이 틀림없었습니다.

형이 온다는 소식을 들은 아우는 맛난 음식을 한 상 가득 차려
놓고 반가운 척 천연덕스럽게 맞이하였습니다.

보살은 아들을 잃고 괴로웠으나 아우와 함께 한 자리에 앉으니
부모님과 함께 지내던 그 시절이 그립기만 하였습니다.

"우리 애가 보이지 않으니 어떻게 된 건가?"

하고 물었습니다.

"죽었습니다. 함께 물놀이를 갔었는데 나도 모르게 갑자기 깊은 곳으로 헤엄쳐 들어가 큰 물살에 휩쓸려 어쩔 수가 없었습니다."

"이 못된 놈, 어쩔 수 없었다고? 다 알고 있다. 일부러 깊은 물속으로 떠밀어 넣어 죽이지 않았는가?"

"재산이 그렇게도 탐이 나드냐? 조카까지 죽이지 않으면 안 될 정도로, 금은보화도 죽고 나면 아무 소용이 없는 것을, 그런데도 그 재산을 언제까지 소유할 수 있다고 생각했느냐."
하고 크게 꾸짖었습니다.

"형님, 죽을 죄를 지었습니다. 살려 주십시오, 다시는 그러지 않겠습니다."

보살은 화가 머리끝까지 치밀어 올랐으나 꿇어 앉아 머리를 조아리고 빌고 있는 아우를 바라보니 불현듯 많은 생각들이 떠올랐습니다.

아우가 태어나 기뻐하시던 부모님 모습, 형을 그렇게도 좋아하며 따르던 어릴 적의 아우 얼굴, 부모님이 돌아가시고 아우를 부둥켜안고 슬퍼하던 자신의 모습, 거기에다가 형으로서 아우를 반듯하게 키우지 못해 이런 일을 저지르지나 않았나 하는 죄책감도 들었습니다.

보살은 아들은 이미 죽었으니 어쩔 수 없지 않는가, 하나 뿐인 아우라도 잘못을 뉘우치고 바르게 살도록 해야 한다고 생각하고 다음 이야기를 들려주었습니다.

어느 산 중턱에 '아유' 라는 새 한 마리가 살고 있었습니다.

바로 앞에는 새들이 즐겨 먹는 맛있는 열매가 열리는 필발라 나무가 있었습니다. 나뭇가지에 앉아 날마다 배불리 따 먹어도 다 못 먹어 많은 열매가 저절로 땅에 떨어져 썩어 버리곤 하였습니다.

그런데도 이 새는 자기가 먹는 것도 아까워 제대로 따 먹지 못하고 '아유, 아유' 하며 울면서 열매를 쪼아대곤 하였습니다.

흉년이 들어 이웃 마을에 사는 새들이 먹을거리를 구하기 위해 허기진 몸을 이끌고 이 곳 까지 날아왔습니다.

그러자 큰 날개를 퍼덕이며 날카로운 발톱과 매서운 부리로 다른 새들을 쪼아대며 근처에 오지도 못하게 쫓아버렸습니다.

그러던 어느 날 산불이 났습니다.

둥지도 필발라 나무도 한꺼번에 다 타버렸습니다. 잘 곳도 먹을 거리도 없었습니다.

할 수 없이 이웃 마을로 갔습니다. 그러나 아무도 받아주지 않았습니다. 천벌을 받은 것입니다.

이 마을 저 마을 돌아다니다 끝내는 굶어 죽었습니다.

아유새처럼 어떤 사람은 많은 재산을 쌓아 놓고도 아까워 자신도 쓰지 못하고 가까운 친척에도 나누어 주려하지 않습니다.

평생동안 재산을 모으고 지키는 일에만 골몰하다가 쓰지 못하고 한꺼번에 잃어버리거나 죽고 맙니다.

그러므로 재물이 있으면 가까운 친척들이나 이웃들을 위해 유용하게 쓰는 것이 중요합니다.

굶주린 사람이 있으면 먹을 것을 나눠 주고 헐벗은 사람이 있으면 입을 옷을 나눠 주며 더불어 살아야 합니다. 그래야 복을 받습니다.

보살은 이렇게 말하여 아우의 잘못을 뉘우치게 한 다음 나눔의 생활을 행하게 하고 설산으로 돌아가 수행을 거듭한 끝에 큰 깨달음을 얻어 부처님이 되셨습니다.

◑ 생각 키우기

보살이 아우에게 재산을 맡기고 집안일과 아들을 부탁하였으나 아우는 재산에 대한 욕심 때문에 이웃 간의 나눔은커녕 조카를 물에 빠뜨려 죽게 하였지요.

재산은 모으는 것도 필요하지만 쓰는 것이 더 중요합니다. 많은 재산을 쌓아 놓고도 아까워 쓰지 못하면 아무 소용이 없습니다. 힘들고 어려운 이웃들을 위해 베풀며 살아야 함을 가르쳐 주는 이야기입니다.(본생경 제390화 아유조의 전생 이야기)

1946년 경북 봉화에서 태어나 1985년 〈아동문예〉 신인문학상 당선으로 문단에 나왔으며 아동문학소백동인회장, 봉화문학회장, 한국문협 영주지부장, 경북글짓기연구회장을 지냈다. 대한아동문학상, 영남아동문학상, 경상북도문학상을 수상하였고, 〈해마다 이맘때면〉, 〈하늘을 쓰는 빗자루〉, 〈정말 미안해〉 등의 동시집을 펴냈다.

# 이어지는 인연의 꿈

장 경 호

옛날 바라나시의 북쪽지방에 큰 부자가 살고 있었습니다.

"응앵 으앵 응앵…."

부잣집에서 태어나 무럭무럭 자란 보살은 다른 아이들과는 생각이 달랐습니다. 늘 여러 가지 생각을 하며 자라난 보살은 나름대로의 꿈을 키워나가고 있었습니다. 넉넉한 집안 살림에 걱정거리는 없었지만 사람이 살아가는 모습들 속에 내비친 마음들을 자라면서 하나하나 보고 느끼게 되었습니다.

'…사람들은 참 많은 욕심들을 내고 있어…욕심은 별로 좋은 게 아닌데…'

보살은 욕심을 부리는 사람들을 보고는 많은 생각을 하게 되었습니다.

'욕심은 행복해지는 게 아냐. 오히려 그 안에 사로잡혀 불행만 가져올 뿐이야. 욕심은 없어져야 돼.'

어른이 된 보살은 행복하고 편안한 마음을 갖기 위해서는 욕심을 버려야 한다는 마음을 더욱 굳게 다지게 되었습니다.

'그래. 출가를 하는 거야. 몸과 마음이 편해지면 욕심도 근심도 다 사라질 거야…'

보살은 수행자가 되기 위해 눈이 쌓인 높은 설산으로 들어갔습니다. 이곳에서 보살은 마음을 다스리며 살아가는 수행을 하는데 끊임없이 노력을 했습니다. 모든 잡념을 버리고 정신 집중을 하는 수행 과정을 통해 바른 지혜를 얻는데 보살은 온 마음을 다 쏟았습니다. 그 결과 깨달음 속에 여덟 가지 선정을 얻게 되었습니다.

그러자, 보살을 따르는 제자들도 하나 둘 늘어나 수백 명이 되었습니다.

"스승님, 이제 비가 많이 올 때이니 서둘러 산을 내려가시지요."

"장마철만 잠시 피하는 것도 좋지 않겠습니까?"

장마철이 되자 5백 명이나 되는 제자들은 산에서 내려가 잠시 마을에 있다가 오자고 서로 한마디씩 했습니다. 많은 비가 내리는 장마철에는 산에서 생활하기가 어렵다는 것을 보살도 알고 있었습니다.

"…그렇게 하자."

잠시 생각을 하던 보살은 제자들의 뜻을 따라 마을로 함께 내려 갔습니다. 이 마을 저 마을을 돌아보던 보살은 왕이 살고 있는 바라나시로 왔습니다.

"저 보살과 제자들을 내 후원에서 편히 머물 수 있도록 하여라."

바라나시의 왕은 많은 사람들로부터 추앙을 받는 보살을 반갑게 맞았습니다. 그리고는 제자들과 함께 왕이 살고 있는 궁의 후원에서 생활을 할 수 있도록 해주었습니다. 여덟 가지 선정을 얻은 보살 일행이 살아가는데 아무 불편함이 없도록 보살펴 주었습니다. 그러는 사이에 장마가 끝나고 화창한 날씨가 시작 되자, 보살은 다시 산으로 돌아가기 위해 왕에게 청을 하였습니다.

"이제 장마도 끝나고 하여 저희는 다시 산으로 돌아가려고 합니다. 허락하여 주시옵소서."

보살은 정중하게 왕에게 산으로 돌아가겠다는 인사를 하였습니다.

"그게 무슨 말이요?"

왕은 그 말에 깜작 놀란 듯 보살의 얼굴에서 눈을 떼지 않았습니다.

"네에. 그동안 이 후원에서 생활을 할 수 있게 해주셔서 감사합니다. 이제 날씨도 좋아지고 하여 저희가 살던 산으로 가려고 합니다."

"그게 무슨 말이요. 존자는 노인이십니다. 무엇하러 그 험한 설산으로 다시 들어가려고 하십니까?"

왕은 보살이 산으로 다시 올라가는 것은 안 된다며 적극 말렸습니다.

"아닙니다. 저희는 그 곳 생활이 몸에 익어 괜찮습니다."

"그러면 제자들만 산으로 가게하고 존자는 여기 계시는 게 어떻겠습니까?

끝까지 만류하는 왕의 말에 보살도 더 이상 어쩔 수가 없었습니다.

"네. 잘 알았습니다."

왕의 뜻을 받아드린 보살은 제일 나이 많은 수제자에게 제자들을 부탁하였습니다.

"이제부터 그대가 내 대신 저 제자들을 잘 보살펴주게…."

그리고는 5백 명의 제자들을 한번 쭉 돌아보았습니다.

"…나는 지금부터 여기에 머무를 테니, 너희들은 산으로 올라가 열심히 수행하도록 하여라. 알았느냐?"

"네. 스승님."

"스승님은 언제 오실 수 있는지요?"

보살의 말에 제자들은 눈이 동그래졌습니다. 그러면서도 모든 이에게 존경을 받아오는 보살의 말에 제자들은 아무 소리 않고 모두 산으로 돌아갈 수밖에 없었습니다.

"지금 저 제자들을 이끌고 가는 나이 많은 제자는 누구입니까?"

산으로 돌아가는 제자들의 뒷모습을 물끄러미 바라보는 보살에게 왕이 물었습니다.

"네. 그 사람은 제 수제자인데 여덟 가지 선정을 체득한 사람입니다. 전에는 다른 곳의 왕이기도 했었는데, 그 많은 영토를 다 두고 출가를 하였지요."

"그래요?"

보살의 말에 왕은 놀란 듯이 설산을 바라보며 고개를 끄떡였습니다.

제자들이 산으로 돌아간 뒤 어느 날이었습니다. 설산에서 살고 있는 수제자는 보살 생각에 마음이 놓이지 않았습니다. 다른 제자들도 마찬가지였습니다.

"스승님은 잘 계시겠죠?"

"통 소식을 모르니 어떻게 살고 계신지 궁금하군요."

제자들은 혹시나 하는 마음으로 수제자에게 궁금증을 털어놓기도 하였습니다.

"나도 마찬가지요. 내 가서 스승님을 한번 뵙고 오겠으니 아무 걱정들 말고 계세요."

수제자는 곧바로 왕의 후원으로 보살을 찾아왔습니다.

"아니, 그대가 이곳에 어인 일인가?"

수제자가 찾아오자, 보살은 반가움에 얼굴이 보름달만큼 환해졌습니다.

"스승님, 안녕하셨어요."

수제자는 넙죽 엎드려 큰절을 하였습니다.

"그래. 모두들 잘 있지요?"

보살도 산에서 수행을 하고 있을 제자들이 궁금하던 때였습니다.

"스승님 뵙고 싶었습니다."

설산에서 입던 털 담요를 깔고 보살 곁에 가까이 앉은 수제자도 스승님을 만나 뵈었다는 즐거움이 얼굴 가득 담겨있었습니다.

그때였습니다. 바라나시의 왕도 보살을 보려고 후원으로 찾아왔습니다.

"이곳에서 지내기에 불편하지는 않으신지요."

왕은 정중하게 인사를 하고는 보살 옆에 자리를 하고 앉았습니다. 그런데 곁에 있던 수제자는 왕을 보고도 일어나지 않고 가만히 앉아있는 것이었습니다. 그리고는 감탄이나 한 듯 자리에 앉은 채 혼잣소리를 하는 것이었습니다.

"참으로 편안하구나, 참으로 편안하구나."

왕은 기가 막혔습니다.

'이 사람은 왕인 나를 보고도 모른 척 자리에서 일어나지도 않네.'

왕은 불쾌한 생각이 순간 들었습니다.

"존자님, 저 수제자는 식사를 맛있게 한 모양입니다. 그러기에 저렇게 감탄하는 소리를 내면서 즐거운 듯 자리에 앉아있는 것이겠지요."

왕은 일부러 얼굴 가득 웃음을 띠며 보살을 바라보았습니다.

"대왕이여, 저 도사도 과거에는 당신과 같은 왕이었습니다."

보살은 수제자를 한번 슬쩍 보고는 다시 말을 이었습니다.

"그는 말하기를 '내가 전에 왕으로 있을 때 내 권위와 위엄은 하늘을 찔렀고 무기를 들고 나를 호위하는 수많은 사람들에게 둘러싸여 살았지만 근심 걱정 없는 이러한 편안함은 얻지 못했다'고 하면서, 출가를 하고 난 뒤 선정의 즐거움에 저런 감탄의 소리를 내는 것입니다."

보살은 다시 조용히 노래하듯 했습니다.

"…왕이여, 그는 안락하게 누웠나니 어떤 욕심도 바라지 않기 때문입니다."

전생의 즐거움 속에 이어지는 꿈은 욕심을 버렸기 때문이라는 보살의 말에 왕은 감탄한 듯 만족한 마음이 되어 궁으로 돌아갔습니다.

"스승님, 이제 스승님을 뵈었으니 다시 산으로 돌아가겠습니다."

왕이 궁으로 돌아가자, 수제자도 자리에서 일어나 산으로 돌아갔습니다. 그 후, 보살은 후원에서도 평생 즐거운 마음으로 선정을 닦아 죽어서도 범천세계에 태어나게 되었습니다.

● 생각 키우기

사람의 욕심은 한도 끝도 없다고들 흔히 말합니다. 그러나 그 욕심을 버리면 몸과 마음이 편안해지면서 즐거움의 생활을 해나갈 수 있다고 합니다. 그 즐거움은 언제나 또 다른 새로움 속에 이어지는 꿈처럼 하나의 인연으로 계속 되어 나가고 있다는 것을 잘 보여주는 이야기입니다.(본생경 제 10화 즐겁게 사는 이의 전생이야기)

아동문학가이고 사진작가로 활동하고 있다. 2009예술인상, 한국불교아동문학상, 한국전쟁문학상 등을 받았으며, 동화집《춤추는 아기별》,《숲속의 세 과학자》,《잠꾸러기 금붕어》,《거울이 없는 나라》등이 있다. 현재, 한국문인협회 편집위원, 국제펜한국본부 이사, 문학미디어 편집인이다.

# 모기와의 싸움

유 한 준

사람이 모기와 싸운다고? 여름철마다 모기와의 싸움은 피할 수 없는 싸움으로 숙명처럼 반복됩니다. 사람과 모기와의 싸움은 지구가 생기고 생물들이 나타난 이래 계속되어 온 것입니다.

사람들은 누구나 여름철이면 모기에 물리지 않으려고 모기향을 피우거나 모기장을 쳐놓고 그 안에 어린이를 재웁니다.

보통 집모기나 학질모기는 여름철 해가 넘어갈 저녁 무렵부터 밤중까지 활동하면서 사람의 피를 빨아먹습니다. 그런데 풀모기는 낮에도 극성을 부립니다.

사람의 피를 빨아먹는 모기는 수컷이 아니라 암컷이랍니다. 사람의 피를 빨아먹어야만 알을 낳을 수 있기 때문입니다.

모기가 사람의 피를 빨아먹고 날아간 뒤 그 물린 자국이 가려워서 고통스러움을 겪게 됩니다.

대개 얼마동안 고통스러운 것으로 끝나지만, 때에 따라서는 모기가 사람의 피를 빨아먹는 동안에 그 자국으로 유행성 뇌염, 말라리아, 황열 등의 병균을 옮겨 주기도 합니다.

소리 없이 살금살금 다가와 살갗에 독침을 꽂고 주둥이로 피를 빨아 먹는 사이에 나쁜 질병의 병균을 옮겨주는 것입니다.

크기가 겨우 1㎝의 작은 곤충이지만, 모기에 물리면 무척 따갑고 가렵습니다.

모기는 주로 더운 지방, 특히 열대지방에 널리 분포되어 있는데, 그 종류가 무려 2000여 종에 이르며, 우리나라에도 50여종이나 됩니다.

그 가운데서도 대표적인 모기는 학질모기, 유행성 뇌염모기, 일본뇌염모기 등 무서운 전염병을 옮겨주는 모기들인데, 여름철 초저녁부터 극성을 부립니다.

우리나라에서 24절기의 하나인 처서(8월 23일경)에는 모기도 입이 삐뚤어진다는 이야기가 전해옵니다. 모기의 한살이가 서서히 막을 내리고 사라질 때가 되었다는 것입니다.

인간과 모기와의 싸움은 현생에서뿐만 아니라 이미 먼 옛날 전생에서도 있었습니다.

그래서 인류의 큰 스승인 부처님도 어리석은 사람들이 살고 있는 '우치 마을' 사람들에게 설법하실 때 "나도 전생에 모기였느니라."고 말씀하셨습니다.

부처님은 여러 지역을 돌면서 설법을 하셨습니다. 설법은 하나같이 삶의 지혜를 주는 말씀이라 여러 곳으로부터 설법 요청을 받았습니다.

어느 날 코살라 나라의 수도 슈라비스티에서 부처님에게 설법을 청하였습니다. 이곳을 우리는 사위성이라고 부릅니다.

그런데 그 나라 변두리 지역에는 어리석고 못난 사람들이 살고 있다 하여 '우치 마을' 또는 '눈뜬장님 마을'이라는 소리를 듣는 마을이 있었습니다.

그 마을 사람들은 어느 날 모기에 대한 대책회의를 열었습니다.

"여러분, 우리는 모기 때문에 골치를 앓고 있어요. 우리가 숲속에 들어가 일을 하는 중에 모기떼들이 습격하여 깨물기 때문에 일을 제대로 할 수가 없죠."

"맞아요! 모기떼들은 우리의 적입니다. 저것들을 없애 버려야 합니다."

"우리는 활도 있고 창도 있는데 보잘것없는 조그마한 모기들에게 시달리는 건 말도 안 돼요."

"모기와의 전쟁을 해야 합니다. 활을 쏘고 창을 휘둘러서 그 녀석들을 모두 죽여 버립시다."

우치 마을 사람들은 모기를 소탕한다며 활과 창을 들고 숲속으로 들어가, 모기떼들을 공격하기 시작하였습니다. 화살을 쏘고 창을 던지고 나무들은 베어내는 등 한참 동안 야단을 폈습니다.

그렇게 싸우는 바람에 나뭇가지에 피부가 긁히고 손가락을 다치는 등 부상자들이 많이 생겼습니다. 하지만 모기떼를 섬멸하지 못한 채 지치고 기진맥진 하였습니다.

그들은 모기떼와의 싸움을 포기하고 지친 몸으로 마을 어귀로 돌아와 풀밭에 주저앉고 말았습니다.

그 때 부처님은 여러 비구들의 안내를 받으며 우치 마을로 들어섰습니다.

우치 마을 사람들은 마을 입구에 환영소를 만들고 부처님 일행을 반갑게 맞이하였습니다. 그리고 부처님에게 예배를 올리고 여러 가지 음식을 공양하였습니다.

부처님은 마을 사람들의 환영을 받으며, 마을 입구 풀밭에 주저앉은 사람들을 보았습니다.

부처님이 마을 사람들에게 묻기를,

"저 사람들 무척 힘들어 보이는구나. 왜 저러는가?"

"예! 모기떼들과 싸우다가 지쳐서 저럽니다."

"뭐라고? 모기떼들과의 싸움이라?"

"그러하옵니다. 모기떼를 섬멸한다면서 모기들을 공격하였지만 모기떼들을 놓치고 자기들끼리 싸운 셈이지요. 그래서 부상자가 많이 생겼답니다."

부처님은 마을 사람들이 모기떼들과 싸운 이야기를 듣고 빙그레 웃으면서 말했습니다.

"저 사람들은 참으로 어리석은 장님들이로다. 장님들이 모기를 잡으려 했으니 어찌 잡을 수 있었을까? 스스로 다칠 수밖에 없지 않는가! 이는 현재 금생만의 일이 아니라 옛날의 전생에도 그러했느니라."

저 사람들이 다친 연유는 지금 현재의 일이기보다는 옛날에도 그러했다는 과거사를 말씀하신 것입니다.

부처님을 환영한 우치 마을 사람들이 말했습니다.

"인류의 큰 스승 세존이시여! 우리들에게 삶의 지혜와 마음의 양식이 될 큰 설법을 주십시오!"

부처님이 들려주신 과거사 이야기는 옛날 가시국의 부라후마닷타 왕이 바라나시에서 나라를 다스릴 때 있었던 어느 보살 이야기입니다.

바라나시는 인도 갠지스강 북부 지방인데, 불교의 성지인 동시에 힌두교의 최대 성지로도 유명한 곳입니다.

이 지역의 한 외진 마을에는 목수들이 모여 살아 마치 목수 마을이라고 불릴 정도였습니다.

이 마을에서 어느 늙은 목수가 나무를 베고 있었는데, 모기 한 마리가 목수의 뒷머리에 앉아 예리한 칼로 베듯 깨물었습니다.

나무를 베는 일에 몰두한 늙은 목수는 옆에 있던 아들에게 말했습니다.

"애야, 모기가 내 뒷머리를 깨문다. 얼른 쫓아버려라."

"예! 아버지. 조금만 참으세요. 고 녀석을 당장 죽여 버릴 테니까요."

그때 보살 한 사람이 마침 나무로 만든 그릇을 구입하려고 왔다가 우연히 목수 부자가 하는 이야기를 들었습니다.

그런데 그 아들은 참으로 미련하였는지, 아니면 바보였는지 모릅니다.

늙은 아버지 뒷머리에 앉은 모기를 잡겠다며 나무를 베던 도끼로 아버지 머리의 뒤통수를 힘차게 내리쳤던 것입니다.

그 순간 아버지는 "으악" 외마디 비명을 지르며 그 자리에서 쓰러져 죽고 말았습니다.

"아! 저런 끔찍한 일이!"

엄청난 일을 목격한 보살은 너무 뜻밖의 상황에 크게 놀랐습니다.

보살은 조용히 타이르듯 말했습니다.

"비록 적이라 해도 살생에 앞서 현명한 판단을 해야 한다.

왜 그런가 하면 사람을 죽이면 곧 형벌을 받기 때문이다. 그런고로 형벌을 두려워하면 사람을 죽일 수 없다. 그래서 살생에 앞서 한 번쯤 생각하는 것이 현명하며 중요하다."

보살은 이렇게 말하면서 게송을 읊었습니다.

"비록 동지라 해도 슬기롭지 못하면 지혜로운 적보다 못하다.

이 미련한 바보 아들은 작은 모기 한 마리를 잡겠다며

도끼로 아버지의 머리를 두 조각내고 말았구나.

세상에 이런 끔찍하고도 어리석은 일이 또 있을까!"

보살은 이 게송을 읊고 자기가 구하려는 물건을 찾아 어디론가 떠났습니다.

늙은 목수의 가족들은 슬퍼하면서 장례를 정중하게 모셨습니다.

그때 부처님은 이 사태에 관하여 이렇게 설명하셨습니다.

"오! 거사들이여! 전생에도 모기를 죽이려다가 도리어 사람을 해친 일이 있었노라."

부처님은 이어서 과거의 전생과 현실의 금생을 연결시키면서 설법을 마쳤습니다.

"그때에 그 게송을 읊고 간 상인은 바로 나였느니라."

● 생각 키우기

불교에서는 모든 생명체가 이 세상에 나오기 전에 이미 태어났던 세상이 있다고 여깁니다. 이를 전생에서 맺은 '전생연분'이라고 이릅니다. 특히 만물의 영장인 사람에게는 누구에게나 삼생(三生)이 있으니, 곧 태어나기 전인 전생(前生), 세상을 살아가는 금생(今生), 삶을 마치고 세상을 떠난 뒤에 맞을 후생(後生)의 세 가지 삶이 있다는 것입니다. 전생은 과거이고, 금생은 현실이며 후생은 미래세계입니다. 현실에서 착하게 선행을 베풀고, 복덕을 쌓으면 후생에서도 천도되어 극락으로 들어간다는 것이 불교의 가르침입니다.(본생경 재44화 모기의 전생 이야기)

황해도 연백에서 나서 조선일보에서 정년퇴직한 뒤 독서신문 편집국장 및 불교종단의 종교뉴스신문 주간 등을 지냈다. 아동문학가·시인·전기 작가로 활동 중이다. 《석주명의 나비이야기》,《박근혜 리더십》,《도산 안창호 리더십)》,《반기문 리더십》 등 100여권을 펴냈다. 한국아동문학신인상, 눈솔문화대상, 시조시인상, 시문학상, 올림픽기장 문화장, 대통령 표창장 등을 받았다.

# 마음의 심봉산

윤 사 월

　산은 우리들 마음의 고향이요 도를 닦는 이에게는 안식처입니다. 인도 북쪽의 설산은 지금의 히말라야 산인데 언제나 산꼭대기에 눈이 덮여 있으므로 설산이라 하였습니다.

　보살은 한 때 황금빛 거위로 태어났습니다. 거위보살은 아우 하나와 심봉산에서 마음을 닦으며 설산에서 멥쌀을 얻어다가 먹으면서 수행정진 하였습니다. 설산에서 벼농사를 짓는 선인들은 심봉산에서 날아오는 거위보살과 아우 하나에게 기쁜 마음으로 멥쌀공양을 올렸습니다.

　심봉산에 살면서 설산으로 가서 먹을 것을 얻을 수 있는 것은 힘 센 두 날개를 갖고 있기 때문이며 두 날개를 쭉 펴고 훨훨 날아가는 것은 인간들의 어느 교통수단보다 더 편리한 것이었습니다. 문명의 이기 비행기는 정해진 국제공항에서 만이 조종사의 기계작동으로 날아다니지만 언제나 위험이 따르지만 두 날개로 날아다니는 거위보살 형제는 나뭇가지나 바위모서리 등 작은 공간에서 앉아 쉬다가 다시 날아오를 수 있는 편리함과 안전함이 있었습니다.

하루는 심봉산에서 거위보살이 아우 하나와 수미산으로 여행을 떠나게 되었습니다. 수미산은 세상의 중심이 되는 금륜 위에 우뚝 솟아 있는데 물속에 잠긴 부분이 8만 유순이요. 물 위에 드러난 봉우리가 8만 유순이나 되는 높고 큰 산입니다.

산꼭대기에는 제석천이 있고 중간에는 4왕천이 있었습니다. 4왕천에는 네 분의 천왕이 있어 동쪽은 지국천왕, 남쪽은 증장천왕, 서쪽은 광목천왕, 북쪽은 다문천왕이 맡고 있었습니다. 이 네 분의 사천왕은 33천의 주인인 제석천을 섬기며 8부귀중을 지배하고 부처님을 따르는 이들을 보호하고 있었습니다. 오늘날 절에 가면 일주문을 들어서면 천왕문이 있고 거기에 사천왕이 서있는 것을 볼 수 있습니다. 그들은 부처님을 뵈오러 오는 모든 이들을 보호는 것입니다.

8부귀중은 4천왕에 딸려있는 8류의 귀신 즉 지국천에 건달바, 비사사, 중장천에 구반다, 페레다, 광목천에 나가, 부단나, 다문천에 야차, 나찰이며 불법을 수호하는 8부신장이 있는데, 천(天), 용(龍), 야차, 아수라, 가루라, 건달바, 긴나라, 마후라가 있었습니다.

수미산 남쪽에 있는 염부제 대 평원에는 아름다운 호수가 있고 그 호수에 날아 앉아 목욕도 즐기고 호숫가에 나와 염부나무 열매도 따 먹을 수가 있었습니다.

염부나무는 인도에 널리 분포된 교목으로 잎의 길이는 4.5촌이며 4~5월경에 누르스름한 작은 꽃이 피고 과일은 새알만하며 익으면 자색으로 맛이 떫고 시다고 하였습니다.

염부제 평원에서 그 열매를 실컷 따 먹고 중앙 수미산을 지나 길게 둘러 뻗은 철위산 끝에서 끝까지 날아간 여행길은 신비롭고 매우 즐거운 나날들이었습니다. 이 산들을 살펴보면 자산(암)과 웅산(수)이 있었습니다. 자산은 흙이 기름지고 잡목이 무성하여 열매가 익은 숲을 이루고 웅산은 절벽에 기암괴석으로 되어 뾰족뾰족한 모양에 들쑥날쑥하였습니다. 그러나 살던 곳 심봉산으로 돌아오는 길에 네루라는 황금산을 처음으로 보게 된 것입니다. 이 산은 황금빛으로 찬란하고 서기가 어려 있어 그 경관에 감탄한 나머지

"우리 황금거위가 저 찬란한 황금산을 바라보고 있구나!"

이들은 잠깐 동안이라도 이 황금산 꼭대기에 머무르기로 하였습니다. 황금산 부근에는 온갖 새들이 살고 목장도 있었습니다. 그런데 그 새들 또한 황금산의 광명에 의해 온 몸이 황금색이 되었던 것입니다. 그 까닭을 모르는 아우는 보살에게 물었습니다.

"털빛이 새까만 까마귀들도 이 산에만 오게 되면 황금빛으로 변하고 사자나 호랑이 또 승냥이 그뿐 아니라 모든 짐승들이 이 산에 오면 모두다 황금빛이 되는데 도대체 이 산은 어떤 산인가요?"

보살이 이에 대답하였습니다.

"이 산은 네루라는 모든 산 가운데 가장 뛰어난 산이다 이 산에 와 한번 머무르게 되면 모두 다 황금빛이 된다네…"

이 말에 아우는 불현듯 의구심이 생긴 것입니다.

"어리석은 사람이나 현명한 사람 게으른 자나 부지런한 자 미웁고 고우며 선과 악 그런 차별도 없이 모두 황금빛으로 존경받는 황금산이라면 우리는 이런 산에서 살지 말아야 할 것입니다."

이 말을 듣던 보살 또한

"그렇다. 귀하고 천한, 그리고 선하고 악한 그런 차별도 없이 너도 황금 나도 황금 모두가 하나같이 황금빛이라면 '네루여!' 우리는 빨리 이 산을 떠나리라!"

이렇게 큰 소리로 말한 거위보살과 아우는 하늘 높이 날아 심봉산으로 돌아오고 말았습니다.

이 세상에 황금이 귀하다는 것은 다 알고 있습니다. 그러나 모든 것이 다 황금으로 변해버린다면 이 세상은 어떻게 될 것인가? 그 황금의 값지고 귀한 것은 별 의미가 없게 될 것이 아니겠습니까?

여기서 보살은 황금빛 거위로 태어난 것을 의심하게 된 것입니다.

(차라리 흑갈색 천한 거위로 태어나 설산에서 난 멥쌀과 염부제 평원의 아름다운 호수에서 목욕하고 마음껏 날아 수미산을 두루두루 오가며 마음을 닦는 게 우리 삶의 올바른 나아갈 길이 아니겠는가?)

긴 여행길에 황금산을 보고 돌아온 아우는 깊은 명상 끝에 다음과 같이 말하였습니다.

"보살형님 좋고 나쁜 것도 마음에서 나온 것입니다. 기쁘고 슬픈 것 또한 이 마음에서 나온 것입니다. 본시 마음이 즐겁고 청정

한데 황금이 무슨 소용이 있겠습니까. 이 육신을 떠난 마음은 어디로 가는가? 그 마음은?

둥근가, 모난가, 긴가 짧은가?

색깔로 보면 검은가, 하얀가, 빨간가, 파란가? 마음 마음 마음-도대체 이것이 무엇인가?"

이에 보살은 대답합니다.

"그렇다. 모든 것은 다 마음이 만들어 낸 것이다. 우주법계 모든 것은 마음 아닌 것이 없다. 그리고 그 마음은 높고 저 먼 곳에 있는 것이 아니고 바로 내 안에 있는 것이다. 그러므로 밖에서 찾지 말고 내 안에서 찾아야 할 것이다. 머무른 곳마다 주인이 되고 서 있는 그곳이 진리의 세계가 될 것이다. 이 삶을 자유롭고 통쾌하게 내 마음대로 살아보자 내가 우주의 중심이 되어 멋지게 한번 놀아 보자…"

이에 아우는 다음과 같이 대답하였습니다.

"네. 보살형님, 이제부터 죽기 살기로 이 '마음의 산' 심봉산에서 용맹정진 수행에 들어가겠습니다."

그때, 그 아우 거위는 사다원과(성문4과의 1 무르도에 들어간 거위)를 얻은 10대 제자 중 하나요, 사촌동생인 아난다였고 그 형인 보살은 바로 부처님이었다고 합니다.

◑ 생각 키우기
우리 몸에는 마음이 있습니다. 그 마음이 몸을 떠나면 어떻게 될까요?
몸과 마음이 분리된 상태, 그것이 곧 주검이란 것입니다. 마음을 밝혀 자기 성품을 보는 것이 견성성불이란 부처님 가르침입니다. 누구나 한 번은 마음이 몸을 떠나게 되는데, 그러한 마음은 어디서 와서 어디로 가는 것일까요? '마음, 마음, 마음!' 내 마음은 무엇인가를 생각해봅시다.(본생경 제379화 네루 황금산 전생이야기)

고창 선운산 너머 바다가 보이는 경수봉 아래 집을 짓고 독거수행하고 있다. 한국문인협회, 국제펜, 불교아동문학회 이사, 한국아동문학회 고창지부장으로 작품 활동을 하고 있다. 동화집《백의관음보살》,《천재와 바보》. 시집《해님이》등을 펴냈고, 한국아동문화대상, 한국시대상, 한국글사랑문학상을 받았다. 명예문학박사이며 경수사대표이다.

# 현명한 판단

김 종 영

옛날 범 여왕이 바라나시를 다스리고 있었을 때 일입니다.

그 바라나시에서 그리 멀지 않은 시골에 목수의 마을이 있었습니다. 이 마을은 가족이 천명이나 되었습니다. 가족이 많다보니 열심히 일을 해도 늘 부족하여 넉넉하지 않았습니다. 그러나 이 마을 사람들은 마음이 착하여, 가난한 사람들의 침대나 의자를 만들어 주기도 하고, 집을 지어 주기도 하였습니다. 마을 살림이 넉넉하지도 않은데, 이렇게 좋은 일을 많이 하다 보니 막대한 빚을 지고 말았습니다. 빚쟁이들은 마을로 찾아와 목수들에게 빚을 독촉하고, 일까지 방해하였습니다. 그러나 그들은 살림이 궁하여 빚을 갚을 길도 없고, 빚쟁이들의 등살은 더 심해만 가자 다른 나라로 가서 살기로 결심했습니다. 그들은 빚쟁이들의 눈을 피해 몰래 큰 배를 만들어 모든 가족을 태우고, 캄캄한 밤에 고향을 떠났습니다. 그들은 망망한 바다에서 며칠을 떠돌다 한 섬을 발견했습니다.

"섬이 보인다!"

그 때 현자가 말했습니다.

"저 섬이 바로 우리들이 살 땅입니다. 그러나 몹쓸 귀신이 저 섬을 차지하고 있으면 우리들은 다 죽고 말 것입니다. 새 땅이라 잘 살피고 조사해 봅시다."

건장한 사내 일곱 사람이 다섯 가지 무기로 몸을 무장하고는 탐험을 시작했습니다. 그때 해변 나무 그늘에서 노래가 들려왔습니다.

"염부제에 사는 사람들은 밭을 갈고 씨를 뿌려도 이런 즐거움은 얻을 수 없다. 실로 내게 있어서 이 섬은 염부제보다 낫다."

탐험하던 목수들은 깜짝 놀라 그 노랫소리가 난 곳을 향해 조심스럽게 다가갔습니다. 큰 나무 그늘아래 머리와 수염이 더부룩하고, 실오라기 하나 걸치지 않은 한 사내가 행복한 얼굴로 드러누워 있었습니다.

"저 놈은 사나운 귀신이다!"

그들은 화살을 겨누었습니다.

"여, 여러분, 나는 귀신이 아닙니다. 사람입니다. 부디 내 목, 목숨만 살려 주십시오."

"사람이 어떻게 너처럼 발가벗고 살 수 있느냐? 넌 귀신이 틀림없다!"

"아, 아닙니다. 전 힘없는 인간입니다."

마음이 놓인 목수들이 그에게 다가가 이 섬에 오게 된 까닭을 말하자, 그도 여기에 살게 된 자초지종을 숨김없이 다 얘기하고, 말을 이었습니다.

"당신들은 착한 일을 많이 했기에 이 섬에 오게 되었습니다. 이 섬은 무엇 하나 부족함이 없는 넉넉한 곳입니다. 일을 하지 않고도 살아갈 수 있습니다. 저절로 나는 쌀이며, 감자며 파초·암라·염부·파라밀·여자·과일 등이 무한히 있습니다."

"우리들이 여기서 살아도 별 위험이 없겠습니까?"

"그렇고말고요. 그런데 이 섬은 신들이 다스리는 섬이라 한 가지만 주의하시면 됩니다. 그 신들은 인간의 대소변을 보면 화를 냅니다. 그러니 모래를 헤치고 대소변을 본 뒤에는 꼭 그것을 덮으시는 것만 주의하시면 됩니다."

"우리들이 편히 살 수만 있다면, 그런 것쯤이야 당연히 지켜야 할 도리겠지요."

그들은 자신 만만하게 말했습니다.

어느 날이었습니다. 매일 놀고먹으며 한가롭고, 행복에 젖어 살던 그들은 술을 먹고 취해보고 싶었습니다.

"오늘 밤은 술을 맘껏 마시고, 춤과 노래로 실컷 즐겨봅시다."

그들은 술을 마시고, 미친 듯 춤을 추고, 노래를 불렀습니다. 그러다 사내의 당부를 까맣게 잊고는 아무데나 대소변을 봤습니다. 그들은 처음 느껴보는 즐거움에 살맛이 나서 더 오래 그 즐거움을 만끽하고자 야단법석을 떨었습니다. 이런 즐거움이 며칠씩 계속되다보니, 온 섬이 대소변으로 넘치기 시작했습니다.

어느 날 신들은 모임을 위해 어스름이 내리는 저녁쯤 이 섬에 도착했습니다. 신들은 코를 찌르는 악취와 발 디딜 틈이 없는 오물에 화가 머리끝까지 치밀어 올랐습니다. 가까스로 회의를 마친 우두머리 신이 볼멘소리로 말했습니다.

"이 성스런 섬을 이렇게 불쾌한 섬으로 만들어버리다니. 당장 그들을 쓰러버려 깨끗이 청소하고 싶지만, 오늘은 밤도 깊으니, 보름 후인 음력 칠월 보름날 달이 뜰 때를 기해 해일을 시켜 이 자들만 모조리 죽여 버리자!"

신들은 이 말을 남기고 사라졌습니다. 그러나 그 신들 가운데 정직한 신의 아들은 이 섬을 떠나지 못하고 밤새껏 고민을 하였습니다.

'이 사람들을 내가 보는 앞에서 죽일 수 없다.'

그 다음 날 저녁쯤 그는 굳은 결심을 하고, 그들이 저녁 식사를 마치고 화기애애하게 이야기 하고 있는 이 마을 북쪽 하늘에 엄숙한 모습에 빛을 비추며 나타나 말했습니다.

"여러분, 신들은 당신들의 잘못으로 몹시 화를 내어 큰 벌을 내리려고 합니다. 보름 후에 신들이 당신들을 해일로 쓰러버릴 것입니다. 여기서 빨리 달아나십시오."

그들은 자기들의 잘못을 후회하며 두 우두머리에게 도망가자고 아우성을 쳤습니다. 잔인한 신의 아들이 이 광경을 보고 중얼거렸습니다.

'저들은 착한 신의 아들의 말을 믿고 달아나려 하구나. 나는 그들의 가는 길을 방해하여 모두 죽게 하리라.'

남쪽 하늘에 잔인한 신의 아들도 경건하고 엄숙한 모습으로 빛을 비추며 나타나 근엄하게 말했습니다.

"너희들은 누구의 말을 듣고 이렇게 소란을 떠느냐?"

"어떤 신의 아들이 나타나 우리들을 도망가라 충고했습니다."

"그랬구나. 그 신은 너희들이 여기 사는 것을 좋아하지 않는다. 그래서 화가 나서 거짓말을 한 것이다. 너희들은 그 신의 말에 속지 말고 여기서 영원토록 살 거라."

잔인한 신의 아들이 떠난 후 두 목수 우두머리는 잠시 생각에 잠겼습니다. 먼저 오백 명의 목수 가족을 다스리는 맛난 음식을 탐하는 우자가 노래하였습니다.

"남쪽에서 나타난 그 신의

안온하다는 말 거기에 진리가 있다.

북쪽의 신은 두려움도 편안함도 다 모르나니

두려워 말라. 무엇을 걱정하리. 여기서 즐겁게 살자."

이 우자의 노래를 듣고, 그의 오백의 가족들은 그의 말을 굳게 믿었습니다. 그러나 맛난 음식에 집착하지 않는 현자는 그의 오백 명 가족에게 말하였습니다.

"여러분, 우리는 두 신의 말을 다 들었으니, 이제 배를 만들지 않겠습니까? 만일 남쪽 신의 말이 진실이라면 이 배를 가까운 바닷가에 매어 두고, 여기서 살면 될 것입니다. 우리들은 꼭 살기 위해 두 신의 말에 대처해야 합니다."

그러자 우자의 우두머리가 말을 했습니다.

"자네는 물그릇 속의 악어를 보고 있군. 자네는 무엇을 그리 두려워하는가? 북쪽의 신은 우리들에 대해 화를 내어 말했지만, 남쪽의 신은 우리들을 사랑해 말한 것이요. 이렇게 행복한 섬을 버리고 어디로 갑니까? 만일 자네가 가고 싶다면 배를 만들어 떠나십시오. 우리들은 배를 만들지 않을 것이요."

우자는 확신에 찬 듯 당당하게 말했습니다.

현자의 가족들은 튼튼한 배를 만들고, 그들이 오랫동안 배에서 살 수 있는 필요한 모든 물건과 기구를 싣고, 보름을 기다렸습니다. 드디어 보름달이 떠오르자 바다에서 물결이 높아지면서 온 섬을 휩쓸어 갔습니다. 사람들의 살려달라는 아우성 소리도 잠시뿐 산더미 같은 파도에 묻혀 사라졌습니다. 얼마 후 이 섬 가장 높은 언덕에 현자의 배 한 척만이 어깨를 떡 벌리고 새로 태어난 섬을 벙긋이 웃으며 내려다보고 있었습니다.

◑ 생각 키우기

이 이야기는 '해상의 전생 이야기'로 보살인 목수의 이야기입니다. 살아서 어려운 처지에 있는 사람들에게 착한 일을 많이 한 공덕으로 부족한 것이 하나도 없는 섬에 살게 된 목수들은, 한 사내의 주의하라는 약속을 어겨 신의 벌을 받게 되었습니다. 그러나 현자 가족들은 바른 신의 충고를 듣고 잘 대처하여 살아났으나, 우자의 가족들은 맛난 음식을 탐하고 바른 선택을 하지 못해 파멸하였답니다. 우두머리의 올바른 선택은 흥망성쇠를 좌우한답니다. (본생경 제 466화 '해상의 전생 이야기')

1973년 조선일보 신춘문예에 동시가 당선되었으며, 동시집 8권, 동화집 2권 펴냈고, 한정동아동문학상, 대한민국동요대상 등을 받았다. 전국동요창작대회 노랫말 100여곡이 입상했으며, 한국문인협회, 국제펜클럽한국본부 회원으로 활동하고 있다.

# 어리석은 사제

전 유 선

옛날 범여왕이 바라나시에서 나라를 다스리고 있을 때의 일입니다. 왕에게 아사리라는 이름의 사제가 있었습니다. 아사리는 나이가 많이 들어 황갈색 피부 여기저기가 터지고 이도 다 빠져 버렸습니다. 그렇지만 아무리 나이가 많아도 사제의 일만큼은 빈틈없이 잘 해 나갔기에 왕의 신망을 얻고 있었습니다. 아사리는 바라문이라는 최고 신분의 사람으로 영리하고 일을 잘 하는 사제였지만 자기의 마음에 들지 않는 사람과는 잘 화합하지 못했습니다.

아사리가 어느 날 왕에게 아뢰었습니다.

"세상에서 가장 훌륭한 왕이시여, 이 나라의 수도 바라나시는 아주 멋지고 아름답습니다. 그러나 지금 남문이 너무 낡아 아름다운 왕성과 어울리지 않고 보기 흉하옵니다."

"오, 정말 그렇구나. 어찌 하면 좋겠는가?"

이런 사실을 여태 모르고 있었다니. 왕은 속으로 자신을 꾸짖으며 아사리에게 물었습니다.

"왕성과 어울리는 멋진 문을 새로 만들어야 합니다."

"그래야겠지. 어떻게 만들겠는가?"

"낡은 문을 헐어낸 후 별의 운행이 좋은 날을 골라야 합니다. 찾아 낸 길일에 왕성을 수호하는 신들에게 공물을 바치고 제사를 지낸 다음 새 문을 세우면 될 것입니다."

"그러면 그리 하도록 하라."

왕은 흔쾌히 허락했습니다.

며칠 후 아사리는 남문을 헐어내고 새 문을 세울 준비를 마친 다음 왕에게 아뢰었습니다.

"세상에서 가장 훌륭한 왕이시여, 새 문을 세울 준비를 다 마쳤습니다. 천문을 살펴보니 내일은 천 년에 한번 찾아오는 길일로 별의 운행이 아주 좋은 날입니다. 이 날을 놓치면 또 한참을 기다려야 하니 반드시 내일 공물을 바치고 문을 세워야 합니다."

왕은 고개를 끄덕이며 아사리에게 물었습니다.

"어떤 공물이 필요한가?"

"왕성의 중요한 문은 큰 힘이 있는 신들의 수호를 받아야 합니다. 따라서 평범한 공물은 안 됩니다. 신분이 높은 바라문 가운데 부모의 혈통이 좋은 사람을 골라 제물로 바쳐야 합니다. 저처럼 나이가 많이 들어 황갈색 피부 여기저기가 터지고 이가 다 빠져 버린 사제라면 신들께서 좋아하실 것입니다. 그만큼 믿음이 깊고 신망을 많이 받고 있는 사람이라고 생각하실 테니까요."

"오, 맞는 말이로다. 어서 그런 바라문 사제를 찾아 제물로 바치고 성문을 세우도록 하라."

왕의 허락을 받아 낸 아사리는 아주 기뻤습니다. 드디어 눈엣가시 같은 사제 한 사람을 없앨 수 있게 되었으니까요. 왕에게 남문을 새로 세워야 한다고 말한 것은 사실 흉계랍니다. 자신을 최고의 사제라고 생각하고 있던 아사리는 얼마 전에 자기와 함께 일을 하는 나이 많은 사제 한 사람이 자신을 몰아내려 한다는 말을 들었습니다. 그 사제가 죽도록 미웠던 아사리는 며칠간 고심한 끝에 이토록 교활한 꾀를 생각해 내었습니다.

내일이면 모든 일이 해결된다는 생각에 아사리는 기뻐서 견딜 수가 없었습니다. 집에 돌아온 아사리는 잠자코 있을 수 없어 아내에게 말했습니다.

"여보, 원수 같은 그 사제가 이제 목숨을 잃게 되었다오. 왕께서 내일 세우는 남문에 이가 없고 황갈색 피부가 터진 늙은 바라문 사제의 피와 살을 제물로 바치라고 하셨소. 내일 왕의 명을 받아 그 자를 잡아들이겠소."

"정말 잘 되었군요."

사제와 아내는 두 손을 마주 잡고 기쁨에 겨워 크게 소리쳤습니다.

때마침 뜰에서 나무를 손질하던 하인이 이 말을 들었습니다. 하인은 이 말을 다른 하인에게 전했고, 하인들은 마을 사람들에게 이 이야기를 퍼뜨렸습니다. 결국 하룻밤 새에 바라나시 도성에 살고 있는 모든 사람들이 이 이야기를 알게 되었습니다.

다음 날 아무 것도 모르는 아사리는 왕에게 아뢰었습니다.

"세상에서 가장 훌륭한 왕이시여, 오늘 고귀한 공물을 바쳐 성문을 세우겠나이다. 공물은 북문 옆 마을에 사는 이가 없고 황갈색 피부가 터진 나이 많은 바라문 사제이오니 그를 데려오도록 하시지요."

"오냐, 알겠노라. 여봐라, 지금 아사리 사제가 말한 나이 많은 바라문 사제를 데려오도록 하라."

왕의 명을 받은 군사들이 사제의 집을 찾아갔으나 사제의 모습은 어디에도 없었습니다. 당황한 군사들이 성내를 빈틈없이 다 뒤져 보았지만 그 사제뿐만 아니라 이가 없고 황갈색 피부가 터진 나이 많은 바라문 사제는 한 사람도 보이지 않았습니다.

"허어, 이게 대체 무슨 일이란 말인가? 사제가 모두 사라져버리다니. 큰일이로다. 공물을 바칠 수 없으니 성문을 어찌 세운단 말인가?"

왕이 탄식하자 신하 한 사람이 아사리를 가리켰습니다.

"세상에서 가장 훌륭한 왕이시여, 도성 안에 이가 없고 황갈색 피부가 터진 바라문 사제는 아무도 없으나 여기 왕궁 안에는 한 사람 있습니다. 바로 저 사제입니다."

왕이 깜짝 놀라 큰 소리로 말했습니다.

"아니, 아사리 사제를 제물로? 아사리 사제를 죽여도 괜찮다는 말인가? 그렇다면 누가 남문 세우는 일을 주관한단 말이냐."

왕의 말에 신하는 고개를 조아리며 아뢰었습니다.

"세상에서 가장 훌륭한 왕이시여, 앞으로 천 년을 기다려야 오늘 같은 길일을 다시 만날 것입니다. 이미 낡은 문을 헐어 버렸는데 오늘 성문을 세우지 못하면 당분간 성문 없이 살아야 합니다. 성문이 없다면 외적의 공격을 어찌 막을 것입니까. 경험이 많은 다른 바라문을 사제로 임명하여 제사를 주관하도록 하고 아사리 사제는 제물로 바치는 것이 현명한 방법일 것입니다."

한참 동안 머리를 숙인 채 생각에 잠겨 있던 왕이 고개를 쳐들었습니다.

"그렇다면 아사리 사제를 대신할 만한 훌륭한 사제가 있어야 하지 않은가? 그만한 사제가 있는가?"

"네, 있사옵니다. 아사리 사제의 제자 탁카리야라는 청년이 가장 적합하오니 그를 사제로 임명하여 제사를 주관하도록 하십시오."

왕은 고개를 끄덕이며 명령을 내렸습니다.

"알겠노라. 지금 당장 탁카리야를 불러오너라. 그리고 아사리를 제물로 바칠 준비를 하라."

"오호, 이럴 수가. 실로 미련하였도다. 공연히 다른 사람을 미워하였고, 나의 잘못된 생각을 함부로 말하였구나. 결국 나는 스스로 내 무덤을 파고 만 게야."

아사리는 털썩 자리에 주저앉고 말았습니다.

◑ 생각 키우기

이 이야기는 부처님이 기원정사에 계실 때 비구들에게 들려주신 말씀입니다. 사제 아사리의 제자로 수행하던 탁카리야는 바로 부처님의 전생이지요. 다른 사람을 미워하지 말고 항상 말을 조심하라는 가르침입니다. 자신에게 해를 끼친 사람이라 할지라도 자비로 보살피고 감싸주어야 합니다. 잘못된 나쁜 생각을 해서는 안 되며, 그런 생각을 다른 사람에게 알리는 일은 더욱 더 하지 말아야합니다. (본생경 제 481화 탁카리야 청년의 전생이야기)

서울에서 태어났으며 경향신문 신춘문예에 동화가 당선되고 문화일보 신춘문예에 단편소설이 당선되었다. 현재 전북 군산지역 초등학교 교사로 있다.

# 앞을 보는 장님

김 일 환

숨파라카는 조그만 포구에서 뱃사공 아버지와 살았습니다. 그는 어려서부터 출렁이는 파도 소리를 들으면 가슴이 설레었습니다.

'어떻게 하면 배가 빨리 달릴 수 있을까?'

'폭풍우가 오는 것을 미리 알 수는 없을까?'

'저 수평선 너머에는 무엇이 있을까?'

그는 뱃사공 일을 거들면서 열심히 배우고 연구한 결과 열여섯 살에 빠르고도 튼튼한 배를 만들 줄 알았고 바다에서 일어나는 자연 현상의 이치를 깨달았습니다. 그러나 그만 사고를 당하여 장님이 되고 말았습니다.

"하늘도 무심하시지! 나쁜 짓이라고 눈곱만큼도 하지 않는 사람을 장님으로 만들다니!"

마을 사람이 하늘을 원망했지만 숨파라카는 실망하지 않았습니다. 그는 사공 일을 그만두고 왕에게 나아갔습니다.

"비록 앞을 볼 수는 없으나 무슨 일이든 맡겨 주시면 열심히 하겠습니다."

왕은 말하는 태도가 듬직하여 왕궁에 머무르게 했습니다.

하루는 왕이 검은 코끼리를 선물 받았습니다. 모든 신하들이 코끼리의 위용을 칭송했습니다. 왕은 숨파라카를 불러 코끼리를 보여주었습니다. 숨파라카는 코끼리를 꼼꼼히 더듬어보고 고개를 저었습니다. 힘이 좋았으나 발목뼈가 조금 어긋나 있었습니다.

"어미가 이 코끼리를 낳을 때 제대로 받아주지 못해서 땅에 떨어진 적이 있습니다. 그 때 뒷발을 크게 다쳤습니다. 먼 길 걷기가 힘들 것입니다."

코끼리 주인에게 물어보자 사실이라고 대답했습니다. 왕은 속으로 놀랐지만 별 것 아니라는 듯 동전 두 푼을 집어 숨파라카에게 주었습니다. 동전 두 푼이면 점심 한 끼를 사 먹을 수 있는 돈이었습니다. 임금님이 주는 품삯 치고는 턱없이 적었지만 고맙게 받았습니다.

하루는 왕이 말 한 필을 선물 받았습니다. 울음소리가 우렁찼습니다. 왕은 숨파라카를 불러 보여주었습니다. 숨파라카는 말을 꼼꼼히 더듬어보고 고개를 저었습니다. 체격은 좋았으나 등이 살짝 굽어있었습니다.

"이 말은 왕이 타실 만한 말이 아닙니다. 어미가 말을 낳고 바로 죽는 바람에 젖을 먹지 못했습니다. 장애물을 잘 넘지 못할 것입니다."

말 주인에게 물어보자 사실이라고 대답했습니다. 왕은 속으로 놀랐지만 별 것 아니라는 듯 동전 두 푼을 집어 숩파라카에게 주었습니다.

그 후에도 숩파라카는 왕의 선물을 검사해 주었습니다. 수레를 선물 받았을 때는 수레의 나무속에 벌레 구멍이 뚫려 있는 것을, 털 담요를 선물 받았을 때에는 쥐가 담요 위를 지나간 흔적을 지적해 주었습니다. 그러나 왕은 동전 두 푼만 숩파라카에게 줄 뿐이었습니다. 숩파라카는 왕궁에서 뜻 깊은 일을 하기가 어려울 것으로 판단하였습니다. 그래서 고향으로 돌아갔습니다.

끝없는 수평선, 갈매기 울음소리, 그리고 싱싱한 바다 냄새가 숩파라카의 정신을 맑게 만들어 주었습니다.

'맞아, 내 꿈을 키우기에 알맞은 곳이야. 세상 사람들에게 도움이 주어야지.'

때마침 상인들이 먼 바다에 보물을 찾으러 가려고 했습니다. 상인들은 숩파라카에게 선장이 되어 줄 것을 간청했습니다. 상인들은 왕궁에서 있었던 일을 이미 다 들어서 알고 있었기 때문입니다. 그러나 숩파라카는 거절했습니다.

"안 됩니다. 나는 장님입니다. 장님이 선장을 하다니요?"

"이미 다 들었습니다. 당신은 장님이면서도 우리보다 더 멀리, 그리고 분명하게 봅니다. 당신은 마음과 몸이 깨끗합니다. 그래서 당신이 탄 배는 절대로 뒤집히지도 않을 것입니다. 당신은 지혜롭기 때문에 당신이 선장이 된다면 보물을 반드시 찾을 수 있을 것입니다."

상인들이 여러 차례 졸라도 거절하자 상인들은 자기네들끼리 떠나겠다고 말했습니다. 숩파르타는 그들 모두가 위험에 빠지도록 내버려둘 수 없었습니다. 그래서 숩파리카는 허락하고 말았습니다.

배는 딱 7일간만 아무 일 없이 나아갔습니다. 그러나 8일째부터 큰 바람과 파도가 배를 때렸습니다. 배가 뒤집힐 것만 같았습니다. 그들은 4개월 동안 죽을 고비를 넘기면서 어딘지도 모르는 바다로 나왔습니다. 상인이 죽은 물고기 한 마리를 건졌습니다.

"선장님, 머리는 물고기이고 몸은 사람을 닮은 물고기가 돌아다닙니다. 주둥이가 칼처럼 날카롭습니다."

상인들이 두려움에 차서 물었습니다.

"이곳은 쿠라마리 바다이다. 아직은 걱정할 때가 아니다. 저들은 우리를 해치지 않을 것이다."

숩파리카는 물고기의 주둥이를 만져보고 바다 밑에 금강석이 깔려 있는 것을 알았습니다. 금강석은 최고의 보석이기도 하지만, 무엇이든 가장 매끈하게 갈아낼 수 있기 때문입니다.

'만일 내가 이곳에서 금강석이 난다고 말하면, 상인들은 배가 가라앉을 때까지 금강석을 건져 올릴 것이다.'

숩파라카는 배를 멈추고 그물을 치게 했습니다. 그리고 고기를 잡는 척하면서 몰래 금강석을 조금 건져 올렸습니다.

다시 항해를 시작했습니다. 며칠이 지나자 태양처럼 밝은 빛이 나오는 바다에 도착했습니다. 상인이 두려워서 물었습니다.

"선장님, 이곳은 어디입니까?"

"이곳은 악기마리 바다이다. 아직은 걱정할 때가 아니다. 마음을 편히 가져라."

숩파라카는 바다 밑에 황금이 많이 있는 것을 알았습니다. 그래서 먼저의 방법으로 황금을 조금 건져서 배에 실었습니다.

이런 일은 더 반복되었습니다. 숩파라카는 우유처럼 부드러운 바다에서 은을 건져서 배에 실었습니다. 파란 빛이 나오는 바다에서는 푸른 보석을 건져서 배에 실었습니다. 갈대가 대나무처럼 보이는 바다에서는 대나무 색 보석을 건져서 배에 실었습니다.

며칠이 지났습니다. 갑자기 파도가 출렁이더니 이곳저곳에서 바닷물이 휘감기면서 하늘로 올라갔습니다. 소리는 천둥처럼 커서 고막을 찢을 듯 했고, 높아진 물줄기는 바위 절벽처럼 배 위로 무너져 내릴 것만 같았습니다. 어쩌면 물기둥이 배 밑바닥을 불쑥 들어 올릴 것 같았습니다.

"이곳은 바라바아무키 바다이다. 배를 산산조각 낸다는 바다로 알려져 있다. 너희들은 보물에 눈이 어두워 바다로 나왔다. 그리고 이곳으로 떠밀려 들어오게 되었다. 이곳에 들어온 배는 절대로 빠져나가지 못한다."

숩파라카의 말에 상인들은 그의 손을 잡고 지옥에 떨어진 중생처럼 울부짖었습니다.

"제발 살려주세요."

숩파라카는 눈을 감고 생각했습니다.

'나는 지금까지 생명을 귀히 여겨왔다. 그런데 이들의 생명을 구하려 노력하지 않는다면 큰 잘못을 저지르는 일이다.'

숩파라카는 이들을 구출하기로 뜻을 세웠습니다. 그는 상인을 모아놓고 물었습니다.

"너희는 또 보물을 탐하겠느냐? 여기서 빠져 나가면 다른 생명을 귀히 여기며 착하게 살겠느냐?"

상인들은 그러겠다고 맹세했습니다. 숩파라카는 향수로 목욕하고 새 옷을 입었습니다. 그리고 뱃머리에 섰습니다. 배는 금방 뒤집힐 것처럼 흔들렸습니다. 그래도 숩파라카는 태연했습니다. 얼굴에 불안은커녕 평온과 자비가 가득했습니다. 그는 음식을 담은 그릇을 들고 기도했습니다.

'저는 아주 작은 생명이라도 일부러 해친 적이 없습니다. 이런 진실한 말과 마음으로 비옵니다. 이 배를 안전하게 돌려보내주시길 간절히 기원하옵니다.'

숩파라카의 기도가 끝나자 배는 성난 바다를 스스르 빠져나갔습니다. 그리고 하루 만에 고향으로 돌아왔습니다. 숩파라카는 상인들에게 보물을 나누어 주었습니다.

"여러분! 이만한 보물이면 밑천이 될 겁니다. 이제 보물에 욕심내지 맙시다. 약속한 대로 우리 모두 좋은 일을 하며 삽시다."

상인들은 손뼉을 치며 숩파라카의 은덕에 감사했습니다. 그리고 평생 착하게 살았습니다.

◑ 생각 키우기

숩파라카는 장님이었지만 왕이나 왕의 신하보다 사물을 더 잘 꿰뚫어 보았습니다. 바다 속을 더 훤히 들여다 볼 줄 알았습니다. 앞날도 내다 볼 줄 알았습니다. 이런 눈을 혜안이라고 부릅니다. 남이 보지 못하는 것, 또는 진리를 읽어내는 눈을 가진 것입니다. 숩파라카의 혜안은 깊은 생각과 착한 마음에서 나오고 있습니다. 이 이야기에서는 숩파라카의 착한 마음의 근원을 밝히고 있습니다. 모든 생명을 귀히 여기는 것

이 착한 마음의 첫 출발이자, 마지막이라고 말입니다.(본생경 제463화 숩파라카 현자의 전생이야기)

충주에서 태어나 서울교대와 건국대학을 나온 교육심리학 박사로 프랑스 파리교육원장과 서울동부교육지원청 교육장을 지낸 교육계 원로로 현재 양천초등학교 교장이다. 장편동화《고려보고의 비밀》로 한국안데르상 대상을 받았고, '동화속 학교' 만들기에 노력하고 있다.

# 아름다운 부부

박 선 영

높은 산에 서로를 정말 사랑하는 부부가 살았습니다.

아주 아름다운 아내와 늠름한 남편이었지요.

그들은 산에 살다가 한가한 여름철에는 산 아래로 내려왔습니다.

남들은 경쟁하며 좋은 옷과 맛있는 음식을 원해 부지런히 돈을 벌 때, 그들 부부는 먹고 입는 것에 사치 부리지 않고 가진 것만으로 만족하며 살았습니다.

어느 해 여름, 부부가 산 아래로 내려와 꽃을 보며 즐거워하고 새들의 노랫소리를 듣고 물이 흐르는 곳에서 물장난을 치며 즐거운 한때를 보내고 있었지요. 바로 그때, 그 나라의 왕이 그곳을 지나고 있었습니다. 왕은 머리 아픈 나랏일을 보다가 모처럼 머리를 식히고자 혼자 여행을 하던 중이었습니다.

바람결을 따라 들려온 부부의 소리가 왕의 호기심을 자극해 그곳으로 조용히 발걸음을 옮겼습니다. 가까이 가보니 늠름한 남자가 대나무로 장단을 맞추며 노래를 부르고 있고 한 여자가 노래에 맞춰 춤을 추고 있었습니다. 여자의 얼굴은 보이지 않았지만 뒷모습만 봐도 아름다웠습니다. 그런데, 춤을 추던 여자가 몸을 돌려 왕은 그 얼굴을 보게 되었습니다.

아, 어쩜 그리 아름다운 여성이 있는지…. 왕은 저도 몰래 얼굴이 붉어지고 가슴이 뛰었습니다.

'저렇게 아름다운 여인이 산에서 살다니, 게다가 저런 남루한 옷을 입고 말이야. 얼마나 고생스러울까. 내가 데려다가 궁에서 살면서 호강시켜주고 싶다. 그러면 저 여인도 분명히 좋아할 거야.'

왕은 여인을 데려가려면 남편이 없어야만 한다고 생각했습니다. 그래서 그를 제거해야겠다고 생각하고 가지고 있던 활로 남편을 겨냥했습니다. 화살이 날아가자 행복하게 울리던 남편의 소리가 뚝 끊겼습니다. 하지만 아내는 아직 그 상황을 파악하지 못하고 자신의 흥에 빠져서 콧노래를 부르며 춤을 계속 추고 있었습니다. 피를 철철 흘리며 남편이 아내를 보고 눈물지었습니다.

"여보, 나는 죽게 되었소.

고통이 내 가슴에 몰아치고 눈에선 눈물이 쏟아지는구려.

여보, 그대가 슬퍼하기 때문에 나는 슬프오.

다른 슬픔은 없다오. 단지 그대가 슬퍼하는 게 슬플 뿐."

남편은 피를 많이 흘려 기절해 쓰러졌습니다. 그때 비로소 남편이 화살에 맞고 쓰러진 것을 알고 아내는 기겁을 하며 놀랐습니다. 아내가 소리를 지르며 울부짖는 사이, 왕이 앞으로 나와 모습을 드러냈습니다. 아내는 그가 남편을 죽인 도적이라 생각하고 두려움에 떨자 왕이 다정한 목소리로 여자를 달랬습니다.

"나는 이 나라의 왕이다. 네 아름다움에 반해 너를 데려가기 위해 저 남자를 죽이게 됐다. 부디 용서하고 나와 같이 가자."

아내는 울며 산꼭대기로 도망쳤습니다. 산에서 오랫동안 살았기 때문에 여자지만 아내의 발걸음을 왕이 따라잡기는 불가능했어요. 왕은 계속해서 여자에게 같이 내려가자고 회유를 했습니다.

"당신은 저주를 받을 것이다.

아무 죄 없는 내 남편을, 단지 나를 빼앗기 위해 죽인 당신은 분명 천벌을 받을 것이다."

왕은 애타는 목소리로 '아름다운 여인이여, 눈물을 거두라. 그 아름다운 눈에서 눈물이 흐르니 가슴이 아프다. 나와 함께 궁으로 가자. 가서 온 나라가 섬기는 왕후가 되다오.' 라고 애원했습니다.

하지만 여인은 울음을 그친 단호한 목소리로 "그런 소리 말라. 죄 없는 내 남편을 죽인 당신을 따라가느니, 여기서 죽겠다"고 외쳤습니다.

왕은 이 말을 듣자 여인이 아무리해도 자기 말을 따르지 않으리라는 것을 느꼈습니다.

"산에는 무서운 짐승들이 있을 것인데 여자의 몸으로 혼자 거기서 잘 살아보라."

왕은 악담을 하고 돌아서서 산을 내려갔습니다. 왕이 떠나자 여인은 아래를 살피고는 그가 완전히 떠난 것을 확인한 후 산에서 뛰어내려와 한달음에 남편을 향해갔습니다. 남편을 안고 그들이 살던 산꼭대기로 올라 푹신한 곳에, 자신의 무릎에 머리를 눕혔습니다.

"저 산 저 바위들은 여전한데 저기서 당신을 보지 못하면,

임이여, 나는 어찌하리오.

나뭇잎들은 떨어지고 짐승들도 저희들끼리 즐거운데

당신을 보지 못하면, 나는 어찌하리오.

맑은 저 골짜기 물에 꽃은 가득 떨어져 향기가 퍼지는데

당신을 보지 못하면, 나는 어찌 하리오.

이 모든 아름다운 풍경이 무슨 소용 있으리.

이 안에서 당신을 보지 못하면…."

아내의 목소리가 어찌나 서러운지 숲의 동물들도 눈물을 지었습니다.

마지막으로 남편의 몸을 매만지던 아내는 남편의 가슴이 아직 따듯함을 느꼈습니다. 따듯하다는 것은 아직 생명이 붙어있다는 뜻입니다.

아내는 간절히 기도했습니다.

"이 세계를 지키는 신이시여, 어디에 계신가요? 어찌 우리 남편을 지켜주시지 않나요?"

기도가 얼마나 간절했던지 하늘에 있던 신은 그 목소리를 단번에 들을 수 있었습니다.

하늘 신은 스님으로 변장하고 그들 곁으로 가서 항아리에서 물을 쏟았습니다. 물이 남편의 심장에 닿자 화살에 맞은 상처가 아물면서 얼굴색이 살아나고 숨을 쉬기 시작했습니다.

남편이 드디어 숨을 크게 쉬며 일어났습니다.

아내는 감격해서 스님께 엎드려 절을 했습니다.

"사랑하는 남편을 살리도록 좋은 약을 쏟아주신 분이여, 정말 고맙습니다."

하늘 신이 떠나고 부부는 손을 꼭 잡았습니다.

그들은 다시 꽃이 가득한 아름다운 골짜기와 개울물이 흐르는 곳, 온갖 나무와 꽃들이 속삭이는 그곳으로 조용히 돌아갔습니다.

◑ 생각 키우기

부처님은 출가 전에 야소다라 공주와 결혼을 했습니다. 그리고 아들인 라훌라를 낳았지요. 그들을 두고 출가를 했기 때문에 왕비 야소다라는 늘 남편을 그리며 기다렸고 아무리 훌륭한 남자가 구애를 해도 마음을 돌리지 않았습니다. 부처님은 전생에 자신과 아내가 부부로 살았고, 그때도 아내는 왕의 구애를 물리치고 죽어가는 자신을 돌봤다는 말씀을 하셨습니다.

남녀 간의 사랑은 이처럼 숭고하고 위대합니다. 진정으로 사랑한다는 것은, 어떤 유혹에도 흔들리지 않는 것입니다.(본생경 제485화)

불교신문 신춘문예로 등단(2007)하여 불교출판문화상 등을 받았다. 《정말 멋져, 누가?》, 《물도깨비의 눈물》, 《석가모니는 왜 왕자의 자리를 버렸을까?(공저)》, 《미운오리새끼들》을 펴냈다. 현재 월간 《여성불교》를 만들고 있다.

# 어머니는 내가 아니면

최 만 조

자식이 귀한 어느 부잣집에 늦게 아들이 태어났습니다.

나이 많은 아버지가 세상을 떠나자 어머니 혼자 아들을 길렀습니다. 귀한 아들이라 불면 꺼질까 쥐면 터질까 언제나 마음이 조마조마했습니다. 그런 어머니의 사랑을 아는지 아들도 어머니를 극진히 섬겼습니다.

"어머니, 피곤하시죠? 여기 발을 담그세요."

아들은 따뜻한 물을 준비해 가지고 어머니의 발을 닦아드렸습니다.

"고맙다. 너도 이제는 색시를 얻어 가정을 이루어야 하는데."

"어머니, 그런 말씀 마세요. 저에게는 어머니만 계시면 더 바랄 것이 없어요."

어머니는 나이가 많아지면서 팔다리가 아프고 온몸이 수신다고 했습니다.

아들은 어머니를 모시는 정성이 더욱 지극해졌습니다. 등을 두드리고 팔다리를 주물러드렸습니다. 어머니가 힘들어한다고 빨래하고 밥 짓는 일까지 했습니다.

"애야, 남자가 할 일은 따로 있다. 물 긷고 집짓고 빨래하는 일은 여자들이 할 일이다."

"어머니, 이런 일은 어머니를 위해 하는 일이 아닙니다. 모두 제 자신을 위해 하는 일이니, 걱정하지 마십시오."

"아니다. 네가 할 일은 색시를 얻어 나에게 손자를 보여주는 것이고 밖에 나가 일을 해서 가문을 더 빛나게 하는 일이다."

어머니는 아들에게 자기를 걱정하기보다 결혼해서 자식을 낳아 가문을 이어가는 일이 더 중요하다고 했습니다. 또 아버지의 뒤를 이어 가문을 빛내도록 하라고 했습니다.

그러나 아들의 생각은 달랐습니다.

"어머니, 저는 이렇게 어머니를 모시다가 어머니가 떠나시면 출가를 할 것입니다."

어머니가 세상을 떠나면 스님이 되겠다는 아들의 생각은 이미 굳어있었습니다.

어머니는 더 이상 아들의 생각은 묻지 않고 며느리를 들이겠다고 결심했습니다. 여러 곳에 부탁을 했더니 마침 얼굴도 예쁘고 얌전하게 생긴 며느릿감이 있었습니다.

"애야, 좋은 색시가 있다. 그를 며느리로 들이겠다. 애미의 소원이니 그리 알아라."

아들은 어머니의 소원이란 말에 그대로 따르기로 했습니다.

며느리는 얌전하고 부지런했으며 어머니를 잘 모셨습니다. 좋은 음식이 생기면 어머니에게만 드리고 음식을 만들 때도 어머니

입맛에 맞추기 위해 애를 썼습니다. 어머니가 집안청소라도 하면 기어코 말렸습니다.

"어머니, 이런 일을 하면 힘도 들지만 나쁜 먼지로 건강에 나쁘니 하지 마세요."

며느리는 어머니에게 친구들과 어울려 즐겁게 놀러나 다니라고 했습니다. 어머니는 며느리가 자기를 위하는 것이 아들보다 더 극진해서 행복했습니다.

아들은 그런 아내가 참 고마웠습니다. 아내가 어머니에게 잘 하는 만큼 아들은 아내에게 잘해 주었습니다. 좋은 패물도 사주고 맛난 음식도 아내에게만 주기도 했습니다. 그러자 여자는 생각했습니다.

"어머니가 늙어 쓸모가 없으니 저이는 어머니보다 나를 더 생각하는구나."

이런 생각을 하고 보니, 정말 그런 것 같았습니다. 잔칫집에 가서 좋은 음식을 얻어오면 몰래 자기에게만 주기도 했습니다. 피곤해 하는 어머니의 팔다리를 주물 때도 귀찮게 생각하는 것 같았습니다. 어쩌면 어머니가 없으면 좋겠다고 생각하는 것 같기도 했습니다. 그래서 슬며시 남편의 속내를 떠보기로 했습니다.

"여보, 당신이 밖에 나가면 어머니가 나를 몹시 학대해요."

그러나 남편은 아무 말이 없었습니다. 자기 말을 믿지 않는 것 같았습니다. 거짓말을 한 것이 밝혀지면 곤란할 것이기 때문에 어머니를 화나게 해서 남편과 사이를 떼놓으리라고 생각했습니다. 그 날부터 며느리의 태도가 달라졌습니다.

어머니가 좋아하는 죽을 매우 뜨겁게 해서 드렸습니다. 어머니가 죽이 뜨겁다고 하자 이번에는 몹시 차게 해서 드렸습니다. 어머니는 죽을 먹다가 내놓았습니다. 그것을 남편에게 말했습니다.

"어머니는 좋아하는 죽을 드려도 이유 없이 화를 냈어요. 당신에게는 죽이 너무 뜨겁기도 하고 차기도 해서 먹을 수 없었다고 할 거예요. 어쩌면 좋아요?"

그래도 남편은 아무 말이 없었습니다. 그런 남편의 속내를 알 수 없었습니다. 어떻게든 어머니가 나쁘다는 것을 남편이 믿도록 해야겠다고 생각을 굳혔습니다. 이번에는 음식을 몹시 짜게 했습니다. 어머니가 짜다고 하므로 물을 부어 싱겁고 맛없게 만들어 드렸습니다. 어머니는 수저를 놓으면 말했습니다.

"아가, 이번에는 너무 싱겁고 맛이 없구나. 그만 먹겠다."

며느리는 시어머니가 음식이 뜨겁다고 해서 식혀주면 차다고 하고, 짜다고 해서 간을 묽게 해주면 싱거워 못 먹겠다고 하니 도저히 비위를 맞출 수 없다고 소문을 냈습니다.

소문은 아들의 귀에도 들어갔지만 아들은 아무 말도 없었습니다. 며느리는 조바심이 났습니다. 시어머니가 쓸 목욕물을 뜨겁게 해서 시어머니 등에 퍼부었습니다. 시어머니는 깜짝 놀랐지만 등이 익을 것만 같은 것을 참고 말했습니다.

"아가, 목욕물이 너무 뜨겁구나."

"그러면 조금 시원한 물로 할게요."

이번에는 아주 차가운 물을 등에 부었습니다.

"앗! 차가워. 아가, 이번엔 너무 차구나."

며느리는 물동이를 팽개치고 밖으로 나갔습니다. 이웃 사람들이 듣도록 떠들었습니다.

"몸을 씻겨 드려도 금방 물이 뜨겁다 했다가, 금방 또 차갑다 하니 그 변덕을 누가 맞추겠어요? 아마 노망이 들었나 봐요."

며느리가 이렇게 거짓으로 험담을 하는 것을 알면서도 시어머니는 태연히 말했습니다.

"아가, 내 이불에 이가 많은 것 같구나. 좀 떨어내야겠는데, 내 힘으로는 어렵구나."

며느리는 시어머니 이불을 갖고 나왔습니다. 그 위에 다른 이불의 이를 털어 보태서 들여서 놓았습니다. 그날 밤, 시어머니는 이가 더 많아져서 잠을 제대로 못 잤습니다.

"아가, 어제 이를 털었는데도 아직 이가 많이 남아있더구나."

"털어도 자꾸 그러면 저는 어떻게 해요?"

시어머니는 말없이 이불을 펴놓고 어두운 눈으로 이를 한 마리씩 잡았습니다. 그러면서도 며느리를 나무라지 않았습니다. 처음 시집왔을 때 잘 해 주던 일들만 생각하며 참았습니다.

며느리는 이번에는 남편이 올 때 쯤 집안 곳곳에 가래침을 뱉고 코도 풀어놓았습니다.

"집안에 이게 뭐요? 누가 이렇게 해놓았소?"

돌아온 남편이 이맛살을 찌푸리며 물었습니다.

"이 집안에 그렇게 할 사람이 누구겠어요?"

남편은 아무 말 없이 그것을 치우고 더러워진 자리를 닦아냈습니다. 그런 남편이 밉습니다. 어머니가 그랬다고 하면 무슨 말이 있어야 하는데 아무 말이 없으니, 화가 납니다.

"당신은 생각도 없어요? 어머님이 허구헌 날 이러니 더는 못 참겠어요."

"그럼 어쩌자는 거요?"

남편이 심드렁한 표정으로 돌아다보았습니다.

"당신이 결정해요. 나와 저 노망 들린 노파와 둘 중 한쪽을 택하라고요."

"정말 꼭 그렇게 해야 되겠소?"

"예, 꼭 그렇게 해야 해요. 저는 더 이상은 이대로 살 수 없어요."

남편은 한동안 깊은 생각에 잠기더니 단호하게 말했습니다.

"좋소. 당신은 아직 젊으니 누구를 따라가도 살 수 있소. 하지만 어머니는 노쇠하니 내가 아니면 의지할 곳이 없소. 그러니 나는 어머니를 택하겠소. 당신이 나가주시오."

그러자 아내는 얼굴이 새파래지며 남편 앞에 무릎을 꿇었습니다.

"제가 잘못했어요. 용서해 주세요. 이제는 어머니를 구박하지 않고 잘 모시겠어요."

"아니오. 이것은 당신이 요구한 일이고, 내가 그 요구를 들어주었으니, 두 말이 필요 없는 일이요. 나는 어머니를 모시다가 어머니가 떠나시면 출가를 할 몸이요. 당신이 있어 그것을 걱정했는데, 당신이 그 일을 쉽게 결정해 주니 고맙구려."

며느리는 눈앞이 캄캄했습니다. 어머니와 남편 사이를 갈라놓으려고 한 자신의 잘못을 빌었지만 남편의 마음을 바꿀 수는 없었습니다.

● 생각 키우기

부모는 이 세상에 나를 있게 해준 분입니다. 나란 몸은 부모로부터 받은 것이니, 내 몸을 다 받쳐서라도 부모를 위하는 것은 당연한 일입니다. 그래서 부모에게 효도를 하는 것은 모든 착한 행위의 가장 기본이 된다고 했습니다. 부모를 정성껏 모시는 일이 우리가 할 일 중에 제일 중요한 일이란 것을 잊지 말아야 되겠습니다.(본생경 제 417화 가전현의 전생 이야기)

1934년 경남 산청에서 나서 1977년《아동문예》로 등단했으며, 아동문학작가회 초대회장, 사하문인협회 초대회장, 부산문인협회 부회장 등을 지냈다. 해강아동문학상, 한국동시문학상, 실상문학상, 한국불교아동문학상, 영남아동문학상 등을 받았으며《농악소리》등 4권의 동시집이 있다.

# 이슬방울을 보고 부처가 되다

이 동 배

　옛날 인도의 라만성에 덕이 많고 갖가지 재물을 갖은 왕이 살고 있었습니다.

　그 왕은 수많은 왕자와 공주를 두었는데 그 중에 큰 왕자 유반쟈야에게 부왕이라는 직위를 내리어 다음 왕위를 이을 준비를 하도록 하였습니다.

　그러던 어느 날 큰 왕자인 부왕 유반쟈야는 아침 일찍부터 아름다운 수레를 타고 지혜로운 신하들을 거느리고 지역 순례를 하였습니다. 꽃과 나비가 함께 어울리는 동산에 머물고 있는 데 그 때 마침 나뭇가지 끝이나 풀잎 끝이나 거미집에 진주그물처럼 달려 있는 이슬방울을 보게 되었습니다. 부왕은 이것을 보고 호기심이 생겨서

　"여봐라 이것은 무엇이라는 것인가?"

　그러자 대표신하는

　"부왕님! 그것은 추울 때 내리는 이슬방울이라는 것입니다."

"아! 그래 참으로 아름답고 보배로운 것이구나!"


부왕은 하루 동안 동산에서 즐거운 마음으로 놀다가 해가 지자 돌아가려는데 아침에 처음 동산에 들렸다가 본 이슬방울이 문득 생각나 찾아보았지만 보이지 않자 이상해서 대표신하에게 다시 물었습니다.

"아침의 그 이슬방울은 다 어디로 갔는가? 나는 지금 그것을 볼 수 없구나!"

그러자 대표신하는

"부왕님 그 이슬방울은 밝은 해가 떠 이 세상을 환하게 비출 때쯤에는 모 두 공기 중으로 스며들고 말아 우리가 볼 수 없답니다."

이 말을 들은 부왕은 갑자기 두려움에 떨면서

"아! 이 세상의 중생들의 살아가는 것 또한 저 이슬방울과 같은 것이로구나! 내가 이 세상에 태어나 늙고, 병들고, 죽음이 닥치기 전에 부모님께 청하여 출가하는 것이 좋겠다."

하며 맑고 밝은 얼굴로 환하게 웃었습니다.


그리고 곧 이슬방울을 보고 새로운 인생관과 세계관을 갖게 된 큰 왕자 유반쟈야는 궁에 돌아와 아버지 왕에게 가서 다음과 같이 말하며 출가하기를 청하였습니다.

"벗님과 모든 백성들이 숭배 받는 아바마마께 아뢰오니 저가 뜻한 바 있어 참된 나를 찾고자 하오니 출가를 허락하여 주시옵소서!"

그러나 왕위를 계승하기를 바라는 왕은 완강하게 만류하였습니다.

"아들아! 네가 필요한 것은 무엇이든 주마. 이 세상에서 두려운 무엇이든 너를 위해 없애주마. 부디 왕위를 이어다오."

하며 만류하자 왕세자인 큰 왕자 유반쟈야는

"저가 필요한 것은 아무 것도 없습니다. 부왕인 저를 감히 누가 해하려 고 하겠습니까? 다만 소자는 이 세상의 밝은 내일을 향해 항해하고 싶습니다."

다시 이 말을 들은 왕은

"세자야! 이 세상의 밝음은 네가 할 책임도 아니다. 부디 이 나라의 국운을 위해 몸을 아끼지 말아다오."

그러자 왕세자인 유반쟈야는

"늙고, 병들고, 죽음을 피하려고 하는 것도 아니고 이 세상의 밝은 빛을 쫓아 그저 새로운 마음으로 행복과 안정을 찾고자 하나이다."

라고 말하며 뜻을 굽히지 않았습니다. 또 다시 왕은

"이 세상의 모든 국민이 너를 받들고 어머니 또한 너를 곁에서 보고자 하니 출가는 생각지도 말지어다."

하시며 꾸중까지 하시었습니다. 큰 왕자 유반쟈야는 이에 답하여

"풀잎 끝의 흰 이슬이 해가 뜨면 사라지는 것처럼 사람의 삶 또한 덧없는 것이고, 저의 출가는 아버님과 어머님의 위하는 길이기 동시에 저를 사랑하고 아끼는 모든 사람을 위해 쉬어갈 수 있고, 목마른 이들에게 목을 축일 수 있게 하는 길이 되는 것이오니 부

디 출가토록 허락해 주시옵소서!"

하며 왕과 어머니께 간곡히 간청하니 할 말이 없어진 왕과 어머니는 다음과 같이 말하며 결국 출가를 허락하여 주었습니다.

"아들아! 이 세상에 사랑을 아는 모든 이들을 위해 네가 무엇을 할 수 있는 큰 사람이 된다니 이 어미 마음이 아프고 아쉽지만 할 수 없구나! 너의 출가를 허락하마."

이 말을 들은 부왕(큰 왕자) 유반쟈야는 가슴 속에서 무언가가 치밀어 올랐지만 어떤 말도 할 수 없었습니다. 그 모습을 보는 왕과 어머니는 한편으로 아쉬워하며 흐뭇한 미소를 지었습니다.

그때 옆에서 이 모습을 본 여러 왕자들 중 막내왕자 유딧티도 출가를 청하니 왕과 어머니는 모두 허락을 하셨습니다.


두 왕자는 부모님께 공손히 작별 절을 하고 모든 애욕을 버리고 많은 사람들의 축복을 받으며 출가를 하게 되었습니다.

두 왕자는 그로부터 설산에 들어가 좋은 곳에 암자를 짓고 수도 생활에 들어갔습니다.

세월이 흘러 큰 깨달음을 다시 얻어 부처님이 되시었습니다.

부처님은 후일 이 일을 두고

"중생들이여! 내가 왕위를 버리고 출가를 결심한 것은 이번만이 아니고 전생에도 그러했습니다. 그게 바로 나였으므로 중생들도 부디 모든 애욕을 버려 주십시오. 그러면 모두 부처가 될 수 있습니다."

고 하며 환하게 미소를 지으며 설법하셨습니다.

## ◐ 생각 키우기

　이 이야기는 부처님의 전생 출가에 얽힌 이야기로, 이슬방울이 생기고 사라지는 자연의 이치를 보고 참된 나를 찾고 중생을 구제하고자 출가를 결심하고 부모님의 반대에도 자기의 뜻을 굽히지 않은 결단은 모두가 본받을 만한 일이라고 생각합니다.

　또 곧 왕이 될 몸인데도 궁궐을 떠나 고행 끝에 큰 깨달음을 얻어 많은 중생을 보살피게 된 것을 보면 우리도 모든 애욕을 버리면 마음속의 부처가 되리라고 생각해 봅니다.(본생경 제460화, 유반쟈야 왕자의 전생 이야기)

계간 현대시조 신인상(1996년), 아동문예문학상(2013년)을 받았고, 3인시화집 《합천호 맑은 물에 얼굴 씻는 달을 보게》와 시조집 《흔적》이 있으며, 현대시조 동인, 섬진시조문학회장, 한국·경남·합천·김해문협, 한국·경남·진주시조시인협회 회원, 경남문협 이사, 경남불교문인협회, 한국불교아동문학회, 경남아동문학회 회원으로 활동하고 있다. 현재 김해시 영운초등학교 교장이다.

# 왕에게 받은 사례금

정 혜 진

　가시국의 바라문 집에서 태어난 보살은 얼마큼 자란 후에 스승을 찾아 집을 떠났습니다.

　'우선 공부를 하고나서 사례금은 내가 직접 벌어서 드려야지.'

　이렇게 마음먹고 훌륭한 스승을 직접 찾아 나선 것입니다.

　"스승님, 배움을 얻고자 왔습니다."

　보살이 스승님을 만나 인사를 하자 스승은 반갑게 맞아주었습니다.

　"나에게 공부를 배우겠다는 것이냐?"

　"가르침을 따르겠습니다."

　그날부터 보살은 마음을 가다듬어 스승님께 열심히 배웠습니다.

　얼마동안이 지나자 스승님이 보살을 불렀습니다.

　"이제 그만하면 배움을 터득한 것 같구나."

　공부를 마친 보살은 스승님께 미안한 부탁을 드렸습니다.

　"스승님, 사례금을 준비하지 못했습니다. 조금만 기다려 주시면 제 힘으로 정당하게 벌어서 드리겠습니다."

스승님은 보살을 기특히 여겨 그렇게 하도록 승낙하였습니다.

스승님의 허락을 받고 사례금을 벌기 위해 길을 떠난 보살은 온 나라를 고루 돌아다니면서 보시를 받았습니다. 농사를 짓는 사람, 장사를 하는 사람, 물건을 만드는 사람, 창고를 지키는 사람 등등 여러 사람들을 만나보았습니다.

그러나 오랫동안 다녀 봐도 금화를 얻기란 쉽지 않았습니다. 욕심 많은 왕이 백성들의 황금을 모두 빼앗아버렸기 때문입니다.

'겨우 금화 일곱 냥 밖에 벌지 못했는데 어찌하면 좋을까?'

보살은 금화를 들여다보면서 한참을 생각하였습니다.

'그래도 너무 오래되었으니 우선 스승님께 갖다드리자.'

결심을 한 보살은 인도에서 가장 큰 항하강을 건너려고 배를 탔습니다. 그런데 하필이면 보살이 탄 배가 뒤집히는 사고를 당하고 말았습니다. 물에 빠져 겨우 목숨만 살아남았습니다.

"금화를 모두 물속에 빠뜨렸으니 이 일을 어찌해야 할까?"

보살은 고민에 고민을 거듭했습니다. 그러다가 한 가지 방법을 생각해냈습니다. 번뜩 지혜가 떠오른 것입니다.

'사례금을 다시 벌어들이려면 시간이 너무 오래 걸릴 거야. 차라리 왕한테 받아내야겠어. 왕에게는 황금이 많이 있잖아.'

보살은 항하강 언덕에서 단식을 하기로 마음먹었습니다.

'아무 말도 하지 않고 단식을 오래 하고 있으면 왕의 귀에까지 소문이 들어갈 거야. 그러면 틀림없이 왕이 나를 만나러 오겠지? 왕이 나와서 물을 때까지 아무에게도 대답하지 않을 것이다.'

이렇게 다짐을 한 보살은 강가에 있는 은빛 모래밭으로 갔습니다. 모래를 편편하게 만든 다음 겉옷을 입고 노끈으로 몸을 묶었습니다. 그리고 나서 황금동상처럼 모래밭에 웅크리고 앉아 꼼짝도 하지 않았습니다.

첫째 날은 마을 사람들이 와서 "왜 그렇게 앉아 있느냐?"고 물었습니다.

보살은 못들은 것처럼 아무 대답도 하지 않았습니다. 보나마나 사례금을 줄 사람들이 아니기 때문입니다.

둘째 날은 성문 가까이에 사는 사람들이 와서 물었습니다. 그 사람들은 힘이 빠진 모습을 보고 몹시 걱정을 했습니다.

"저러다 쓰러지겠어. 대답 좀 해라. 이유를 말해."

그래도 보살은 입을 열지 않았습니다.

사흘째 되는 날은 성 안에 있는 사람들이 왔습니다.

나흘째 되는 날은 시장이 나왔습니다.

닷새째 되는 날은 왕이 보낸 하인이 왔습니다.

엿새째 되는 날은 왕이 벼슬 높은 대신을 보냈습니다. 그래도 보살을 꼼짝도 하지 않고 입을 다물었습니다.

이레째가 되자 보살이 생각한 대로 왕이 직접 나타났습니다.

왕은 두려워하면서 궁금하게 물었습니다.

"몇 차례나 사람을 보냈는데 어찌하여 아무 대답을 하지 않느냐? 도대체 무슨 까닭으로 이러고 있는지 어서 말해 보거라."

보살은 그때서야 입을 열어 대답하였습니다.

"대왕님! 저는 이 고민을 풀어줄 사람에게만 대답을 합니다. 아무리 많은 사람이 있다 해도 고민을 풀어줄 사람이 아니면 말을 할 필요가 없습니다. 말을 해서는 안 됩니다."

왕은 보살의 말을 듣고 다시 물었습니다.

"그렇다면 고민을 풀 수 있는 사람을 어떻게 알 수 있는 것이냐?"

"말은 적당한 때를 가려서 해야 합니다. 친척이나 이웃, 그리고 친구라고 함부로 말을 하면 오히려 해가 될 수 있습니다. 남의 입장을 먼저 생각하고, 배려하며 덕을 쌓아야 합니다. 따뜻하고 진실 되게 행동해야 믿음이 갑니다. 지혜를 모아 이런 것을 생각해 보면 고민을 풀어줄 사람이 누구인지 알게 됩니다."

보살의 말에 왕은 감동을 받았습니다.

"어서 고민이 무엇인지 말해 보아라. 무엇이든지 다 들어주겠다."

보살은 왕의 말을 듣고서야 고민이 무엇인지 말하였습니다.

"대왕님, 저는 스승님께 드릴 사례금을 벌기 위해 온 나라를 돌아다녔습니다. 여러 사람들을 만나 금화 일곱 냥을 시주 받았습니다. 그런데 항하강을 건너다가 배가 뒤집어져서 모두 잃어버렸습니다. 저는 어떻게 해결해야 할지 몰라 단식을 했습니다. 여러 사람들이 물었지만 제 슬픔을 없애주지 못할 것 같아 대답하지 않았습니다. 그러나 대왕님은 제 고민을 들어줄 것이라고 믿었습니다."

왕은 지혜롭고 진실한 보살의 말에 크게 깨달았습니다. 보살이 왕에게 큰 교훈을 준 것입니다.

"걱정하지 마라. 사례금은 내가 주겠노라."

왕은 보살이 잃어버린 금화 일곱 냥보다 두 배나 많은 금화를 보살에게 주었습니다. 보살은 왕이 준 금화로 스승님께 사례금을 드렸습니다.

"앞으로는 교훈을 지키면서 참되게 살도록 하겠다."

왕은 보살에게 약속을 하였습니다.

그날부터 왕은 백성들이 편안하게 잘 살 수 있도록 나라를 바르게 잘 다스렸습니다.

◐ 생각 키우기

지혜롭고 현명한 보살이 스승에게 드릴 사례금을 잃어버리는 어려움을 당했지만 좋은 방법을 찾아내어 고민을 해결합니다. 그리고 욕심 많은 왕에게 어리석음을 깨닫고, 때와 사람을 가려서 말을 해야 하는 이유와 믿음을 주어 백성을 위해 참되고 바르게 나라를 다스리도록 교훈을 주었습니다.

왕에게 사례금을 받아낸 보살의 지혜를 통해 어려운 일이 생기더라도 침착하게 생각하여 실천하면 해결 방법을 꼭 찾게 된다는 것을 가르쳐 준 이야기입니다.(본생경 제478화 사자(使者)의 전생 이야기)

아동문예 동시추천과 광주일보 신춘문예에 동화가 당선되었고, 한정동아동문학상, 한국아동문예작가상, 대한아동문학상, 전라남도문화상, 눈높이교육상, 장원사도대상, 아름다운스승상을 받았다. 동시집《그리울 거야》등 12권과 동화집《별꽃엄마》등 4권을 지었다. 한국문인협회, 한국아동문학인협회, 광주신춘문학회, 전남문인협회 회원이고, 초등학교 교장을 지냈으며 전남여류문학회 회장으로 활동하고 있다.

# 부끄러움을 아는가

양 정 화

어느 마을에 기원정사라는 곳이 있었습니다. 훌륭한 스승들을 만나 많은 것을 배울 수 있고, 공부에 도움이 되는 책이 많아서 많은 스님들이 기원정사를 찾아왔습니다. 공부를 하면 할수록 많은 지식을 얻을 수 있고, 더욱 깊은 지혜를 가질 수 있었습니다.

이런 이야기는 주변 마을뿐만 아니라 먼 곳까지 순식간에 소문으로 퍼졌습니다. 그래서 많은 사람들이 공부를 해 보겠다는 생각을 가지고 기원정사에 찾아왔습니다. 그 사람들 중에는 오랫동안 공부한 스님들만큼 열심히 공부하여 높은 학문을 익혀 고향으로 돌아가는 사람도 있었습니다.

기원정사 이웃 마을에 구가리라는 사람이 살고 있었습니다. 구가리는 사람들 앞에 나서서 많이 아는 척 이야기하며 뽐내는 것을 좋아했습니다. 요령껏 잘만 말하면 똑똑하다고 칭찬하는 사람이 많았기 때문입니다. 그럴수록 더욱 기고만장하여 사람들 앞에서 더욱 말을 떠벌이고 다녔습니다.

어느 날, 구가리도 기원정사에 대한 소문을 들었습니다. 그 순간 아주 기막힌 생각이 떠올랐습니다.

"나도 기원정사에서 공부를 해 볼까? 그러면 지금보다 더 많은 것을 알게 될 것이고, 지금보다 더 많은 사람들이 날 우러러보겠지? 나도 다른 사람들을 가르치는 훌륭한 스승이 될 수도 있을 거야."

구가리는 당장 기원정사로 달려갔습니다.

기원정사에는 많은 스님과 수많은 사람들이 모여서 경문을 읽으며 열심히 공부하고 있었습니다. 구가리는 스님들 옆에 자리를 잡고 경문을 따라 읽어 보았습니다. 경문을 몇 시간 읽자 예전보다 훨씬 더 똑똑해지는 것 같았습니다. 시간이 조금 더 지나 며칠 동안 경문을 더 읽고 나자 수많은 마을 사람들 앞에서 당당하고 근엄하게 설교를 하고 있는 모습을 상상했습니다. 스님들 옆에서 계속 경문을 읽다보니 예전보다 더 잘 읽게 되고, 자신감도 훨씬 높아졌습니다.

"조금만 더 공부하면 정말 그렇게 될 수 있을 거야."

구가리는 이런 상상이 너무 즐거웠습니다.

하지만 공부보다는 놀기를 좋아하고, 경문을 읽는 것보다 사람들 앞에서 아는 척 떠벌리는 것을 더 좋아한 구가리는 경문 읽는 시간이 점점 힘들어졌습니다. 그래서 항상 다른 생각을 했습니다.

며칠이 지난 어느 날이었습니다. 그날따라 많은 스님들이 모였습니다. 아주 오랜 세월동안 열심히 공부를 해 온 스님들은 드넓은 평원에서 부르짖는 사자처럼 은하를 떨어뜨릴 기세로 교단 강당 한가운데에서 경문을 읽고 있었습니다.

그 모습을 지켜본 많은 사람들이 감동하여 눈물을 흘렸습니다. 구가리도 넋을 잃고 그 모습을 보고 있었습니다.

"나도 저 정도는 할 수 있어."

구가리는 제 실력은 생각지도 않고 스님들 사이로 들어갔습니다. 웅장하게 울려 퍼지는 소리에 맞춰서 구가리도 작은 목소리로 따라 읽었습니다. 계속 따라 읽다보니 조금 자신감이 생겼습니다. 혼자 읽어도 얼마든지 잘 할 수 있을 것 같은 생각도 들었습니다. 목소리를 조금 더 크게 하여 읽기도 했습니다.

"나한테 경을 읽으라고 하지 않아 이렇게 있지만, 읽어 보라고 시키기만 한다면 나도 훌륭히 읽을 수 있어."

구가리는 경문을 읽고 있는 스님들 옆을 이리 저리 돌아다니면서 더 큰 목소리로 경문을 따라 읽으면서 이렇게 중얼거렸습니다.

한 스님이 구가리를 계속 지켜보고 있었습니다.

"구가리 스님. 정말 경을 읽을 수 있겠습니까?"

스님은 구가리에게 물었습니다. 스님들 옆에서 경문을 소리 내어 읽는 것 같았지만, 실력이 얼마나 뛰어난지 궁금했습니다.

"구가리 스님. 오늘은 이 대중을 위해 앞에서 경문을 읽어 주십시오."

스님은 예의를 갖추어 구가리에게 부탁했습니다.

"좋습니다. 오늘 저녁에는 저 혼자서 경문을 읽도록 하겠습니다. 당연히 제가 읽어야지요."

어리석은 구가리는 자기 능력도 모르고 스님이 부탁을 하자 곧바로 승낙하고 말았습니다.

"자! 스님들. 오늘 저녁 설교시간에는 이 구가리 스님께서 우리를 위하여 경문을 읽어주시겠다고 하셨습니다. 모두 감사히 받아들이시기 바랍니다."

교단에 앉아서 경문을 읽고 있던 다른 스님들도 구가리를 보며 정중하게 인사를 했습니다. 많은 스님들이 모두 자기에게 예의를 갖추자 자신이 세상에서 가장 위대한 스님이 된 것 같았습니다. 그리고는 기고만장하여 어깨에 힘을 잔뜩 주고는 기원정사를 돌아다녔습니다.

"내일이면 세상에서 가장 경문을 잘 읽는 스님으로 소문이 날 거야."

이런 생각을 하자 너무나 들떠 하늘을 날아갈 것만 같았습니다.

경문을 잘 읽기 위해서는 힘이 많이 필요할 것이라고 생각하며 좋아하는 음식과 맛있는 음료를 잔뜩 마셨다. 배가 든든해지자 기분은 더욱 좋아졌습니다. 세상의 어떤 경문을 가지고 와도 다 읽어낼 수 있을 것만 같았습니다.

해가 저물고 있었습니다.

'땡~! 땡~! 땡~!'

드디어 설교 시간을 알리는 종이 울렸습니다.

기원정사 곳곳에 흩어져 있던 스님들이 모였습니다. 구가리가 경문을 읽는다는 이야기를 들은 스님들이 기대와 호기심을 가지고 강당에 자리를 잡고 앉았습니다.

구가리는 위대한 스님이 될 수 있다는 기대를 품고 준비를 하고 있었습니다. 칸타쿠란다 풀빛 가사를 안에 입고 칸니카라 꽃 빛의 겉옷을 몸에 둘렀습니다. 구가리는 거울에 비친 자기 모습을 이리 저리 살펴보며 감탄했습니다.

"와! 옷이 나에게 정말 잘 어울리는구나. 이렇게 입으니 더 멋지 게 보이겠어."

드디어 강당으로 나가야 할 시간이 되었습니다.

강당 문을 들어서자 수많은 스님들이 일제히 구가리를 보았습니다. 이렇게 많은 사람들이 한꺼번에 지켜보는 것은 처음입니다. 그래서인지 약간 긴장되었습니다. 구가리는 침을 꿀꺽 삼키고 스님들 가운데로 들어갔습니다. 미리 와서 기다리고 있던 큰 스님들에게 공손하게 절을 올렸습니다. 그리고 강당에 준비된 법좌에 올라 경문을 읽기 위해 앉았습니다.

"어……, 저……."

한 구절을 겨우 읽었습니다. 함께 따라 읽어야 할 스님들이 아무도 읽지 않고 가만히 있었습니다. 맞은편에 앉아 있던 스님과 눈이 마주친 구가리는 갑자기 두려움으로 땀을 흘리기 시작했습니다. 그 구절의 뜻이 생각나지 않았기 때문입니다. 겨우 다음 구절을 떠올려 힘들게 읽어나갔습니다. 하지만 더 이상 아무것도 떠오르지 않았습니다. 구가리는 떨면서 법좌에서 내려왔습니다. 너무나 부끄러워 고개조차 들지 못하고 강당에서 빠져나왔습니다.

그래서 다른 스님이 나와서 경문을 읽었습니다. 그제야 스님들은 구가리의 허세와 허영, 그리고 무지함을 알게 되었습니다.

구가리는 더 이상 기원정사에 머무를 수가 없었습니다. 그래서 모두 잠들어있는 밤에 몰래 빠져나와 다른 곳으로 갔습니다. 그 이후로 스님들은 구가리를 볼 수 없었습니다.

시간이 흐르고 또 흘렀습니다. 어느 날 스님들이 법당에 모여 이야기를 했습니다. 자만과 허영에 빠진 사람의 마지막 모습에 대한 이야기였습니다.

"처음에 우리는 그의 무지함을 전혀 몰랐습니다. 하지만 자기 스스로 허영과 자만에 빠져 무지함을 드러내었고, 우리는 그것을 알게 되었습니다. 그리고 그 사람은 무엇이 부끄러운 것인지 알게 되었습니다."

이야기를 들은 많은 사람들은 그때부터 자신이 했던 행동을 가만히 떠올리며 생각하기 시작했습니다.

◗ 생각 키우기
이 이야기는 자신의 무지함을 모르고 남 앞에 나서기를 좋아했던 구가리에 대한 이야기입니다. 사람들은 자신이 가진 것을 과대평가하여 스스로를 대단한 사람으로 착각하는 경우가 많습니다. 자신의 부족한 부분을 제대로 알지 못하고 섣불리 사람들 앞에 나서서 뽐내는 것만 좋아한다면 스스로 부끄러운 일을 만들고야 맙니다.(본생경 제 172화 닷다라산의 전생 이야기)

2005년 아동문학평론에 동화로 등단하였으며, 『하늘로 펄쩍』 등 단편 동화를 발표하고 있다. 《도련님》, 《위대한 개츠비》 등을 청소년명작을 엮었다. 서경대학교 교양학부에서 강의를 하고 있으며, 아동문학사상 편집위원, 불교아동문학회, 한국아동문학인협회, 경남아동문학회 회원으로 활동하고 있다.

# 가장 중요한 보물

조 철 규

옛날 범여왕이 바라나시에서 나라를 다스리고 있을 때의 일입
니다. 바라나시에는 많은 재산을 가진 바라문이 살았습니다. 이
바라문은 마을 사람들을 위하여 재물을 베풀고 좋은 일을 많이 하
였으나 아들이 없었습니다. 이를 지켜 본 어느 보살이 이 바라문
집안의 아들로 태어났습니다. 태어난 아이는 얼굴빛이 검었으므
로 검둥이라 하여 이름을 캉하라 하였습니다. 캉하는 잘 자라 어
엿한 청년이 되자 아름다운 여자와 결혼을 했고 아들에게 집안 살
림을 맡겼습니다.

집안 살림을 맡게 된 캉하는 집안의 창고부터 살폈습니다. 그
곳에는 황금쟁반이 있었고 황금쟁반에는 이러한 글귀가 새겨져
있었습니다.

「가장 중요한 보물은 자기 안에 있다.」

그는 이 글귀를 보고 깨달은 바가 있었습니다. 지금까지 가장

귀한 보물은 자기 안이 아니라 자기 밖에 있다고 생각했습니다.
또 그것을 찾아 밖을 향하여 끊임없이 추구해 왔기 때문입니다.
지금까지 가장 귀하다고 생각해 왔던 보물은 정작 내가 구하여 손
에 쥐고 있어야 하는 것에 있는 게 아니라 베풀어주고 나누어주므
로 기뻐할 수 있는 마음에 있다고 생각했습니다. 캉하는 아버지
바라문에게 이와 같은 뜻을 말씀드렸고 아버지로부터 승낙을 받
고 창고 문을 열었습니다.

"이 창고에서 누구나 필요한 물건이 있으면 가져가시오."

그 다음 캉하는 이 세상에서 가장 존귀한 참 나를 찾아 길을 떠
나기로 했습니다.
'재물이나 명예가 내게 있어 진정한 힘이 되는 것은 아니다. 더
늙고 병들기 전에 참된 나를 찾아보리라.'

캉하는 헤어지는 것을 슬퍼하며 떠나지 못하게 만류하는 마을
사람들을 뒤로 하고 집을 나와 설산으로 향했습니다. 설산으로 들
어간 캉하는 큰 나무아래 자리를 잡았습니다.
나무를 지붕 삼고 바위에 낙엽을 깔고 앉았습니다. 등을 땅에
대지 않고 눕지 않았습니다. 나무열매가 익으면 열매를 따 먹고
꽃이 피면 꽃잎을 따 먹었습니다. 잎이 나면 잎을 따 먹고 잎이
없으면 그 싹을 먹었습니다. 캉하는 일념으로 수행에만 전념했
습니다.

'참 나를 찾아야 한다.'

  하늘에서 제석이 이 광경을 보고 감탄했습니다.
  '저 자는 흔들림이 없는 수행자구나. 정말 그런지 내가 한 번 시험을 해 봐야겠다.'
  제석은 하늘에서 그에게 가까이 내려와 다음과 같은 노래를 불렀습니다.

  "이 사람은 생김새부터가 까맣고
  이 사람은 앉은 바위까지도 까맣고
  이 사람은 먹는 열매조차도 까맣고
  이 사람은 마음까지 까맣대요."

  캉하는 생각했다. 누가 나에게 무슨 말이나 무슨 행을 했다고 해서 성을 내거나 그를 상대하여 나쁘다고 비방하여 똑 같은 마음을 가지거나 행동하면 나라고 해서 그와 무엇이 다르겠는가. 누가 나에게 따돌림을 시켜 괴롭히거나 누가 나에게 갖은 비방이나 핍박을 주었다고 해서 내가 슬프고 외롭고 괴롭다고 생각하면 상대방이 의도하는대로 그와 같은 사람 밖에 되지 못한다고 생각했습니다. 그와 같은 사람이 되지 말고 그 보다 더 낳은 사람이 되어야 한다고 생각했습니다. 더구나 캉하는 이 노래를 듣고 제석임을 알았으니 돌아보지 않고 그 답을 노래로 불렀습니다.

"피부 까만 것은 아무 상관이 없네.
마음이 밝으면 천지가 밝고
마음이 검고 행이 나쁘면
그것을 검다하고 어둡다 하네."

제석은 캉하의 노래를 듣고 기뻐했습니다.

"당신의 마음은 슬기롭고 현명해요
진흙 속에 피어나는 연꽃처럼 아름다워요"

캉하는 그제야 자신의 마음을 제석에게 이야기했습니다.

"자기 스스로 복과 이익을 얻고자 한다면 성내지 않고 탓하지 않고 마음에 두지 않아 흔들리지 않는 것입니다. 성내고 싶은 마음이나 탓하고 싶은 마음이나 비방하고 싶은 마음은 아무리 작은 마음이라도 마음에 담아두면 그 마음은 점점 자기 속에서 자라 뿌리를 내리고 크게 자라 결국은 자기를 그르치게 합니다.

실제로 남의 허물을 이야기 하는 사람은 스스로의 허물이 더 많은 법입니다. 누구는 이런 사람이고 누구는 저런 사람이고 누구는 이래서 되고 누구는 저래서 안 되고 말이 많은 사람은 자기 허물이 더 많은 까닭입니다. 자꾸 사람을 가르고 시비를 만들고 원망하고 분노하고 싫어하고 좋아하고 끊임없이 분별하고 집착하는 사람은 끊임없이 스스로를 속박하며 살고 있습니다.

제석천이여, 내 마음이 주위조건에 따라 순간순간 변하는 것은 내가 찾고자 하는 참세상이 아닙니다."

제석은 캉하의 이 말을 듣고 더 크게 기뻐했습니다.

"현자, 캉하여 참으로 참되고 참되도다. 모든 중생의 본이 되리라."

● 생각 키우기

캉하는 이 세상의 가장 귀중한 보물은 자기 밖에 있는 것이 아니라 자기 안에 있음을 알았습니다. 그것은 자기를 바로 보는 것입니다. 그러므로 캉하는 참나를 찾아 수행하는 일에만 전념할 수 있었습니다. 재물이나 명예에 휘둘리거나 분별이나 시비, 남을 원망하고 성을 내거나 비방하는 일에는 관심이 없었습니다. 바깥일에 끌려 다니며 삶의 노예가 되어 불쌍하게 살지 않았습니다. 우리도 캉하와 같이 참나를 찾아 정진할 수 있는 삶을 살았으면 좋겠습니다.(본생경 제 440화 캉하 현자(賢者)의 전생이야기)

동국대학교 불교대학 선학과를 졸업하고, 1974년 시집 《시간이 흐르는 소리》를 출간했다. 불교동화집 《어머니, 태어나기 전 난 누구여요》, 《아빠손 엄마품》 등을 펴냈다. 지금은 종합교양지 《참나산행》 발행인, 시전문지 《둘레길시》 주간. 참나마을—산사시낭송회 대표로 일하고 있다.

# 금빛 거위의 전생

이 수 경

"어휴, 너무 힘들어."

식당일을 끝낸 어머니가 방으로 들어와 털썩 앉으며 말했습니다.

"오늘 손님 많았어요?"

방을 닦던 큰딸 난다가 무릎걸음으로 다가가 물었습니다.

갑자기 쌀쌀해진 날씨에 부쩍 손님들이 몰려들었기 때문입니다.

"오갈 데 없는 우리 네 식구, 거두어 준 것만으로도 고마워해야 하는데 휴, 온종일 동동거리며 뛰어다녔더니 입에서 단내가 나."

힘겹게 양말을 벗으며 어머니가 한숨을 푸욱 내쉬었습니다.

"네 아버지만 살아 있었더라면 우리가 이런 고생 하지 않아도 될 텐데…"

어머니의 말에 둘째 난다부티와 막내 순다리난다는 금방 시무룩해졌습니다.

사업을 하던 아버지가 부도가 나면서 그 충격으로 돌아가시고,

살던 집마저 빚쟁이한테 넘어간 뒤 온 가족이 길바닥으로 나앉게 되었습니다.

그래서 어머니가 일자리를 구하러 다니다 간신히 구한 곳이 이 식당입니다.

자그마한 식당인데 식당에 딸린 작은 방에서 온 식구가 다 함께 살게 해주는 대신 이 집 허드렛일을 도맡아 하는 조건이었습니다.

난다부티, 순다리난다도 어머니 곁으로 다가와 앉았습니다.

"험한 일이라곤 해 본 적도 없는 내가 어쩌다 이렇게 됐니. 흑흑흑."

결국 어머니의 눈물이 봇물 터지듯 터져 나왔습니다. 그 모습을 본 세 딸들도 어머니와 한데 엉켜 눈물을 쏟아내고 있었습니다.

그런데 그때 그런 모습을 반쯤 열린 작은 창 밖에서 바라보고 있는 검은 그림자가 있었습니다.

마침 먹구름에 가려졌던 달님이 환하게 모습을 드러내자 그 검은 그림자가 금빛으로 반짝였습니다. 거위였습니다. 그런데 빛나는 금빛 거위가 아니겠습니까?

'내가 죽지만 않았어도 우리 가족이 저렇게 고생하지 않아도 되었어. 미안하다, 정말 미안해.'

눈물을 뚝뚝 흘리던 금빛 거위는 바로 전생에 세 자매의 아버지였던 것입니다.

금빛 거위로 환생한 아버지는 아무것도 해 줄 수 없는 자신을 탓하다 문득 자신의 몸을 바라보았습니다.

'아, 그래! 내 몸을 덮고 있는 이 깃! 맞아, 금이지? 이 금 깃을 뽑아주면 우리 가족들이 예전처럼 잘 살 수 있어. 이 금 깃을 뽑는다 해도 얼마든지 새로 나니 이보다 더 좋은 방법은 없잖아.'

거위는 하늘을 날듯 가벼워진 마음으로 살그머니 창을 열었습니다.

그리곤 긴 목을 방안으로 넣고 거억─거억─ 크게 외쳤습니다.

"에구머니, 깜짝이야."

마침 창문을 닫으러 다가오던 아내가 깜짝 놀라 엉덩방아를 찧었습니다.

"어머니, 무서워요. 빨리 내쫓아요!"

큰딸 난다가 비명을 지르며 빗자루를 들고 창으로 달려올 때였습니다.

"나다, 아버지다!"

거위가 큰 소리로 외쳤습니다.

"언니! 거위가 말을 해."

둘째 난다부티가 깜짝 놀라 한 걸음 뒤로 물러났습니다.

"맞아, 나도 말하는 걸 똑똑히 들었어."

셋째 순다리난다가 두 눈이 커다래져서 외쳤습니다.

놀라서 엉거주춤 주저앉았던 아내가 창으로 주춤주춤 다가섰습니다.

그리고는 마른 침을 꿀꺽 삼키며 더듬더듬 거위를 향해 물었습니다.

"방금 네가 내 남편이라 말했지. 맞지?"

"여보. 나요! 당신 남편 맞소. 인간 세상에서 죽어 이 금빛 거위로 환생했소. 당신과 아이들이 보고 싶어서 찾아 헤매다 이렇게 만나게 된 거요."

거위의 말에 아내가 허우적대며 두 팔을 벌려 거위를 안아 내렸습니다.

"정말 여보, 당신이야? 당신 맞아?"

아내가 거위 남편을 끌어안고 울부짖기 시작했습니다.

딸들도 덩달아 한 덩이가 되어 울음을 터뜨렸습니다.

"아버지예요? 아버지 맞아요? 엉엉. 보고 싶었어요, 아버지!"

딸들의 통곡소리가 한데 뒤엉켜 작은 방이 웅―웅― 울렸습니다.

"미안하다. 나로 인해 당신과 너희들이 남의집살이를 하며 이 고생을 하고 있었어. 정말 미안해. 하지만 이젠 괜찮아. 내 몸을 봐. 이 금 깃만 팔면 이젠 편히 살 수 있어."

그 말을 끝낸 금빛 거위도 함께 목 놓아 울었습니다.

잠시 후 금빛 거위는 깃을 하나씩 뽑아 딸들에게 주고 아내에게도 주었습니다.

"자, 시간이 다 되어 이제 난 다시 돌아가야 해. 다음에 다시 올 테니 그때까지 행복해야 해!"

금빛 거위는 가족들과 한 번 더 깊게 포옹을 나눈 뒤 밤하늘로 사라졌습니다.

금 깃을 판 가족들은 다시 집을 샀습니다. 2층 집과 큰 정원이 있는 집이었습니다. 번쩍이는 자가용도 사고, 일하는 사람도 들였습니다. 매일매일 맛난 음식을 먹으러 다니고, 여행을 다녔습니다. 딸들도 좋은 옷을 사서 입고, 아름답게 몸을 치장하느라 바빴습니다.

그런데 아내는 조금씩 불만이 자라기 시작했습니다.

'주려면 다 뽑아 주지, 한 개씩이 뭐람. 안 되겠어. 다 뽑아 달래야지.'

그래서 딸들을 불러 모았습니다.

"얘들아, 짐승의 마음은 알 수가 없는 것이다. 거위가 네 아버지의 환생한 모습이긴 하지만 언젠가는 발걸음을 끊을 것이다. 그러니 금 깃을 다 뽑아 두자. 그래야 우리가 죽을 때까지 걱정 없이 살 수 있지 않겠니?"

"하지만 어머니, 그럼 아버지가 몹시 슬퍼하실 거예요. 전 싫어요."

큰딸 난다가 고개를 세차게 저었습니다.

"저도 그건 싫어요."

"저도 싫어요."

작은딸 난다부티도 막내 순다리난다도 고개를 가로 저었습니다.

이렇게라도 아버지를 만날 수 있는 것이 얼마나 좋았는지 모릅니다. 이젠 남부럽지 않게 살고 있는데 탐욕을 부리는 어머니가 원망스럽기도 했습니다.

아버지가 살아 계실 때도 어머니는 좀 더 좋은 보석, 좀 더 좋은 옷을 사려는 탐욕 때문에 아버지의 핀잔을 들었습니다.

세 딸은 큰 언니 난다 방에 모였습니다.

"그래도 아버지가 돌아가신 뒤 어려운 살림을 해 본 어머니니 설마 아버지 깃을 다 뽑는 일은 하지 않겠지?"

큰 언니 난다의 말에 둘째 난다부티도 고개를 끄덕였습니다.

"맞아, 언니. 이렇게라도 아버지를 만나고 우리가 행복해 하는 걸 어머니도 아시는데…"

"그래도 좀 불안해, 언니들이 아버지에게 살짝 귀띔해주면 안 될까?"

막내가 애원하듯 말했습니다.

"그래, 그게 좋겠다. 내가 아버지를 기다렸다가 말씀을 드릴 게."

큰 언니 난다는 결심한 듯 말했습니다.

그러나 웬일인지 아버지는 나타나질 않았습니다.

하루, 이틀, 사흘이 지나고 나흘, 닷새가 지났습니다.

"언니, 아버지가 왜 안 오시지? 바쁘신가?"

막내의 말에 둘째가 목소리를 돋우며 말했습니다.

"이번엔 좀 늦으시나봐. 그러니 오늘은 맘 놓고 꾀꼬리단풍 구경 갈까?"

불안을 털어내듯 부산을 떠는 둘째를 따라 딸들은 도시락을 싸서 집을 나섰습니다.

북적이던 집이 조용해지고 얼마 지나지 않은 시간이었습니다.

"퍼덕퍼덕. 거억— 거억—."

반짝이는 금 깃을 퍼덕이며 거위 남편이 아내 방 창틀에 내려앉았습니다.

"어머, 여보! 왔어요? 얼마나 기다렸다고요! 이리 와요. 안아 봅시다."

아내는 호들갑스럽게 거위를 반기며 꽈악 끌어안았습니다.

그리고는 언제 그랬냐는 듯 금 깃을 뽑기 시작했습니다.

"악! 여보, 왜 이러는 거요. 꽉! 꽉! 꽉!"

남편 거위는 놀라움과 아픔으로 소리를 질러대다가 이내 아내의 탐욕을 눈치 채곤 눈물이 피잉 돌았습니다. 거위의 몸으로라도 다시 아내와 딸들을 만날 수 있어서 기쁘기만 했습니다. 그런데 아내는 탐욕에 눈이 어두워져 거위의 몸으로 다시 찾아온 자신을 이리 폭력으로 대하는 것입니다. 거위 남편은 깃이 다 뽑히는 동안 이루 말할 수 없는 슬픔에 잠겼습니다.

그때였습니다.

번쩍이던 금 깃이 하얀 깃으로 변해버리는 것이 아니겠습니까?

정신없이 금 깃을 뽑던 아내는 순간 제 눈을 의심했습니다.

"아니, 금 깃이 아니잖아. 분명 방금 금 깃이었는데. 뭐야, 뭐냐고!"

아내는 반미치광이처럼 괴성을 지르더니 털이 다 뽑힌 남편 거위를 아무도 찾을 수 없는 지하실로 안고 갔습니다. 그리고는 구석에 있는 큰 병에 거위 남편을 구겨 넣으며 중얼거렸습니다.

"다시 깃을 기르면 금 깃이 나오겠지?"

그러나 다시 깃이 났을 때도 역시 금 깃이 아닌 흰 깃이었습니다.

거위는 모두 잠든 밤, 살그머니 병에서 빠져 나와 날개를 펼쳤습니다.

이런 사실을 모르는 딸들은 오늘도 아버지 거위를 기다렸습니다.

"큰 언니, 아버지가 왜 안 오실까?"

어둠 속에 누운 막내가 큰 언니 난다에게 물었습니다.

"하늘나라에서 바쁘신 게 아닐까?"

잠을 못 이루던 큰딸이 주섬주섬 일어나 창문을 열었습니다.

그때였습니다.

딸들이 있는 방 쪽을 향해 하얀 점 하나가 꼼짝 없이 앉았다가 하늘로 날아올랐습니다.

"얘들아, 방금 하얀 점 하나가 하늘로 날아올랐어!"

큰딸 난다가 그 빛을 눈으로 쫓으며 외쳤습니다.

"벌써 눈이 오는 거야?"

둘째와 막내가 우르르 창틀에 매달렸습니다.

"와, 정말 내리기 시작하네. 정말 눈이네!"

둘째 난다부티가 창밖으로 손바닥을 주욱— 내밀었습니다.

그러자 나풀나풀 어둠 속에 내리던 하얀 점 하나가 마치 선물처럼 난다부티의 손바닥에 내려앉았습니다.

그런데 그것은 눈이 아니었습니다.

하얀 깃, 바로 거위 깃이었습니다.

◑ 생각 키우기
　어머니의 탐욕으로 인해 딸들은 거위로 환생한 아버지마저 만날 수 없게 된 '금빛 거위의 전생이야기'입니다. 탐욕은 이처럼 수많은 고통을 부르는 나팔이자 만족을 모르는 불가사리라고 했습니다. 사람의 괴로움은 끝없는 욕심에 있습니다. 자기 분수에 만족할 줄 안다면 항상 즐겁게 살 수 있음을 잊지 마세요!(본생경 제136화 금빛 거위의 전생이야기)

오랫동안 한국외환은행에 근무하다가 2002년 서울시 주최 '서울이야기' 공모에서 『서울예찬』으로 최우수상을 받았다. 2009년 조선일보 신춘문예에 동시 『기분 좋은 날』이 당선되고, 2010년 「황금펜아동문학상」을 수상했다. 2011년 경기문화재단 창작지원금을 받았고, 2011년에 동시집 《우리 사이는》을 펴냈다. 이 책은 2012년 '우수문학도서' 및 '올해의 좋은 동시집'으로 선정되었다. 「제20회 눈높이아동문학상」을 수상하고, 2013년엔 제21회 대산창작기금 수혜자로 선정되었으며 두 번째 동시집 《억울하겠다, 멍순이》를 펴냈다. 현재 산돌레 작은집에서 어린이들의 글쓰기를 가르치고 있다.

# 귀 얇은 코끼리, 여안

박 방 희

옛날, 왕에게 여안이라는 코끼리가 있었습니다. 코끼리는 본디 온순한 데다 보살핌을 잘 받아 매우 덕성스럽고 단정하였습니다. 그러므로 결코 사람을 해치거나 다른 동물에 위협이 되지 않았습니다.

어느 날 밤 한 무리의 도적들이 궁궐 담장 아래 모였습니다. 바로 코끼리 우리 근처였지요. 도적들은 거친 말로 무언가 수군대며 의논들을 하였습니다. 때로 유쾌한 웃음소리와 함께 커다란 목소리도 들렸습니다. 마침내 결정이 난 듯 도적들의 우두머리가 나서서 말했습니다.

"원래 도적은 잔인하고 포악해야 한다. 도의심 따위와는 담을 쌓아야 하는 법이지. 사람이든 뭐든 거치적거리는 것은 가차 없이 처치해야 하네. 한 치의 망설임이나 주저함이 있어선 안 되지. 그러면 감히 그 무엇도 우리에게 맞서지 못할 걸세."

도적들의 의논을 처음부터 끝까지 전부 다 들은 코끼리의 마음에 변화가 일어났습니다. 사람의 말이 저렇다면 자기도 주저함 없이 잔인하고 포악해야 하지 않겠나, 하는 생각이었지요.

이튿날, 아침 일찍이 자기를 돌보러 일꾼이 우리 안으로 들어왔습니다. 코끼리는 일꾼을 코로 말아 땅바닥에 팽개쳐 죽여 버렸습니다. 비명소리를 듣고 달려온 다른 일꾼이나, 코끼리를 말리는 사람까지 코로 감아 던지고 짓밟았습니다.

놀란 사람들이 왕에게 가서 고했습니다.

"임금님! 임금님! 임금님 코끼리 여안이 미쳐서 사람만 보면 다 죽여 버립니다."

"뭐라? 여안이 미쳤다고?"

"그러하옵니다."

마침 왕 옆에 현자 한 사람이 있었습니다. 왕의 자문에 응하거나 가르침을 주는 사람이지요. 왕이 현자에게 말했습니다.

"현자여, 그대가 가서 이 모든 사달이 어떻게 시작된 것인지 알아보고 오시오."

현자가 코끼리 우리로 가서 여안을 살펴보았습니다. 겉보기에 코끼리는 아무렇지도 않았지요. 현자는 우리를 지키며 여안을 돌보는 일꾼들을 불렀습니다.

"요 며칠 사이 일어난 일이나 보고들은 것을 얘기해 보게."

아무도 나서지 않았습니다. 모두 두려움에 떨고 있었습니다.

"아무 일도 없었단 말인가?"

현자의 목소리가 조금 높아졌습니다.

그때 구석에 있던, 평소 별 말이 없던 일꾼 하나가 나서서 말했습니다.

"며칠 전 밤, 코끼리 우리를 둘러보았습니다."

"······."

"도적들이 담 너머에서 강도짓 모의하는 것을 들었습니다."

"그래, 어떤 모의를 하더냐?"

"자세히는 모르나, 몇 마디는 똑똑히 들었습니다."

"뭐라더냐?"

"한탕 크게 하자면 사람 한둘 죽이는 것쯤 두려워하면 안 된다고 하였사옵니다."

"또?"

"큰일을 하자면 그저 잔인하고 포악해야 한다고 하더군요."

현자는 고개를 끄덕이며 일꾼의 등을 두드려 주었습니다.

현자가 왕에게 가서 말했습니다.

"겉보기에 여안은 전과 똑 같았습니다. 다만 성질만 포악하게 바뀌었을 뿐입니다."

"왜 갑자기 포악해졌는가?"

"우리 근처에서 도적들이 하는 말을 듣고 그대로 따라하는 것 같습니다."

"어떻게 그런 일이?"

"여안의 귀가 얇은 탓입니다."

"귀가 얇다?"

"사람이나 짐승이나 귀가 얇으면, 자기 주관 없이 남의 말대로 하곤 합니다."

"그럼 이 일을 어떻게 한다?"

왕이 현자에게 조언을 구하자, 현자는 왕을 안심시켰습니다.

"걱정 안 하셔도 됩니다."

"무슨 신통한 방법이라도?"

"덕이 높은 고승과 학자들을 불러 코끼리에게 도덕 이야기를 들려주는 것이 좋겠습니다."

"도덕 이야기?"

"예. 선과 악에 관한 이야기입니다."

"오, 그 얘기군. 그렇게 하시오."

왕의 지시대로 현자는 나라에서 덕이 높은 고승과 학자들을 초청하였습니다. 그리고 코끼리 여안에게 도덕 이야기를 들려주라고 하였습니다.

덕망 있는 고승과 학자들이 모였습니다. 밤이 되자 그들은 궁궐 밖으로 나가 전날 도적들이 모의하던 곳으로 갔습니다. 그들은 코끼리가 듣도록 도덕 이야기를 나누기 시작했습니다.

"세상에 귀한 것은 목숨이다."

"사람이든 짐승이든 살아있는 것을 해치거나 죽여서는 안 된다."

"악행을 멀리하고 선업을 닦으면 복을 받는다."

현자들의 말은 곧바로 코끼리 여안의 마음에 감화를 일으켰습니다.

'아, 내가 생각 없이 도적들의 말만 듣고 악행을 저질렀구나!'

여안은 다시 예전처럼 온순해졌고 덕성스러워져 사람들의 사랑을 받았습니다.

왕이 현자를 보고 물었습니다.

"현자여, 요즘 여안은 어떤가? 다시 온순해졌는가?"

현자가 자기 공을 조금도 뽐내지 않고 공손히 아뢰었습니다.

"한동안 사납기만 하고 패악을 서슴지 않던 여안이 이제는 어린아이처럼 유순해졌답니다. 선인들의 좋은 말을 들었기 때문입니다."

왕은 현자가 짐승의 마음까지 안다고 크게 칭찬하였습니다.

그리고 전날 여안의 우리 근처에 모여 나쁜 일을 모의한 도적들을 잡아들여 합당한 벌을 주라고 하였습니다. 악당들이 벌을 받고 나오자, 그들 또한 덕망 높은 고승과 학자들에게 보내 도덕 얘기를 듣게 하였습니다. 도적들도 차츰 품성이 온순해지고 사리를 분별할 줄 알게 되어 나쁜 악행의 습관에서 벗어났습니다.

● 생각 키우기

귀가 얇은 코끼리 이야기입니다. 코끼리를 내세웠지만 실은 사람의 이야기로 주관 없고 소신 없는 사람을 빗대고 있습니다. 사람이 살아가자면 나름대로 소신과 주관이 있어야 하는데, 그렇지 못한 사람은 귀가 얇아 남의 말을 잘 듣고 이랬다저랬다 하여 엉뚱한 결과를 초래하고 때로 큰 해악을 끼친다는 우화입니다. 그러므로 사람은 각자 자신의 철학과 신념을 가져야 하고 그 토대 위에서 올바로 사고하고 판단할 줄 알아야 한다는 교훈을 말하고 있습니다.(본생경 제26화 여안(女顏)이라는 코끼리의 전생 이야기)

1985년부터 무크지 『일꾼의 땅』과 『민의』 『실천문학』 등에 시를 발표하며 등단, 2001년 『아동문학평론』에 동화, 『아동문예』에 동시가 당선되면서 푸른문학상, 새벗문학상, 불교아동문학작가상, 방정환문학상, 우리나라 좋은 동시문학상을 수상했다. 동시집으로 『참새의 한자 공부』, 『쩌렁쩌렁 청개구리』, 『머릿속에 사는 생쥐』, 『참 좋은 풍경』, 『날아오른 발자국』 등이 있다.

# 우바새 이야기

장 승 련

우바새는 사위성에서 사는 가난하고 초라한 집의 아들이었습니다. 그도 장성하여 어느 새 장가를 들 나이가 되었습니다.

그는 이웃 마을에 사는 어떤 처녀를 마음에 두고 있었습니다.

그렇지만 부끄러워서 자기의 친구를 보내어 청혼을 하도록 하였습니다.

그러자 이 처녀는 우바새의 친구에게 물었습니다.

"그 사람에게는 큰 일이 생겼을 때 그것을 도와줄 수 있는 친구들이 많이 있나요?"

"아니요. 별로 없을 거예요."

우바새의 친구는 돌아와 우바새에게 이 이야기를 전해주었습니다.

'내겐 좋은 친구들이 별로 없으니까 그 처녀하고는 결혼도 못하겠구나.'

우바새가 혼자 속으로 실망하고 있을 때였습니다.

하루는 그 처녀가 직접 찾아와 우바새에게 제안하였습니다.

"저와 결혼하고 싶으면 우선 많은 벗을 만드십시오."

우바새는 집을 나섰습니다.
'먼저 누구를 벗으로 사귈까?' 궁리하며 성 앞을 지나가게 되었습니다.
문지기가 궁궐 문 앞에서 밖을 내다보며 지루한 듯 하품을 하고 있었습니다.
우바새는 꼼짝도 하지 않고 성문을 지키는 문지기가 참 가엾게 생각되었습니다.
"안녕하십니까? 종일 문을 지키려니 참 피곤하겠어요. 쉬면서 하시면 좋을 텐데…"
우바새가 웃는 얼굴로 문지기한테 말을 걸었습니다.
그러자 그 문지기는 이내 하품을 거두고 우바새를 바라보며 말했습니다.
"우리의 고충을 헤아려주는 사람은 당신 밖에 없구려. 고맙네요."
두 사람은 시간이 날 때마다 만나서 이야기를 나누며 친해졌습니다. 그러자 다른 3명의 문지기와도 가까워져 벗이 되었습니다.

어느 날, 우바새는 즐거운 마음으로 집으로 돌아오고 있었습니다. 저녁노을이 평화로운 골목길을 물들이고 있었습니다.
"휙! 호르륵!"
갑자기 호루라기 소리가 들렸습니다.

그러더니 '후득! 후득!' 발자국 소리와 함께 골목길의 공기를 가르는 큰 소리가 들렸습니다.

"도둑이야! 도둑! 저 놈 잡아라!"

돌아보니 우바새 쪽으로 달려오는 사람이 있었고 그 뒤로는 경찰관이 달려오고 있었습니다.

우바새는 자기 앞으로 오는 사람이 도둑인 걸 단번에 알아챘습니다. 그 사람은 좁은 골목길을 앞만 보고 정신없이 뛰어오고 있었습니다.

우바새는 자기의 오른발을 내밀어 그 사람의 발을 걸었습니다. 그 사람은 넘어졌고 뒤쫓아 온 경찰의 손에 잡히게 되었습니다.

"당신이 아니었다면 그 도둑을 못 잡았을 텐데. 감사합니다."

경찰관은 가쁜 숨을 몰아쉬며 우바새에게 감사의 인사를 하였습니다. 우바새는 이 일로 그 경찰관과 친해지게 되었습니다.

경찰관과 친해지다 보니 그가 알고 지내는 사력관(司曆官-해와 달의 움직임을 관찰하여 절기를 알아내는 벼슬아치)과도 사귀게 되었습니다.

사력관과 벗이 되어 성을 드나들다 보니 대신들과도 벗이 되고 이윽고 장군, 부왕(副王-다음에 왕이 될 사람)과도 친해지게 되었고 마침내는 왕과도 사귀게 되었습니다.

왕궁 사찰에는 80명의 큰 상좌(上座-선사, 주지스님)들이 있었는데 그 중에서도 우바새는 특히 아난다 상좌와 친하게 되니 나중에는 부처님을 직접 뵙게 되었습니다.

우바새는 말로만 듣던 부처님을 직접 뵙게 되니 존경하는 마음이 들어 가까이서 모시며 가르침을 받고 싶었습니다.

부처님께 그 뜻을 청하니 그러라고 허락해 주셨습니다. 부처님은 훌륭하게 살아가는 법을 가르치고 그것을 믿고 따르도록 하였습니다. 그리고 5가지 계율을 꼭 지킬 수 있느냐고 물으시며 그 다섯 가지를 다음과 같이 가르치셨습니다.

첫째, 목숨은 절대 죽이지 말라.

둘째, 남의 것을 훔치지 말라.

셋째, 어떤 음행도 하지 말라.

넷째, 이익을 위해 거짓말을 하지 말라.

다섯째, 술을 마시지 말라.

우바새는 부처님과의 약속이어서 이를 굳게 지켜 나갔습니다. 그러자 왕도 기특하게 여겨 우바새에게 좋은 일자리를 주었습니다.

드디어 우바새는 마음에 두고 있던 처녀와 결혼을 하게 되었습니다. 왕은 그에게 큰 집을 주고 결혼식까지 거행하게 치루도록 해주었습니다. 모든 대중들도 우바새에게 선물을 보내었습니다. 그러자 우바새의 아내는 결혼식 때 받은 선물들을 가지고 덕을 베풀었습니다.

왕의 선물은 부왕에게, 부왕의 선물은 장군에게 주는 등 많은 사람들에게 선물을 하여 기쁘게 하였습니다.

결혼 후 7일이 지나자, 우바새 부부는 정성과 공경을 다해 부처님을 초대하고 500명의 승려단체에 큰 보시(普施-널리 은혜를 베풂)를 행하였습니다. 공양이 끝나자, 부처님은 우바새 부부에게 감사하다는 말을 전하며 두 사람을 예류과(예를 다하여 법도를 지키는 사람들)에 속하게 하였습니다.

"법우들, 저 우바새는 그 아내의 말에 따라 모든 사람들과 벗을 맺고 왕에게는 큰 존경을 얻어 부처님을 가까이 하더니, 부부가 함께 예류과에 속하게 되었어. 이 얼마나 기쁜 일인가?"

비구(比丘—남자 승려)들이 법당에 모여 이런 이야기를 하고 있을 때였습니다. 부처님이 지나가다 이 이야기를 듣고는 빙그레 웃으시며 말씀하셨습니다.

"비구들이여, 우바새는 여자로 인해 큰 명성을 얻은 것은 지금만이 아니다. 전생에도 그는 큰 악어로 지내면서 그 아내의 말에 순종하여 많은 벗을 얻고 잘 살게 되었단다."

그 말에 법당에 모인 비구들은 모두 고개를 숙였다.

◑ 생각 키우기

우바새는 자기의 마음에 둔 처녀와 결혼하기 위해 그 처녀가 내건 조건을 지키기 위해 노력하였지요. 우바새가 좋은 벗을 얻기까지 노력한 점은 무엇일가요? 자기가 먼저 남에게 도움이 되는 일을 했지요. 남의 어려움을 헤아려 준다든지, 도와준다든지, 선행을 베푸는 일 등 말이에요. 그런 일이 없으면 좋은 벗을 사귈 수 없겠지요. 나중에는 부처님을 가까이 하여 가르침을 받으며 계율을 지키다보니 복된 삶을 살게 되었지요.(본생경 제 486화 큰 악어의 전생이야기)

제주대학교 교육대학원을 졸업하고 아동문예작품상 당선으로 등단했다. 시집 《민들레 피는 길은》, 《우산 속 둘이서》를 출간했고, 아동문예 작가상, 한정동 아동문학상을 받았다. 현재 한국동시문학회 회원, 제주아동문학협회 회장이다.

# 하늘여자 길상과 흑이

하 아 무

하늘여자 흑이와 길상이 만났습니다. 둘 다 머리에 보석과 꽃으로 장식한 머리띠를 하고 화려한 깃옷을 입었습니다.

흑이는 하늘호수에서 가장 깨끗하고 향기로운 욕실에 먼저 들어가고 싶었습니다.

"나는 세상을 두루 날아다니며 세상만물을 굽어볼 수가 있어. 그러니 내가 먼저 들어가 목욕하는 것이 옳아."

흑이의 말에 길상은 미소 지으며 대꾸했습니다.

"그래? 나는 세상 사람들이 자신의 힘으로 살아갈 수 있도록 돕는단다. 남을 돕는 건 무엇보다 중요한 일이니 내가 먼저 들어가야 할 것 같은데?"

흑이가 발끈했습니다.

"뭐? 그까짓 게 뭐가 중요하다고 그래. 하늘여자답게 세상을 두루 날아다니는 게 낫지."

"우리끼리 다투지 말고 다른 사람에게 물어보자."

"좋아. 그럼 사천왕께 가서 여쭈어 보자."

길상과 흑이는 사천왕을 차례로 찾아갔습니다.

사천왕은 네 하늘을 지키는 하늘왕입니다. 지국천왕은 동쪽하늘, 광목천왕은 서쪽하늘, 증장천왕은 남쪽하늘, 다문천왕은 북쪽하늘을 다스립니다.

"글쎄, 너희 중 누가 먼저 하늘호수의 욕실에 들어가야 할지 우리도 모르겠구나."

네 명의 하늘왕은 모두 고개를 갸웃거렸습니다.

"그러지 말고 우리 사천왕의 주인인 제석천님께 가서 여쭈어 보아라."

길상과 흑이는 다시 제석천을 찾아갔습니다.

그런데 제석천도 고개를 가로저었습니다.

"나도 모르겠구나. 더군다나 너희 둘은 모두 내 신하인 사천왕의 딸이 아니냐. 그러니 둘 중에 한 사람만을 선택할 수는 없겠구나."

제석천은 한동안 궁리를 하였습니다.

"아, 그러면 되겠구나. 세상에 내려가면 큰상인 한 사람이 있는데, 그 사람에게 가보아라."

큰상인은 세상 누구보다도 착하고 깨끗하게 살아가는 사람이었습니다. 죄를 짓지 않고 성실하게 사는 것을 중요하게 생각해 가족과 하인들까지 어질고 착했습니다.

그런데 큰상인은 한 번도 쓰지 않은 새 의자와 침대를 준비해두고 있었습니다. 자기보다 더 맑고 깨끗한 사람이 나타나면 그 새 의자와 침대를 쓰게 할 계획이었습니다.

제석천이 그 상인에게 가보라고 한 것은, 길상과 흑이 둘 중에 한 사람이 상인의 새 의자와 침대를 얻는다면 하늘호수의 향기로운 욕실을 먼저 쓸 수 있도록 하기 위해서였습니다.

"내가 먼저 가서 차지해야지."

욕심 많은 흑이는 자신이 가지고 있는 가장 비싸고 화려한 옷과 보석으로 치장했습니다. 그리고 화살보다 빨리 상인의 집으로 날아갔습니다.

깃옷을 입고 공중에 떠있는 흑이를 보고 상인은 깜짝 놀랐습니다.

"너는 누구냐, 여기는 무엇하러 왔는가?"

"나는 서쪽하늘을 다스리는 광목천왕의 딸 흑이다. 네가 준비해둔 새 의자와 침대를 나한테 다오."

"그 의자와 침대는 세상에서 가장 착하고 깨끗한 사람을 위해 준비해둔 것이다. 하지만 너는 그런 사람이 아닌 것 같구나."

상인의 말에 흑이는 벌컥 화를 냈습니다.

"뭐라고! 너는 우리 아빠가 화내면 얼마나 무서운지 모르느냐. 나한테 그 의자와 침대를 주지 않으면 우리 아빠와 내가 아는 신들을 모두 데리고 와서 너를 망하게 하고 말겠다."

"네 말을 들으니 너의 정체를 알겠구나. 여기에는 욕심 많은 너를 위해 줄 수 있는 것은 아무 것도 없다. 아무리 네가 거칠고 험한 말을 해도 나는 겁나지 않으니, 썩 물러가거라."

흑이는 화가 머리끝까지 났지만 어쩔 수가 없었습니다. 실망한 혹이는 슬그머니 상인의 집을 떠났습니다.

길상은 평소처럼 금색 머리띠와 옷을 입고 상인의 집으로 갔습니다. 상인이 놀라지 않게 멀리서 땅으로 내려와 걸어 들어갔습니다.

상인은 황금빛으로 빛나는 길상을 보며 손을 모아 인사했습니다.

"거룩하게 빛나는 당신은 누구십니까, 무슨 일로 저희 집에 오셨나요?"

"나는 동쪽하늘을 다스리는 지국천왕의 딸 길상입니다. 당신이 준비해둔 새 의자와 침대를 저에게 주실 수 있겠는지요?"

"그 의자와 침대는 세상에서 가장 착하고 깨끗한 사람을 위해 준비해둔 것입니다. 조금 전에 혹이라는 하늘여자도 자기에게 달라고 하더군요. 하지만 거칠고 욕심 많은 사람이라 주지 않았답니다."

상인의 말에 길상은 그럴 줄 알았다는 듯 고개를 끄덕였습니다.

"저는 혹이와 다르답니다. 저는 정직하고 남을 속이지 않으며 이웃과 잘 사귀는 사람을 좋아한답니다. 또 말투가 부드럽고 무언가 잘못한 사람이라도 너그럽게 용서해줄 줄 아는 사람을 사랑합니다."

"당신은 고귀한 마음씨를 가지고 계시는군요."

"저는, 저와 같은 이나 저보다 못한 이나, 저에게 이익을 주는 이나 손해를 주는 이에게나, 밝은 데서나 어두운 곳에서나 공정하

게 말하고, 말이 거칠거나 사납지 않은 사람이면 누구든 친구가
되어 준답니다."

"저도 그렇게 살려고 항상 노력하고 있습니다."

"행복도 내가 만드는 것이요 불행도 내가 만드는 것이지요. 사
랑과 행복을 한껏 누리면서 다른 이들과 함께 나누기를 저는 좋아
한답니다."

상인은 길상의 말을 듣고 매우 기뻐했습니다.

"아, 드디어 새 의자와 침대의 주인이 오셨군요. 이 깨끗한 의자
와 침대는 그대의 것입니다."

"고맙습니다."

길상은 상인의 집에서 편안히 쉬었습니다. 그리고 다음날 사왕
천 세계로 돌아가 하늘호수의 향기로운 욕실에 흑이보다 먼저 들
어가 씻었습니다.


그 이후로 세상 어떤 이보다 맑고 깨끗한 마음의 하늘여자 길상
이 사용한 침대를 사람들은 '길상침대'라 하였습니다. 깨끗한 의
자와 침대를 준비했던 큰 상인은 다음 생에 부처님으로 다시 태어
나셨습니다.

◑ 생각 키우기

아버지 광목천왕을 내세워 힘과 권위로 자기의 목적을 이루려던 흑이는 상인이
갖고 있는 의자와 침대를 끝내 차지하지 못 했고, 자신을 낮추며 겸손했던 길상이
그 의자와 침대를 차지했습니다. 그래서 하늘나라에 가서 하늘호수의 향기로운 욕
실에 먼저 들어가는 영광을 차지했습니다. 자신을 낮추면 스스로 높아지게 되고, 자
신을 높이려고 하면 낮아지게 된다는 것을 가르치고 있습니다.(본생경 제 382화 길

상 혹이의 전생 이야기 본말)

1966년 경남 하동에서 나서 2007년 〈전남일보〉 신춘문예와 2008년 「MBC창작동화대상」에 당선했다. 현재 경남아동문학회 회원, 경남 소설가협회 회장으로 있으며 소설집 《마우스브리더》, 《황새》 등을 펴냈다.

# 사슴의 전생이야기

설 용 수

옛날 바라나시에는 범여왕이 나라를 다스리고 있었어요.

보살은 사라바 사슴으로 태어나 숲 속에 살고 있었습니다.

왕은 힘이 세고 백성들을 사랑하지 않았으며 사냥을 좋아했어요.

어느 날 왕은 사냥을 떠나며 신하들에게 명령을 했습니다.

"누구라도 사슴을 놓치는 자에게는 태형을 치리라."

신하들은 갖가지 무기를 들고 사슴을 쫓았어요.

사슴은 얼른 덤불속으로 뛰어들었지만 사람들의 화살을 피할 수는 없었지요.

왕은 사슴이 화살을 맞아 몸을 둥글게 하고 쓰러진 것을 보고 소리쳤어요.

"사라바 사슴을 잡았다."

그러나 사슴은 얼른 일어나 바람처럼 포위망을 뚫고 달아났어요.

사람들은 사슴이 왕의 눈앞에서 달아났다고 수군거렸어요.

화가 난 왕은 얼른 말을 타고 달려가며 소리쳤어요.

"사라바 사슴을 꼭 잡고 말겠다."

왕은 깊은 숲속으로 달려가다가 깊은 구덩이에 빠지고 말았습니다.

살려달라고 소리쳤지만 아무도 왕을 구하러 오지 않았어요.

낙담한 왕이 하늘을 보며 기도를 하자 달아났던 사슴의 모습이 보였어요.

"살려주세요. 제발 저를 살려."

무릎을 꿇고 소리치는 왕 앞에 밧줄이 내려왔어요.

사슴이 두 다리로 바위를 버티며 두 팔로 밧줄을 힘껏 잡고 있었지요.

구덩이에서 빠져나온 범여왕이 사슴에게 말했어요.

"사라바 사슴왕이여, 우리 바라나시 백성들을 위해 나라를 통치해 주십시오."

사라바 사슴은 인자한 눈으로 범여왕을 보며 말했습니다.

"5계를 외우며 나라를 다스리세요. 훌륭한 왕이 될 것입니다."

무사히 궁으로 돌아온 왕은 아침마다 일어나 5계를 암송했어요.


― 희망을 가져라.
― 열심히 노력하라.
― 싫증을 내지 말라.
― 지혜를 갖추어라.

－좋은 생각만 할지어다.


어느 날 범여왕은 과녁을 쏘려고 신하들과 동산으로 갔어요.

왕이 과녁을 향해 화살을 날리자 어디선가 바람처럼 사슴이 나타났어요.

깜짝 놀란 왕이 소리쳤습니다.

"활을 멈추어라."

그러자 하늘에서 큰소리가 들려왔어요.

"저것은 사슴이 아니라 아수라다. 쏘지 않으면 가족과 함께 지옥으로 떨어질 것이다."

그 소리를 듣고 왕은 당당하게 말했습니다.

"지옥으로 떨어진다 해도 나를 살려준 사슴을 쏠 수는 없습니다."

그러자 하늘에서 한 줄기 빛과 함께 노랫소리가 울려왔어요.


위대한 왕이시여, 영원히 번영하라.

성내지 말고 항상 마음을 고요히 하라.

즐거운 마음으로 보시에 게으르지 말라.

그러면 하늘나라에서 살게 될 것이다.


왕은 얼른 땅바닥에 엎드려 절을 올렸어요.

신하들도 하늘을 우러러 5계를 잘 지킬 것을 맹세했습니다.

그 후 범여왕은 백성들이 믿고 따르는 훌륭한 임금님이 되었어요.

또한 범여왕은 평화와 사랑이 넘치는 나라를 이끌게 되었답
니다.

◑ 생각 키우기

사라바 사슴은 자기를 잡으려고 했던 범여왕을 도리어 구해줍니다. 범여왕은 사슴
에게 자기 나라를 통치해줄 것을 부탁합니다. 사슴왕은 5계를 외며 나라를 다스리라
고 합니다. 그래서 훌륭한 왕이 됩니다. 그 후 또 사냥을 나갔다가 사슴을 만났는데
그 사슴은 사슴이 아니라 아수라이니 쏘라는 하늘의 소리에도 활을 쏘지 않습니다.
그래서 더 훌륭한 왕이 됩니다. 은혜를 잊지 않는 것만큼 아름다운 일은 없습니다.(본
생경 제 483화 사라바 사슴의 전생 이야기)

2000년 동시집 《가을햇살은 왜 짧아지는가》를 펴낸 후 작품 활동을 시
작하여 「아동문예문학상」과 「춘천인형극제 희곡상」을 받았다. 동시집
《뽕망치 구구단》, 동화집 《아기민들레의 꿈》, 《수박나무라구요》, 《눈
사람아 춤겠다》를 펴냈고, 동극 『교실귀신』(2000년 서울국제아동청소
년연극제) 외에 『하나와 여러 개의 차이는 뭘까』, 『행복한 아이』, 『도
깨비이야기』 등을 무대에 올렸다.

# 사라진 연뿌리

신 지 영

만석꾼의 큰 재산을 가진 성직자 집안이 있었습니다. 금태는 그 부잣집의 첫째 아들로 태어났습니다. 금태가 아장아장 걸어 다닐 무렵 금태에게는 동생이 태어났습니다. 동생의 이름은 금차라 지어졌습니다. 그리고 그 동생 밑으로도 금태의 부모는 차례로 일곱 명의 아들을 낳고도 그 아래로 딸을 하나 낳아 금자희란 이름을 지어주었습니다. 금태는 자라서 득차시라로가 여러 가지 학문을 공부하고 돌아왔습니다. 멋지게 자란 금태를 보면서 부모님은 이제 결혼을 시켜야겠다고 생각했습니다.

"네가 이렇게 어려운 공부까지하고 왔으니 이제는 우리 집안과 너에게 어울리는 아가씨를 골라 결혼만 하면 되겠구나."

흐뭇하게 미소 지으며 이야기를 꺼낸 부모님을 보며 금태는 입을 열었습니다.

"아버지 어머니, 저는 결혼을 할 생각이 없습니다. 저에게 이 세상은 감옥처럼 답답하고 똥산처럼 더럽게 느껴질 뿐입니다."

"첫째인 네가 그런 소리를 하면 어쩌란 말이냐!"

부모님은 속상해서 소리쳤습니다.

"우리 집에는 저 말고도 동생들이 있지 않습니까. 그러니 동생들에게 이야기 해보세요."

하지만 부모님은 금태의 결혼을 포기할 수 없었습니다. 그래서 틈만 나면 결혼은 좋은 것이라며 설득하려 했습니다. 하지만 꿈쩍도 하지 않자 나중에는 금태의 친구에게까지 부탁을 했습니다.

"금태야. 내가 너라면 좋아서 춤이라도 덩실덩실 추겠다. 돈 많은 부모님 있겠다. 배울 만큼 배웠겠다. 이제 예쁜 아가씨 만나서 결혼만하면 세상에 부러울 것이 없을 텐데, 왜 결혼이 싫다고 하는 거야?"

금태는 그런 친구를 보면 조용히 말했습니다.

"많은 돈과, 좋은 음식, 사치스러운 생활이 무엇을 해줄 수 있지. 난 그런 것에서 아무런 즐거움도 느낄 수가 없어."

그런 일이 있고 얼마 후 금태는 부모님에게 설산으로 들어가 도를 닦으며 살고 싶다고 말했습니다. 그동안 금태를 지켜본 부모님은 아들의 생각이 변하지 않을 거란 걸 깨달고 금태의 결혼을 포기하고 동생들에게 이야기 했습니다.

"첫째는 결혼은 하지 않고 도를 닦으며 살고 싶다고 하는구나. 이제 너희라도 좋은 사람을 만나 결혼해서 우리를 기쁘게 해다오."

그러나 이게 웬일일까요. 금태의 동생들도 모두 결혼이 싫다는 것 이었습니다.

"부모님 저희는 결혼해서 비싼 것을 먹고 비단을 두르는 것이

부럽지 않습니다. 저희 모두는 형님의 생각을 존경합니다."

부모님은 속상했지만 인정할 수밖에 없었습니다. 자식들의 눈빛에서 변하지 않을 결심을 느꼈으니까요. 시간이 흘러 한참이 지나 부모님이 돌아가셨습니다. 금태는 부모님의 장례를 치르고는 물려받은 만석재산을 모두 가난하고 어려운 사람들을 위해 썼습니다. 그리고는 동생들과 두 명의 종, 한 명의 친구를 데리고 설산으로 들어갔습니다. 그들은 연못가의 아름다운 곳에 암자를 짓고 모두 함께 풀뿌리와 나무 열매를 찾아서 먹으며 도 닦는 생활을 시작했습니다. 이제 금태는 한 집안의 첫 째, 종의 주인, 친구가 아니라 그들의 스승이 되었습니다. 그러던 어느 날 금태는 생각했습니다.

'세상의 부귀영화를 버리고 산속에서 도를 닦는 우리들에게 욕심에 눈이 멀어 모두 함께 몰려다니며 갖가지 과일을 찾아다니는 것은 옳지 않아. 이제는 나 혼자 먹을 것을 구해오자.'

저녁이 되자 금태는 모두를 불러 놓고 자신의 생각을 말했습니다.

"앞으로는 내가 여러 과일을 구해 올 테니 너희들은 모여서 시끄럽게 웃고 떠들지 말고 각자 자신의 도를 닦도록 해라."

그러자 둘째인 금차가 고개를 저으며 말렸습니다.

"우리 모두 형님을 따라 이곳에 들어왔는데 말도 안 됩니다. 형님이야 말로 이곳에서 도를 닦는 게 맞습니다. 금자희랑 여종은 여기 있고 우리들이 차례로 나가 과일을 구해오겠습니다."

동생의 간절한 부탁에 금태는 어쩔 수 없이 알겠다고 고개를 끄덕였습니다. 그 이후 당번 된 사람이 과일을 구해다 석판 위에 놓고 각각의 몫을 나눈 다음 종을 치면 각자 나와 자신의 몫을 챙겨 들어가 도를 닦게 되었습니다. 전처럼 모여서 즐겁게 웃고 떠드는 일도 없어졌습니다.

한참이 흐르고 모두는 과일 대신 연뿌리를 캐어 먹으며 열심히 도를 닦았습니다. 그들의 도가 점점 깊어지자 어느 날 제석천의 궁전이 흔들렸습니다. 제석천은 도를 닦는 그들을 보며 정말 세상의 욕심이 사라졌는지 시험해보고 싶다는 생각이 들었습니다. 그래서 금태가 먹을 것 연뿌리만 사흘 동안 없애 버렸습니다. 금태는 자신의 몫이 없자 첫날에는 실수로 잊어버린 것이라 생각했습니다. 그리고 둘째 날에는 자신이 뭔가를 잘못해서 이렇게 불만을 나타낸 건가 생각했습니다. 그리고 셋째 날이 되자 자신의 잘못이 커서 그런 것이라면 모두를 모아서 용서를 빌어야겠다 생각하며 종을 쳤습니다. 그리고는 모두에게 그간의 일들을 이야기 했습니다. 그러자 사흘 동안 연뿌리를 캐왔던 당번들은 분명히 금태의 몫까지 석판에 놓았다며 깜짝 놀랐습니다. 말을 들은 금태는 속이 상했습니다. 분명히 연뿌리를 놓았는데 사라진 것이라면 누군가 훔쳐 먹었다는 소리였기 때문입니다.

"도를 닦는 사람이 남의 먹을 것을 욕심내 훔쳤다면 그것은 있을 수 없는 일이야."

금태의 말에 모두들 충격을 받은 얼굴로 화를 냈습니다. 그 소리에 근처의 가장 오래된 나무에 살던 목신과 도를 닦던 이들에게 가끔 존경을 표시하던 코끼리, 숲에 들어와 암자에 있던 원숭이가 그들 곁으로 왔습니다. 제석천도 그들 곁에 몸을 숨기고 서 있었습니다. 모두는 자신들이 오해를 받을까봐 너무나 괴로웠습니다. 도저히 안 되겠다는 듯 금차가 벌떡 일어났습니다.

"다른 사람들은 모르겠고 저만이라도 제가 안했다는 증명을 하고 싶습니다. 그렇게 해도 좋을까요?"

금태가 그렇게 하라고 허락해주자 금차는 기다렸다는 듯 입을 열었습니다.

"만일 제가 연뿌리를 먹었다면 저는 이런 사람이 될 것입니다. 너무나 아름다워 마음을 빼앗아버리는 아내를 얻고, 여러 아들과 여자도 얻을 것입니다."

그러자 그 말은 들은 이들이 놀라서 입을 열었습니다.

"어떻게 그런 심한 저주를 할 수 있어!"

금태도 눈을 크게 뜨며 금차에게 이야기했습니다.

"사랑하는 금차야. 그 저주는 너무 심하구나. 그렇게 까지 말하는 것을 보니 네가 먹은 것은 분명 아닌 것 같구나."

그러자 다음 동생이 일어나 이야기를 시작했습니다.

"제가 만일 연뿌리를 먹었다면, 많은 아들을 얻고, 많은 욕심을 부릴 것입니다."

동생의 이야기가 끝나자 거기 있던 사람들은 모두 순서대로 일어나 자신이 아니라는 증명을 하기 시작했습니다. 모두 잘 먹고 잘 살고 잘 입고 많은 권력과 재산을 얻게 된다는 이야기였습니다. 열세 명의 이야기가 모두 끝나자 금태는 생각했습니다.

'우리는 이곳에 도를 닦으러 들어왔어. 그런 우리에게 모든 욕심을 버리고 마음을 닦는 건 가장 중요한 일이야. 다들 이렇게까지 말하는 걸 보니 모두들 연뿌리를 안 가져간 게 분명해. 권력과 재산에 눈이 멀어 그런 것을 이루려 한다는 건 이때까지 우리가 닦은 도를 다 포기한다는 것이나 마찬가지니까. 그렇다면 혹시 내가 잃어버리지도 않았는데 잃어버렸다고 말했다고 의심할지도 몰라. 그러니 나도 가만있으면 안 되겠어.'

금태는 자신도 일어나 사람들을 보며 이야기를 시작했습니다.

"내가 만일 연뿌리를 잃어버리지도 않고서 잃어버렸다고 한 거라면 나는 세상에 있는 갖은 욕심을 부리며 그것을 즐기고 결혼도 할 것이다. 그리고 여기 있는 누군가 중 그렇게 의심하는 사람이 있다면 그 의심하는 사람도 그렇게 될 것이다."

모두들 연뿌리를 안 가져갔다면 누가 연뿌리를 가져간 것일까 모두들 서로를 쳐다보며 고개를 갸웃거렸습니다. 그리고 그때 그곳에서 몸을 숨기고 있던 제석천은 드디어 그들 앞에 나타났습니다.

"두려워하지 말게. 사실 그 연뿌리는 얼마나 도를 닦았는지 시험해보기 위해 내가 사흘 동안 없애버렸던 것이네. 그런데 이야기를 듣고 있으니 궁금한 것이 생겼네. 모두 스스로를 저주하며 자신이 훔치지 않은 것을 증명했는데 어째서 그 내용이 세상의 모든 사람들이 부러워하는 것들뿐인 것인가? 사람들은 모두 방금 저주한 것을 얻기 위해 세상을 헤매네. 어째서 그것들을 원하지 않는 것이지?"

그러자 금태가 입을 열어 대답했습니다.

"사람들이 모두 원하기 때문에 그것이 문제요. 그 욕심 때문에 사람들이 다치고 괴로워하며 고통을 당하오. 어떤 사람은 그 욕심을 채우기 위해 온갖 나쁜 짓을 해 죄를 짓소. 그들은 그런 몹쓸 행동들로 지옥에 가는 것이오. 그렇기 때문에 우리들은 그런 욕심을 부리지 않소."

제석은 금태의 그 말에 마음이 움직였습니다.

"그대들을 시험하기 위해 연뿌리를 저 언덕에 묻어두었는데, 그대들은 진실로 도를 닦는 이들이구나. 자 이것은 너희의 연뿌리다."

그러나 금태는 기뻐하지 않고 제석천에게 이야기 했습니다.

"나는 당신의 꼭두각시도 아니고 장난감도 아니오. 그렇다고 당신의 친척도 아니고 당신의 친구도 아니오. 그런데 어째서 우리에게 장난을 친 거요."

그 이야기를 들은 제석천은 금태에게 용서를 구했습니다.

"오오! 금태 자네야 말로 내 스승이요, 내 아버지네. 나의 실수를 일깨워주었네. 그러니 내 한 번의 실수를 용서하게나. 현명한 사람은 분노를 힘으로 쓰지 않네."

금차는 제석천의 그 말에 제석천을 용서하기로 했습니다. 그리고는 모두에게 말했습니다.

"만물의 주인인 제석을 만나 우리들은 모두 하룻밤을 행복하게 보냈다. 그러니 우리 모두 온화한 마음을 갖자."

제석천은 그들에게 인사를 하고 천상으로 돌아갔습니다. 그 후 열심히 도를 닦은 금태와 모두들은 득도하여 네 가지 선정과 여섯 가지 신통을 얻게 되었습니다.

● 생각 키우기

사람들은 대부분 잘 먹고 잘살기 위해 욕심을 부립니다. 그 욕심은 모두가 함께 잘 살기 위해 부리는 욕심이 아닙니다. 혼자만 잘 살기 위한 욕심입니다. 때문에 그 욕심을 이루기 위해 많은 사람이 상대방을 미워하고 상처주고 피해를 줍니다. 그런 것은 결국 그 욕심을 부린 본인까지도 상처를 입게 됩니다. 경쟁만 하다보면 어느 순간 그 사람 곁에는 아무도 남지 않을 것입니다. 그러니 우리는 함께 잘사는 방법을 생각해야합니다.(본생경 제 488화 연뿌리의 전생이야기)

2007년 〈아동문학평론〉 신인문학상으로 등단. 2008년 강원일보 신춘문예 동시 당선. 2009년, 2010년 '푸른문학상' '새로운 작가상' '새로운 평론가상' 당선. 2011년 창비 좋은 어린이책 기획부문 당선. 동화책 《안믿음 쿠폰》, 동시집 《지구영웅 페트병의 달인》, 청소년 시집 《넌 아직 몰라도 돼》, 청소년 소설집 《프렌즈》 어린이인문교양서 《너구리 판사 퐁퐁이》 등이 있다.

# 물위를 걷는 사람 이야기

우 점 임

물위를 걸어다니는 사공이 있었어요.

아치라바티 강가는 그 사공을 만나려는 사람들로 항상 붐볐어요.

"어라, 사람이 물위를 걸어온다고…"

"와~정말이다."

사공은 여유로운 걸음으로 강가로 내려서며 구름떼 같은 사람들을 향해 합장하고선 기원정사로 걸음을 옮겨 갔어요.

'휴우~더 맑은 맘을 길러 올려야겠어. 하마터면 물에 빠질 뻔했잖아.'

조금 전, 강 가운데서의 일을 떠올리며 중얼거렸어요.

'그들이 모여 징검다리를 놓아주지 않았다면 아마 강물에 휩쓸려갔을 거여. 천운이였어! 그나저나 무지개물고기와 청자라 자손들이 많이도 번성했더군 고마운 일이여 허허.'

지난 봄, 사공의 그물에 걸려 살려 달라고 파닥대던 무지개물고기와 목이 긴 청자라의 몸부림이 생각나 가슴이 뜨끔거렸어요. 홀로 많은 자식을 길러내신 병약한 모친의 몸 봉양을 위해 애써 잡은 것들을 놓아주느라 속상했지만 살아있는 생물과 어린 물고기의 습생만은 극구 말리시는 모친 뜻을 결코 꺾을 수는 없었지요. 사공은 가난하여 변변히 약한 첩 올리지 못한 모친에게 물고기라도 올려야겠다고 늘 생각했어요. 모친은 흐릿한 의식 속에서도 아들이 무지개물고기와 청자라를 그물로 건져 올렸다는 말에 노발대발 하셨어요.

"내가 살면 얼마나 살꺼라고…, 당장 물고기를 물에 놓아 주거라!"

"하지만 어머니! 이거라도 드시고 일어나셔야지요?"

사정도 해 보았지만 모친은 뜻을 굽힐 줄 몰랐어요.

무지개물고기 눈과 청자라 눈이 동시에 사공의 눈과 마주쳤어요.

무지개물고기 눈에서 맑은 눈물이 또르르르…, 청자라 눈에서 맑은 눈물이 그렁그렁…, 제발 살려 달라 애원하는 것 같아 마음이 아팠어요. 사공은 그물에서 물고기를 조심스럽게 빼내어 강물에 놓아주었어요.

"그려 잘 가거라, 새끼 많이 낳고 오래오래 살거라!"

뱃머리에서 두어 번 맴돌던 무지개물고기와 청자라는 맑은 눈으로 사공을 잠시 응시하더니 강물 속으로 쑤욱 들어가 버렸지요.

그게 다였어요. 살아있는 생명의 아름다운 눈빛이었어요.

그때부터 사공의 주변에 이상한 현상이 일어났지요. 사공이 강

한 가운데서도 배위에서 내려 물위를 마구 걸어 다닌다는 소문이
날 즈음이었어요. 사람들은 설마 했어요. 그 긴 강인 아치라바티
강을 배를 타지 않고 물위를 걸어서 온다는 말은 거의 불가능했거
든요. 물위를 걸을 때마다 부처님이 손 잡아주실 거라는 소문도
있었지요. 궁금해 하는 사람들에게 사공은 합장 외엔 입을 꼭 다
물었지요. 무지개물고기 떼와 청자라 떼가 나타나 징검다리 등을
만들어 주어 무등을 타고 강을 건넌다는 얘기는 절대 비밀이었거
든요.

살아있는 어린 무지개물고기와 어린 청자라는 함부로 습생하지
말라는 모친의 말씀을 가슴 깊이 새긴 사공은 그 이후론 살아있는
생물과 어린 물고기를 습생하지 않았답니다.


기원정사에서 부처님 법문이 시작되었습니다.

"살생하지 마라! 함부로 어린 물고기를 습생하지 마라!

그 생명은 전생에 나와 인연일 수 있으니 생명을 함부로 거두지
마라!"

부처님은 사공을 가리키며

"너가 잡은 무지개 갈퀴를 가진 물고기는 전생에 너의 형이었
고, 그 관을 쓴 청자라는 너의 일찍 돌아가신 아비였느니라."
하셨습니다.

사공은 울먹이며 다시 한 번 머리 조아려 부처님께 예를 갖췄답
니다. 모친을 핑계로 마구잡이로 어린 생명을 습생하려 했던 맑고
깨끗하지 못한 마음의 먼지도 부처님의 법문으로 깨끗하게 씻어

내고 있었답니다.

◑ 생각 키우기
물위를 걷는 신자는 굳은 신앙심과 생명을 아끼는 맑은 마음을 가진 부처님의 제자
였다고 해요.

부처님이 기원정사에 계실 때 예류과를 얻은 어떤 부처님 제자는 어떤 부유한 이발
사 아내의 간곡한 부탁을 받는다. "존자님, 당신에게 남편을 맡깁니다." 배를 타고 떠
난 일행은 이레 만에 바다 한복판에서 파선을 당하면서 판자 하나에 같이 누워 어떤
작은 섬에 도착했지요. 배가 고픈 이발사는 삼보를 어기고 새를 잡아 요리해 신자에
게도 주었지만 먹지 않았지요. 신자는 오직 '이런 곳에서는 삼보(三寶) 이외에 매달
릴 것은 없다.' 고 생각하고 三寶의 위덕을 일심으로 생각하였지요. 신자를 보고 감동
을 받은 그 섬의 용왕이 큰 배로 변신하여 키잡이 해신보살을 앞세워 신자를 향해 큰
소리로 불러 신자를 부르며 "당신을 위해 배를 가져 왔습니다. 저분은 도덕을 지키지
않아 안 됩니다." 신자는 "그렇다면 내가 행한 보시, 내가 지닌 계율, 내가 닦은 선정
의 공덕 등을 저이에게 줍니다." 현인을 얻은 이발사는 살생을 반성하고 좋은 사람이
되어 무사히 물을 건넜답니다.(190화 무쌍품. 계덕 이익의 전생이야기)

1955년 경남 함양
2005년 단국대대학원 문예창작과 아동문학 석사 학위.
2009년 〈오늘의 동시문학〉에 동시 당선. 2009년 〈단국 문학상〉 동시
부문 신인상 수상. 2012년 동시 장르 〈농부 졸업〉으로 서울문화재단
창작지원금 수혜, 2013년 9월 첫 동시집 〈바람 리모콘〉 출판. 한국동
시문학회 회원, 불교아동문학 이사, 경남아동문학회 회원, 미래동시
동인지 200년 〈같은 생각하나 봐〉 문학과 문화출판, 2012년 〈숨겼던
말들이 달려 나와〉 문학과 문화출판, 미래동시동인, 단아동인으로 활
동하고 있다.

# 성냄과 욕망을 다스려야

김 재 순

  훌륭한 가문에 보리라는 아기가 태어났습니다. 보리는 나이가 들자 집을 떠나 숲속으로 들어가 암자를 짓고 도를 닦았습니다. 사람들은 그를 보리보살이라 했습니다. 암자 가까운 숲속에는 비둘기 한 쌍과 뱀과 승냥이와 곰이 살고 있었습니다. 이들은 때때로 보리보살에게 와서 가르침을 받곤 하였습니다.

  그러던 어느 날이었습니다. 비둘기 한 쌍은 먹이를 찾아 나섰습니다.

  "여보, 부인, 나와 함께 먹이를 찾아 나갑시다."

  수비둘기가 앞서고 암비둘기는 뒤를 따라갔습니다. 그때 매가 나타나 쏜살같이 암비둘기를 채가 버렸습니다. 암비둘기는 비명을 질렀습니다.

  "꾸욱~, 꾸루룩~ 꾸루룩~."

  수비둘기가 암비둘기의 비명에 놀라 뒤돌아보니, 매는 벌써 암비둘기를 잡아먹고 있었습니다. 수비둘기는 그것을 지켜보면서도 아무 힘이 되지 못한 괴로움과 슬픔으로 가슴에 불이 일었습니다. 수비둘기는 슬픔으로 잠을 못 이루면서 생각하였습니다.

'이 슬픔과 괴로움을 떨쳐버리기 전에는 절대 먹이를 찾으러 나가지 않겠다.'

하고 다짐하며 암자로 가서 꼼짝하지 않고 앉아 마음공부를 시작했습니다.

"보살님, 저는 이 큰 슬픔과 괴로움을 잊기 위해 보살님 곁에서 수행을 하겠습니다."

뱀은 먹이를 찾아 동네로 내려갔는데 황소가 어슬렁거리며 다가왔습니다. 뱀은 놀라서 개미 둑으로 기어들어갔습니다. 그것을 모르고 소는 개미 둑을 밟았습니다. 뱀은 또 놀랐습니다.

"야, 이놈의 황소야, 왜 나를 두 번씩이나 놀라게 하느냐?"

뱀은 화가 나서 소의 뒤꿈치를 물어버렸습니다. 그러자 소는 온몸에 독이 퍼져 그만 죽고 말았습니다. 소가 죽었다는 소문에 마을 사람들이 모여들었습니다.

"어쩌나? 건강하던 소가 왜 갑자기?"

사람들은 슬퍼하며 화환을 소에게 바치고 구덩이를 파고 묻었습니다. 숨을 죽인 채 보고있던 뱀은 사람들이 모두 떠나자 기어나오며 생각했습니다.

'내가 조금 놀랐다고 불같은 성을 참지 못하고 죄 없는 소를 죽였구나. 이제 나는 성내는 마음을 억제하기 전에는 먹이를 탐내지 않아야겠다.'

뱀도 보살이 계신 암자로 가서 성내는 마음을 가라앉히기 위해 마음을 다스렸습니다.

승냥이도 먹이를 구하려고 어슬렁거리다가 들판에서 죽은 코끼리를 발견하였습니다.

'야, 신난다. 내 먹잇감이구나!'

코끼리의 꼬리를 물어뜯으니 딱딱하기만 했습니다. 그 아래 항문을 뜯어먹어보니 좀 부드러웠습니다. 배가 고팠던 터라 허겁지겁 뜯어먹다가보니 그만 코끼리의 뱃속으로 들어갔습니다. 코끼리 배속은 좋았습니다. 배고프면 살코기를 먹고, 목마르면 피를 마시니, 먹이 걱정도 없고, 창자는 기대고 누울 부드러운 침대가 되니 더 없이 만족했습니다.

며칠을 지내는 동안 메마른 바람과 뜨거운 햇볕에 코끼리의 시체는 바싹 마르고 항문도 쪼그라들고 말았습니다. 항문이 막히자 밖으로 나갈 길이 없음을 알게 된 승냥이는 깜짝 놀랐습니다. 겁을 먹고 배속에서 이리저리 뒹굴고 날뛰며 괴로워하는 동안 살이 다 빠지고 말았습니다. 이제는 죽었구나 생각했습니다. 그런데 비가 내렸습니다. 비를 맞은 코끼리의 몸이 부드러워지면서 항문이 열리고 구멍으로 바깥이 보이는 것이었습니다.

승냥이는 이때다 하고 코끼리 항문으로 머리를 내밀며 밖으로 빠져 나오려고 발버둥을 쳤습니다. 간신히 빠져나오고 보니 온 몸이 다치고 털이 다 빠져버렸습니다.

"아이고, 내 몸은 피투성이 종려나무 줄기 꼴이구나."

이런 꼴이 된 것은 모두 탐욕 때문이란 것을 알고 이제는 탐욕을 억제하기 전에는 먹이를 찾지 않겠다고 생각했습니다. 승냥이는 암자로 가서 탐욕을 억제하는 깨달음을 얻겠다며 비둘기와 뱀처럼 암자의 한 쪽에 자리를 잡고 앉았습니다.

곰도 먹을 것을 구하겠다는 욕심에 사로잡혀 마을로 내려갔습니다. 곰을 본 마을 사람들이 우르르 달려 나왔습니다.

"곰이 나타났어요. 활과 몽둥이를 들고 나오세요."

사람들은 활, 삽, 괭이, 몽둥이 등 닥치는 대로 들고 나와 곰을 둘러쌌습니다. 곰은 죽을힘을 다하여 숲속으로 달아났으나 몸뚱이는 화살과 몽둥이에 맞고, 삽과 괭이에 찍혀서 살갗은 찢어지고 머리에는 피가 흐르고 있었습니다.

'아, 이 고통은 참지 못한 내 욕망 때문이다. 타오르는 불같은 욕망을 억제하기 전에는 다시는 먹이를 구하러 가지 않겠다.'

곰도 암자로 찾아가서 욕망을 억제하는 마음공부를 하겠다며 쭈그리고 앉아 눈을 감았습니다.

그때 보리보살도 이 세상에서 자기가 제일 잘난 체하고 스스로를 높이는 교만한 마음 때문에 선정에 들지 못하고 방황하고 있었습니다.

그런데 어떤 성자 한 분이 보살의 교만함을 알고 암자에 나타났습니다.

'저 보살은 나쁜 사람도 악한 사람도 아니다. 마음공부를 하면 장차 최고의 지혜를 가진 부처가 될 사람이다. 그러니 저 사람의 교만함을 억제시켜서 선정에 들도록 해줘야겠다.'

성자는 이렇게 생각하며 보살의 자리에 앉았습니다. 교만한 보살은 성자를 손가락질하며 꾸짖었습니다.

"야, 내려와! 너는 누구기에 내 자리에 함부로 앉느냐? 빨리 내려와! 이 못된 녀석."

그러자 성자는 조금도 성내지 않고 보살에게 조용히 말했습니다.

"이 착한 사람아, 그대는 지혜를 통달한 위대한 사람인 줄 왜 모르고 그렇게 교만을 부리느냐? 너는 훗날 세상 모든 사람을 깨닫게 할 부처가 될 인물이다. 부처의 경지에 이르렀을 때 너는 '싣달다'라는 이름을 갖게 될 것이다."

이 말을 듣고도 보살은 그에게 예를 표하기는커녕 화난 표정으로 노려보기만 하였습니다.

"그대는 왜 그렇게 교만하고 난폭하냐? 그런 행동은 그대가 할 행동이 절대 아니다."

성자는 너그럽고 자애로운 목소리로 보살을 거듭 타일렀습니다.

"그대는, 그대가 타고난 가문보다 값진 몸이란 걸 알아야 한다. 만일 그대가 완전하게 모든 것을 이룰 수 있다고 믿거든 나처럼 허공을 훨훨 날아보아라."

성자는 몸을 가볍게 일으키더니 허공으로 날아가 버렸습니다. 그제야 보살은 생각했습니다.

'아, 저 분은 어떻게 솜털처럼 날 수 있을까? 나는 가문이 좋다는 것만 믿고 너무 버릇없이 굴었구나. 저 훌륭한 분께 예의도 표하지 않았구나. 가문이 뭐가 그리 대단하다고? 이 세상에는 계율을 지키는 것만큼 위대한 것이 없거늘……. 나의 이 교만을 못 버리면 나는 지옥에 떨어지고 말 것이다. 나의 교만을 억제하기 전에

는 나는 먹을 것을 찾아 나서지 않을 것이다.'

이렇게 생각한 보리보살도 암자 한 귀퉁이에서 마음공부에 들어갔습니다. 나무로 만든 딱딱한 자리에 앉아 끓어오르는 모든 자만과 교만과 욕망을 누르고 선정에 들어갔습니다.

그때 비둘기가 가까이 다가와 보살께 경례하니 보살이 물었습니다.

"너는 전에는 산과 들로 쏘다니며 먹이만 찾더니, 지금은 배고픔과 목마름도 참고 무슨 까닭으로 이러고 있느냐?"

"예, 보살님, 저는 아내를 잃은 슬픔과 고통을 잊고자 마음을 닦았더니, 이제는 고통이 줄어들었습니다."

보살은 그 옆에 똬리를 틀고 엎드려 있는 뱀에게도 물었습니다.

"너는 어찌 배고픔과 목마름을 견디면서 이렇게 참고 있는가?"

"나를 놀라게 한 황소를 물어서 죽게 하고 말았습니다. 그래서 저의 성냄을 가라앉히고자 마음을 닦았더니 지금은 분노가 가라앉아 마음이 편해졌습니다."

보살은 이번에는 승냥이에게 말했습니다.

"썩은 고기를 먹으며 늘 즐겁게 살더니 무슨 일로 고통스럽게 주림과 갈증을 참고 견디느냐?"

"예, 보살님, 저는 죽은 코끼리의 뱃속에 들어갔다가 죽을 뻔했습니다. 그래서 먹는 욕심을 버리려고 마음공부를 하고 있습니다."

보살은 이번에는 쭈그리고 앉아 눈을 감고 있는 곰에게 물었습니다.

"개미 둑에서 개미떼를 핥아 먹으며 살던 곰아, 너는 어찌하여 이러고 있느냐?"

"예, 저도 먹는 욕망에 마을로 내려갔다가 사람들에게 맞아 온 몸이 피투성이가 된 고통을 맛보았습니다. 그래서 그 욕망이 다시는 끓어오르지 않게 하려고 참선을 하고 있습니다."

이렇게 모두 마음을 닦으려는 까닭을 이야기하고 보살님께 물었습니다.

"보살님, 당신은 전 같으면 나무 열매를 따러 나다니셨습니다. 그런데 오늘은 왜 나가시지 않고 가만히 앉아만 계시는지요?"

"세상에서 제일 어지신 성자가 암자에 오셔서 나의 장래에 붙여질 성과 이름과 행할 일들을 말씀해 주셨네. 그런데도 나는 그분께 예를 표하지 않았어. 그러한 나의 교만함을 누르고자 마음을 닦으려네. 그 교만함이 다시는 일어나지 않을 때까지 마음공부를 계속 하려네."

보리보살은 비둘기와 뱀, 승냥이와 곰에게 가르침을 내리며 마음공부를 계속 했습니다.

보리보살은 먼 훗날 가장 맑고 깨끗한 범천세계에 날 몸이 되었고, 다른 동물들도 각자 보살의 가르침을 따라 열심히 수행하여 천상의 하늘나라에 태어나게 되었답니다.

그때의 보리보살은 후생의 부처님이고, 비둘기는 아나율이요, 곰은 가섭존자며 승냥이는 목견련, 뱀은 사리불로 모두 부처님의 제자였다고 합니다.

  사람에게는 누구에게나 성냄과 욕심이 있습니다. 그 성냄과 욕망 때문에 남을 해
치고 몸과 마음을 상하게 합니다. 성냄과 욕망은 남을 상하게도 하지만 결국은 자신
의 몸과 마음도 병들게 합니다. 어느 때나, 어느 곳에서나 불쑥불쑥 치미는 성냄과 욕
망을 스스로 억제하고 다스리려야 한다는 생각이 눈뜨게 될 때 남을 해치려는 생각은
결코 일어나지 않을 것입니다. 또한 자기 마음의 집에는 항상 평화가 깃들게 될 것입
니다.(본생경 제490화 포살회의 전생이야기)

1977년 교육자료 천료(황금찬 시인 추천)와 1991년 아동문예에 동시
가 당선되었다. 한국교단문학상, 경남아동문학상, 남명특별문학상, 한
국불교아동문학상, 고마운 한국지성인상을 받았고, 동시집 《바람 한
점 앞세우고》, 《바람은 나만 빼놓고》, 《씨앗 한 알 뿌려놓고》, 《햇볕 사
용료》가 있으며, 《봄비 지우개》와 《햇볕사용료》는 한중 2개 국어로 대
역 출판되었다.

# 숲 속의 배움터

신 현 득

히말라야 깊은 산중에 이름난 수행자가 있었습니다. 수행자는 작은 초막을 지어 놓고 5백 명 제자를 가르쳤습니다.

슬기로운 자고새와 새끼를 거느린 엄마 도마뱀이 수행자의 가르침을 같이 배웠습니다. 호랑이와 사자도 와서 조용히 수행자의 말씀을 들었습니다. 사람 제자, 산짐승 제자, 산새 제자가 같이 공부하는 숲속 배움터입니다.

수행자는 동물의 말을 알아듣고, 동물의 말을 할 줄도 압니다.

"수행자 스승님과 공부하는 게 재미있다. 산새의 말도 산짐승 말도 잘 알아들으셔."

동물 제자들도 수행자의 가르침을 열심히 공부하고 있었습니다.

동물 제자 중에서도 가장 슬기로운 제자가 자고새였습니다.

"자고새가 잘 아는구나. 자고새는 훌륭해. 내 학문을 모두 공부했다. 내 학문을 다 외우고 있지."

수행자는 자주 자고새를 칭찬했습니다.

사자와 호랑이가 지키고 있어서 침입자는 없었습니다.

그러던 어느 날, 수행자가 병이 들어 앓아눕게 되었습니다. 사람 제자, 동물 제자가 열심히 간호를 했지만 수행자의 병이 낫지 않았습니다. 수행자 스승은 세상을 떠나면서 말을 남겼습니다.

"학문을 끝까지 가르치지 못하고 눈을 감는구나. 나머지 공부는 자고새를 스승 삼아서 배워라."

슬픔 속에서 사람 제자, 동물 제자들이 스승의 주검을 불태우고, 모래로 무덤을 만들었습니다. 무덤 위에 꽃을 뿌리며, 사람 제자는 사람의 목소리로, 동물 제자는 동물의 목소리로 슬피 울었습니다.

이제부터 자고새가 스승이 되었습니다. 제자들이 힘을 모아 황금으로 새 장을 만들어 나뭇가지에 걸어 놓고, 그 위에 일산을 씌웠습니다. 자고새 스승은 황금 새장에 앉아서 학문을 가르쳤습니다. 제자들은 황금 그릇에 꿀과 볶음 쌀을 담아서 스승을 대접해 가며 가르침을 배웠습니다.

자고새는 수행자 스승에게서 배운 학문을 물 흐르듯이 외우며 가르쳤습니다. 그러자 온 세상에 자고새 스승의 소문이 났습니다. 사자와 호랑이가 특히 자고새 스승의 가르침에 감동을 하고 있었습니다.

얼마 지나자 공부가 모두 끝났습니다. 자고새 스승으로부터 학문을 배운 사람 제자, 동물 제자들은 많은 지혜를 지니게 되었습니다.

그때, 히말라야 한 쪽에서 산의 축제가 열리고 있었습니다. 제자들이 우우 축제 구경을 가고 도마뱀과 자고새 스승만 젖소와 송아지를 돌보면서 초막에 남아 있었습니다.


　악질 사기꾼 한 사람이 초막을 찾아왔습니다.

　"좀 쉬어 가면 안 될까요?"

　사기꾼은 머리를 박박 깎은 수행자 차림이었습니다.

　"잘 오세요. 수행자시네요. 시장하실 텐데요. 밥을 차려오겠어요."

　도마뱀은 사기꾼을 수행자로 알고 음식을 차려 왔습니다.

　"찬찬히 드세요. 나는 산으로 가서 먹을 것을 구해와야겠어요. 우리 두 아기를 두고 갈 테니 보아주세요."

　도마뱀은 사기꾼에게 아기 도마뱀 형제를 맡기고 산으로 갔습니다. 사기꾼을 수행자로 믿었던 거지요.

　"아니다. 밥만 먹을 게 아니라, 저 도마뱀 새끼를 같이 먹어야겠군."

　사기꾼이 두 아기 도마뱀을 잡아먹었습니다.

　"저런! 저런!"

　초막 옆 나무에 깃들어 있던 목신이 소리쳤습니다. 자고새 스승도 나섰습니다.

　"너는 누구냐? 수행자가 아니라 악마로군!"

　사기꾼이 힐끗 자고새를 보았습니다.

　"음, 자고새? 그 이름난 자고새 스승님이시냐? 내 먹을 게 또 생겼군. 황금 새장, 황금 그릇도 몽땅 내 거가 됐다."

　사기꾼은 새장에서 자고새 스승을 꺼내었습니다.

"이놈아 사기꾼아. 나는 이 숲에서 존경받는 스승이다! 놓지 못할까?"

"알고 있다. 그래서 더 맛날 걸."

사기꾼은 자고새 스승의 목을 비틀더니 먹어 버렸습니다.

"저런 저런!"

초막 옆 나무에서 목신이 또 소리쳤습니다.

그 때 산에서 풀을 뜯던 송아지가 돌아오고 있었습니다.

"이 거, 먹을 게 너무 많네."

사기꾼이 송아지 한 마리를 먹어버렸습니다. 알고 보니 사기꾼은 아무리 많이 먹어도 배가 부르지 않는 요술을 지니고 있었습니다.

"저런 저런!"

초막 옆 나무에서 목신의 소리였습니다.

산에서 풀을 뜯던 젖소가 돌아왔습니다.

"이거, 또 먹어야겠네."

사기꾼이 젖소 한 마리를 삼켰습니다.

"저런 저런!"

목신이 더 크게 소리쳤습니다.

"소리치는 놈이 누구냐?"

사기꾼이 목신의 목소리를 알아차렸습니다.

"목신이다! 악독한 사기꾼아!"

"뭐, 목신? 나무의 신이란 말이지? 한 번만 더 거슬리는 소릴 하면 나무를 베든지 뽑아버리든지 할거다. 목신 네가 깃들 곳도 없게 해둘 거다. 조용해!"

그때에야 엄마 도마뱀이 먹이를 구해서 돌아오고 있었습니다.

"수행자 손님을 너무 오래 혼자 있게 해서 미안합니다."

그런데 너무 많이 먹어 식곤증이 난 사기꾼은 쿨쿨 자고 있었습니다.

목신이 도마뱀을 불렀습니다.

"그 수행자가 아니라 사기꾼이다. 두 아기 도마뱀, 자고새 스승, 송아지, 젖소를 모두 잡아먹었단다. 지금 자고 있어."

"그래요? 이런 슬픈 일이! 아기 잃고, 스승님, 송아지 젖소를 모두 잃었구나!"

문을 여니 텅 빈 초막 안에 사기꾼만 자고 있었습니다.

사기꾼이 깨면 엄마 도마뱀까지 먹어버릴 테지요?

"이 걸 호랑이와 사자에게 급히 알려야겠다!"

얼마 뒤 호랑이와 사자가 도착했습니다. 사기꾼은 그때까지 자고 있었습니다. 호랑이가 잠든 사기꾼을 흔들었습니다.

"으아악!"

사기꾼이 눈을 뜨니, 호랑이 발이 몸을 누르고 있었습니다.

"호랑이님, 나는 새끼 도마뱀 두 마리만 먹었어요!"

형편을 짐작한 사기꾼은 묻지도 않는 대답을 했습니다. 옆에는 사자가 와 있었습니다.

"사자님, 나는 송아지와 젖소를 먹었습니다. 자고새 스승님은 모릅니다."

묻지도 않은 대답이었습니다.

사자가 말했습니다.

"산짐승, 산새들도 좋은 일만 쫓는다. 수행자 스승님이 오셔서 가르침을 펴셨을 때에 사람 제자, 짐승 제자가 같이 배웠다. 그 스승님이 돌아가시고 자고새 스승님께 사람 제자, 짐승 제자가 또 같이 배웠다. 너는 가릉가나라에서 행상을 하면서 사람을 속여 온 사기꾼이었다. 우리 숲속 글방 소문을 듣고 기회를 보다가 공부방이 비었을 때에 찾아왔구나. 자고새 스승님 목숨까지 앗아갔으니, 제자 우리들이 살려줄 수 있겠니?"

사자의 말이 끝나자 호랑이가 이빨을 세워 사기꾼을 물어 흔들었습니다.

"참, 안 됐군."

목신도, 호랑이도, 사자도 아기 잃은 도마뱀을 위로했대요.

　● 생각 키우기

　사기꾼이 목숨을 잃은 것은 지은 죄악에서 온 갚음입니다. 죄를 지으면 그만한 벌이 오는 거지요. 이 이야기는 죄갚음을 강하게 내세우고 있습니다. 그런데, 숲속의 배움 터는 어떻게 되었을까요? 공부를 열심히 한 도마뱀과 호랑이, 사자가 차례로 스승 노릇을 하며 사람 제자, 동물 제자들을 가르쳤을 거여요. 부처님은 읽는 이들이 그런 상상을 해보도록 하기 위해 이야기를 줄인 거지요.(본생경 438화 자고새의 전생 이야기)

1959년, 조선일보 신춘문예 동시부 가작입선. 세종아동문학상(1971), 서울시문화상(1911) 등 수상. 동시집 『아기눈』(1961) 『고구려의 아이』(1964) 등

# 한 거북이의 주검

김 종 상

　먼 옛날 바라나시라는 곳에 아름다운 호수가 있었습니다. 넓은 풀밭과 울창한 숲에 싸인 호수는 거울 같이 맑아서 푸른 하늘과 흰 구름이 잠기면 헤엄치는 물고기들이 구름 사이로 날아다니는 것만 같았습니다. 또 물 위를 한가롭게 떠다니는 백조들은 새가 아니라 연못에 핀 새하얀 연꽃만 같았습니다. 그런데 이런 풍경과는 어울리지 않게 호숫가의 풀밭에는 거북이 한 마리가 몸이 두 토막으로 잘려서 죽어있었습니다. 죽은 거북이의 살점은 새들이 뜯어먹고 남은 부스러기는 개미들이 물고 가고 딱딱한 등딱지는 비바람에 삭아가고 있었습니다.

　호수는 깊은 강과 하나로 이어져 있었습니다.
　봄부터 날씨가 몹시 가물었습니다. 논밭에 곡식이 말라죽고, 강물도 줄어들기 시작했습니다. 강과 이어져 있는 이 호수도 물이 줄어들었습니다. 강물이 많을 때는 물이 흘러들어 호수를 가득 채웠는데, 강물이 줄어드니 호수물은 빠져나가기만 하고 다시 채워지지 않았습니다. 그래서 호수는 물이 빠르게 줄어들었습니다.

　호수에는 여러 종류의 물고기와 물벌레들이 살고 남생이와 거북이도 많이 있었습니다. 호숫가의 버드나무 그늘에 남생이와 거북이들이 모여 햇볕에 몸을 쬐고 있었습니다. 모두들 가뭄에 호수물이 줄어드는 것을 걱정하고 있었습니다.

　"비가 오지 않아서 호수물이 줄어들면 어떻게 할까?"

　"어떻게 하긴! 물이 있는 곳을 찾아가야지."

　"이 호수는 강물과 이어져 있어 강물이 줄면 말라버리게 돼 있어."

　물이 다 마르기 전에 모두들 호수를 떠나야 된다고 했습니다. 그러나 한 거북은 이곳은 태어난 고향이니 떠날 수가 없다고 했습니다. 고향은 자기를 낳아준 부모와 같은데 부모 형편이 어렵다고 버리고 떠나는 것은 있을 수 없는 일이라고 했습니다.

　날이 갈수록 하루가 다르게 호수는 물이 줄어들어 깊이와 넓이가 점점 좁아지고 개흙이 드러나기 시작했습니다. 호수를 찾아 날아오던 물새들도 발길이 끊어졌습니다.

　물에 사는 물고기나 물벌레들도 헤엄칠 수 있는 공간이 좁아졌습니다. 수면이 넓고 물이 깊을 때는 활개를 치며 돌아다니던 물고기들의 활동범위가 날이 갈수록 줄어들어 헤엄을 치다가 서로 몸을 부딪칠 지경이 되었습니다.

　"아이구 숨 막혀, 저리 좀 비켜봐라."

　"호수가 좁아졌는데 어디로 비키란 말이냐?"

　"다투지 마라. 물이 마르면 모두 죽고 말 텐데, 그 때까지는 정답게 지내라."

　이제 호수는 조그만 웅덩이 정도가 되었습니다. 물이 말라 자리가 좁아지니 물고기와 물벌레들은 헤엄도 제대로 칠 수 없게 되었습니다. 숨쉬기조차 힘이 들었습니다.

　"머리가 어지럽고 가슴이 답답해. 어쩌면 좋아?"

　"이러고 있을 수는 없어 이러다가는 모두가 죽는다니까."

　"이러고 있을 수 없으면, 어떻게 하겠다는 거야?"

　"여기를 떠나야 해. 어디든지 물이 많은 곳을 찾아가야지."

　남생이와 거북이들도 물고기들의 말에 찬성하고 나섰습니다.

　"여기는 우리가 태어나서 살아온 고향인데 고향을 두고 어디로 간단 말이야?"

　한 거북이는 살기가 힘든다고 고향을 버려서는 안 된다는 것을 다시 말했습니다.

　"너는 물이 없어도 견딜 수 있지만 우리는 물이 마르면 당장 죽는단 말이야."

　붕어가 눈을 흘기며 거북이들에게 말했습니다. 그 말에 거북이들은 발끈했습니다.

　"아니야. 우리는 땅에서도 살지만 물이 있어야 해."

　한 거북이는 그런 말을 하는 남생이와 거북이들이 원망스러웠습니다.

　"모두들 겁쟁이들이구나. 우리 거북이와 남생이들은 물고기와는 다르잖아."

　"그럼 너 혼자 여기 남아 고향이나 지켜라."

"고향이 우리를 살려주지 못하니 우리가 스스로 살길을 찾아야지."

"호수가 우리를 버리는데, 우리는 호수만 믿고 앉아서 죽을 수는 없지."

"이렇게 떠들지만 말고 모두 살 곳을 찾아가자."

남생이와 거북이들은 뿔뿔이 흩어져서 호수의 둑을 넘어 강쪽으로 갔습니다.

"우리도 어서 가자. 모두 출발이다."

메기가 긴 수염을 쓰다듬으며 물고기들에게 말했습니다.


아직은 강으로 이어진 물길이 실낱만큼은 살아있었습니다.

그러나, 쉽게 헤엄쳐 가기는 어려웠습니다.

"자, 내가 앞장을 설 테니 모두 내 뒤를 따라오도록!"

힘이 제일 센 가물치가 강으로 이어진 작은 물길을 따라 몸을 힘껏 흔들며 나아갔습니다. 물길이 좀 넓어졌습니다. 잉어가 뒤따랐습니다. 잉어는 힘도 세지만 몸집도 커서 물길이 조금 더 넓어졌습니다. 뒤따라 붕어, 버들치, 미꾸라지들이 헤엄쳐 강으로 나갔습니다. 메기는 느긋하게 제일 뒤에 따라갔습니다. 남생이와 거북이들이 호수를 떠나고, 물고기들도 모두 강으로 갔습니다.

"모두 잘 가!"

혼자 남게 된 한 거북이는 쓸쓸한 표정으로 떠나는 그들에게 손을 흔들어 배웅을 했습니다. 이제는 자기 혼자뿐이라고 생각하니 갑자기 세상이 다 비워진 것 같았습니다.

"거북아, 너무 섭섭해 하지 마라. 우리도 너와 함께 남아 있을 거야."

올챙이, 물방개 소금쟁이들이었습니다. 뜻밖이었습니다.

"응, 너희들이구나. 그런데 너희들은 왜 떠나지 않았지?"

호수가 말라가니까 모두들 겁을 먹고 떠났는데 덩치도 작고 별로 관심도 갖지 않았던 그들이 고향을 지키겠다고 하는 것 같아 참 반가웠습니다. 한 거북이는 가슴이 뭉클하도록 감격스러웠습니다. 올챙이, 물방개, 소금쟁이가 차례로 말했습니다.

"물고기들이 떠났으니, 먹을 것이 많아서 좋아."

"강에는 물살이 세어서 우리 같은 것은 떠나려갈 수도 있어."

"지금 당장 호수가 말라서 죽는 것도 아니잖아."

"그렇구나. 이유야 어떻든 너희들이 남아주어서 고맙다. 우리 같이 놀자."

한 거북이는 기분이 좋아서 아기처럼 물장구를 치며 돌아다녔습니다.

"얘, 흙탕물 일으키지 마라. 숨이 막힌다."

호수 밑바닥에 깔린 물은 앞이 보이지 않을 만큼 흙탕물이었습니다. 그런데 한 거북이가 네 발로 휘저으니, 물은 순식간에 흙범벅이 되었습니다.

"그래 미안해!"

한 거북이는 물 밖으로 나왔습니다. 구름 한 점 없는 하늘에서는 해님이 짓궂은 표정으로 빙글거리며 한 거북이를 향해 불화살을 마구 내리쏘았습니다. 등딱지에 모닥불을 쏟아 붓는 것 같았습니다. 뜨거운 햇살을 피해 물에 다시 들어가려니, 흙탕물도 문제지만 올챙이, 물방개들이 놀기에도 비좁은데 덩치가 큰 거북이가 들어가니 그들은 밀려나야 될 정도로 물이 적었습니다.

"아이구, 안 되겠다. 이렇게 해야지."

한 거북이는 호숫가의 개흙 속으로 파고 들어갔습니다. 개흙은 말라서 딱딱했지만 조금은 시원했습니다. 가만히 엎드려 있으니 잠이 왔습니다. 얼마나 잤는지 깨어났을 때는 호수물이 거의 다 말라있었습니다. 물방개, 소금쟁이들은 흙탕물에서 나와 맨손체조를 하고 있었습니다.

"무얼 하고 있니?"

"물이 다 말라서 우리도 떠나려고 준비운동을 하는 거야."

"그렇게 준비운동을 하면 떠날 수 있니?"

"그래, 우리는 등딱지 속에 날개를 준비해 두었거든."

그들은 등딱지를 열고 날개를 펴더니, 한 거북이에게 손을 흔들어 인사를 하고는 공중으로 날아가 버렸습니다. 한 거북이는 눈물을 글썽거리며 남은 물을 살펴보았습니다. 물은 한 접시도 안 되는 자국물이었습니다. 물가에 아기개구리가 앉아 있었습니다. 올챙이가 자라서 개구리로 된 것입니다.

"거북아, 나도 여기를 떠나야겠어."

개구리도 미안한 표정을 지으며 풀밭을 향해 뛰어갔습니다.

이제 한 거북이 혼자입니다. 모두가 떠나고, 물도 한 방울 없는 호수는 죽은 세상이었습니다. 한 거북이는 물기가 조금이라도 남아있는 부드러운 개흙을 찾아 속으로 파고 들어갔습니다. 외로움이 얼마나 서러운 것인가를 처음으로 뼈저리게 느꼈습니다.

'모두들 저만 살겠다고 고향을 헌신짝 버리듯 하는구나. 나는 끝끝내 고향을 지킬 거야.'

한 거북이는 이렇게 자신을 위로하며 흐느끼다가 또 잠이 들었습니다. 개흙은 침대가 되고 이불이 되어 한 거북이의 몸을 감싸 안아주었습니다. 고향은 역시 어머니 품과 같다고 생각했습니다. 햇볕은 더욱 쨍쨍하고 호수바닥은 말라서 전체가 거북이 등처럼 금이 갔습니다.


호수 근처에는 도자기공장이 있었습니다. 도자기공장 공장장은 호수가 마르자 좋은 기회라고 생각했습니다. 호수의 개흙은 도자기의 좋은 원료였습니다. 그것으로 도자기를 만들기 위해 파갈수 있는 것은 호수가 말라서 뻘바닥이 드러날 때였습니다.

"이 호수의 개흙은 도자기 재료로는 안성맞춤이란 말이야."

공장장은 호수가 말랐을 때 더 많은 개흙을 파가기 위해 사람들을 데리고 와서 열심히 팠습니다. 삽으로 파고 수레로 날랐습니다.

"이런 흙은 날이 가물어 호수가 말랐을 때가 아니면 쉽지 않네. 열심히 파게."

"예, 열심히 파고 있습니다. 땅덩이 반대쪽까지 뚫리도록 파겠습니다."

사람들은 이렇게 농담까지 하면서 정말로 모두가 열심히 팠습니다.

그 때였습니다.

"어! 이게 뭐야?"

개흙을 파던 사람이 놀란 표정으로 무엇을 삽으로 떠서 던졌습니다.

"뭐야! 왜 그래?"

삽날에 등이 찍힌 거북이를 흙과 함께 파던진 것입니다. 호수를 떠나지 않겠다던 한 거북이었습니다. 저만큼 내팽개쳐진 한 거북이는 잠시 몸을 떨더니 잠잠해졌습니다. 죽어버린 것입니다.

"거북이잖아, 그게 왜 거기 있었지?"

"몰라, 흙을 파는데 삽 끝에 딱딱한 느낌이 있길래 힘껏 찍었더니 저것이었어."

"거북이는 천년을 산다는데, 자네가 그 천년의 목숨을 앞당겨 끊었군."

"거북이를 죽였으니, 어쩌지?"

"그게 거북이의 운명이었던 거야. 운명은 아무도 거역할 수 없지."

공장장은 농담 겸 위로처럼 이렇게 말하고 모두에게 소리쳤습니다.

"자, 죽은 거북이보다 개흙 파는 일이 중요하네. 어서 일이나 계속하게."

공장장의 닦달에 한 거북이는 다시 삽에 떠져서 풀밭으로 던져졌습니다.

그래서 호수를 지키려던 한 거북이는 호숫가 풀밭에 주검으로 버려져 새와 개미들의 먹이가 되고, 등딱지는 삭아서 풀뿌리로 들어가 거름이 되어가고 있었습니다.

사람들이 거북이는 오래 살 뿐만 아니라, 재물을 가져다주는 성
스러운 동물이라고 믿고 있지만 풀밭에 던져진 한 거북이의 주검
은 보기만 해도 얼굴이 찡그려지는 혐오스러운 쓰레기일 뿐이었
습니다.

**◑ 생각 키우기**

이것은 사풍병(蛇風病)이 유행할 때 고향을 떠났다가 살아 돌아와 가문을 일으킨 사
람의 이야기입니다. 부처님은 이 이야기를 하시며 '재난이 생겼을 때는 사는 곳에 애
착을 갖지 말고 재난을 피해 다른 곳으로 가서 목숨을 건지는 것이 옳다'라고 하시며,
그 때의 한 거북이는 아난다요. 도자기공장의 공장장은 부처님이라고 하셨습니다. 아
난다는 석가모니의 사촌동생으로 십육나한(十六羅漢)의 한 사람이며 20여 년간 석가
모니를 모셨고 석가모니 열반 후에 경전 결집에 중심이 되었습니다.(본생경 제 178화
거북이의 전생 이야기)

1935년 안동 대두서에서 나서 풍산 죽전에서 자랐다. 1958년《새교실》
에 小說이 뽑힌 후 中短篇小說을 다수 발표했으며, 1960년〈서울신문〉
'신춘문예' 童詩『산 위에서 보면』이 당선되었다. 동시집《흙손엄마》,
동화집《아기사슴》외 교육수상록《개성화시대의 어린이, 어린이문
화》등이 있다. 한국아동문학가협회장, 국제펜한국본부 부이사장 등
을 지냈다.

동화로 쓴 본생경 · 5

# 연꽃 속에서 나온 소녀

2013년 11월 22일 인쇄
2013년 11월 30일 발행

엮은곳 : 한국불교아동문학회
엮은이 : 신 현 득
펴낸곳 : 대양미디어
펴낸이 : 서 영 애

서울시 중구 충무로5가 8-5 삼인빌딩 303호
등록일 : 2004년 11월 8일(제2-4058호)
전화 : (02)2276-0078

값 10,000원